DROEMER

Über den Autor:
Friedrich Ani wurde 1959 in Kochel am See geboren. Er schreibt Romane, Kinderbücher, Gedichte, Hörspiele, Drehbücher und Kurzgeschichten. Seine Bücher wurden in mehrere Sprachen übersetzt und vielfach ausgezeichnet, so u. a. mit dem Tukan-Preis für das beste Buch des Jahres der Stadt München. Als bisher einziger Autor erhielt Ani den Deutschen Krimi Preis in einem Jahr für drei Süden-Titel gleichzeitig. 2010 folgte der Adolf-Grimme-Preis für das Drehbuch nach seinem Roman »Süden und der Luftgitarrist«. 2011 wurde der Roman »Süden« mit dem Deutschen Krimi Preis ausgezeichnet. Sein Roman »M«, erschienen 2013 im Droemer Verlag, stand im Dezember 2013 auf Platz 1 der KrimiZeit-Bestenliste. Friedrich Ani lebt in München.

FRIEDRICH

ANI

UNTERHALTUNG

GESCHICHTEN

DROEMER

Besuchen Sie uns im Internet:
www.droemer.de

FSC
www.fsc.org
MIX
Papier aus verantwortungsvollen Quellen
FSC® C006701

Ein Unternehmen der Droemerschen Verlagsanstalt
Th. Knaur Nachf. GmbH & Co. KG, München

Umschlaggestaltung: ZERO Werbeagentur, München
Umschlagabbildung: FinePic®, München
Satz: Adobe InDesign im Verlag
Druck und Bindung: CPI books GmbH, Leck
ISBN 978-3-426-28112-3

5 4 3 2 1

Personen, die versuchen, in dieser
Erzählung ein Motiv zu finden, werden belangt.
Personen, die darin eine Moral
finden wollen, werden verbannt.
Personen, die in ihr eine Handlung
zu entdecken versuchen, werden erschossen.

Juan Carlos Onetti, »Wenn es nicht mehr wichtig ist«

»Isses wahr?«

Lt. Theo Kojak

Einige Geschichten erschienen bereits
in Anthologien und Zeitschriften,
teilweise in veränderter Form
und unter einem anderen Titel.
Manche Dialoge und Monologe,
die ich ursprünglich für
die Münchner Lesebühne
»Schwabinger Schaumschläger« schrieb,
habe ich für die Buchausgabe leicht überarbeitet.

4

5

EPILOG

1

Kardigglding
Das Stüberl-Wunder
Bekenntnisse eines Stüberlbewohners
Komplexer Disput gegen Mitternacht
Blutige Mitternachtsbrezen
Bioherz mit Bandnudeln
Zigeunerschnitzel und Demokratie
Der große Spaten

KARDIGGLDING

ALS Hauptkommissar Neidhard Kardigglding an den Tatort kam, brannten die Halogenscheinwerfer und tauchten den Hinterhof in ein hässliches Licht. Der Mann, der vor seinem silbergrauen Volvo lag, war enthauptet worden, vermutlich mit einer kolumbianischen Machete. Das war dieselbe Tatwaffe, mit der bereits sieben Menschen vor ihm den Kopf verloren hatten. Die Morde passierten innerhalb von fünf Wochen, und allmählich wurde es Zeit für einen Verdächtigen. Kommissar Kardigglding hatte mehrere zur Auswahl, und einen von ihnen, da war er sich sicher, würde er zu einem Geständnis bringen.

Kardigglding war der Mann für die harten Fälle. Ausgebildet bei der Kripo in Nürnberg und Hof, kam er als sechsundzwanzigjähriger Oberkommissar ins Münchner Morddezernat 4, wo er nach einem Jahr zum Hauptkommissar befördert wurde. Jetzt, mit einundfünfzig, hatte er den Ruf eines Superbullen, vom Innenministerium mehrfach belobigt und überhäuft mit Angeboten vom Bundeskriminalamt und dem Verfassungsschutz. Doch Kardigglding war kein Bürohengst, er war ein Macher, ein Ermittler, ein Vernehmer. In seinen Verhören kapitulierten die abgezocktesten Verbrecher. Einen Fall mit wasserdichten Beweisen zur Anklage zu bringen, bedeutete für ihn das höchste Glück.

Es war Kardigglding, der vor Jahren einen Junkie dazu brachte, den Mord an einer vierundachtzigjährigen Rentnerin zu gestehen. Die Frau war in einer Truderinger Seitengasse überfallen, beraubt und nach heftiger Gegenwehr mit einer 9-mm-SIG-Sauer erschossen worden. Zu dieser Zeit lag der Junkie auf der Toilette des Pasinger Bahnhofs, aber Kardigglding unterzog ihn einer derart unnachgiebigen Prozedur, dass er schließlich zusammenbrach und den Überfall in allen Einzelheiten schilderte. Der Mann wurde zu elf Jahren Gefängnis mit anschließender Sicherheitsverwahrung verurteilt. Der CSU-Politiker Beckstein, der damals Innenminister war, gratulierte Kardigglding persönlich zu dem Erfolg und würdigte einmal mehr die legendäre Schule der fränkischen Kriminalpolizei.

Unvergessen auch die Aufklärung des schrecklichen Verbrechens am Weltmeister im Gewichtheben, Sebastian Schädel. Der einhundertzehn Kilogramm schwere Sportler war mit brachialer Gewalt auf den noch offenen Balkon im achten Stock eines Hauses gezerrt worden, das gerade entkernt und saniert wurde. Der Täter stieß sein Opfer in die Tiefe, Schädel hatte offensichtlich nicht die geringste Chance, sich zu wehren. Nach drei Wochen intensiver Ermittlungsarbeit gelang Hauptkommissar Kardigglding der Durchbruch. Ein elfjähriger, an den Rollstuhl gefesselter türkischer Junge aus Neuperlach verstrickte sich in den Vernehmungen immer mehr in Widersprüche, bis er am Ende zugab, den Gewichtheber an den Beinen gepackt und neben sich her die Treppen in den achten Stock hinaufgeschleift zu haben. Sein Motiv: Eifersucht auf Schädels sportliche Triumphe. Der Junge – er hieß Mustafa Börü – wurde zu fünf Jahren Gefängnis mit anschließender Unterbringung in der Psychiatrie verurteilt. Das Gericht würdigte bei dem Strafmaß das Geständnis und den seelischen Konflikt des Angeklagten.

In seinem zweistündigen Porträt über Neidhard Kardigglding bezeichnete der Bayerische Rundfunk den Kommissar als »Grundpfeiler der Gesellschaft und Garanten für die Sicherheit in der Stadt München und im gesamten Freistaat«. Kardigglding mache das Leben in Bayern »jeden Tag ein Stück lebenswerter«. Der von der Tochter des Intendanten produzierte Film, den die Süddeutsche Zeitung ein »Musterbeispiel für investigativen Journalismus«

nannte, erhielt sowohl den Bayerischen Fernsehpreis in der Kategorie Dokumentation als auch den Spezialpreis beim Filmfestival der Heimatvertriebenen in Wunsiedel.
Innerhalb der bayerischen Polizei galt Kardigglding als Bluthund und als jemand – so der Polizeijargon –, »den man holt, wenn die Scheiße scheiße am Kochen ist«. Dies zum Beispiel war der Fall, als in der Nähe von Passau ein Landwirt seine Familie ausrottete und sich hinterher seelenruhig ins Gasthaus setzte, wo er bis vier Uhr morgens Weißbier trank. Nach Überzeugung von Kommissar Kardigglding hatte der Bauer Anselm Bledmannshofer zunächst seine Frau mit einem Hammer erschlagen, danach seine Schwester und zuletzt auch deren Mann. Alle arbeiteten auf dem Anwesen von Bledmannshofer. Nach Aussagen von Zeugen gab es zwischen den Familienmitgliedern seit Monaten heftigen Streit, bei dem es auch zu Gewaltausbrüchen gekommen sei. Wie Bledmannshofer dem Kommissar nach zwei Monaten gestand, habe er »die Bagasch« erst »ausradiert« und hinterher den Schweinen zum Fraß vorgeworfen, die die Leichen vollständig vertilgt hätten. Tatsächlich hatten die Spurensucher der Kripo keinerlei Überreste gefunden. Acht Wochen nach dem fürchterlichen Ereignis und der erfolglosen Tätersuche durch die niederbayerischen Kollegen hatte Kardigglding im Rahmen eines Amtshilfeantrags aus Landshut den Landwirt in sein Münchner Dezernat bestellt.
Dort fing der angetrunkene Mann wie so oft mit der Geschichte seines Bruders an, der sich in seiner Jugend nach Amerika abgesetzt und einen anderen Namen angenommen hatte, weil er sich für den eigenen schämte. Wie Bledmannshofer nicht müde wurde zu erzählen, sei sein Bruder Hans inzwischen ein großer Star in Hollywood, was ihm persönlich aber scheißegal sei, damit das klar war. Kardigglding ließ ihn reden, dann begann er mit seinem berüchtigten Verhör, mit dem auch das FBI die besten Er-

folge erzielte. Nach kaum zwei Stunden wälzte der Landwirt sich auf dem Boden und schilderte in allen Einzelheiten sein Verbrechen. Er bat sogar seine Schweine um Verzeihung.
Noch am selben Abend ließ Kardigglding den geständigen Täter nach Niederbayern zurückbringen, wo er bald von einem Berliner Arzt psychiatrisch untersucht und für unbedingt zurechnungsfähig erklärt wurde. Die Darstellung seiner Tat entspreche »vollkommen einem tatsächlichen Erlebnishintergrund«. Aufgrund des Gutachtens des renommierten Psychiaters, der schon vorher durch seine präzisen Analysen vor allem bei der Verurteilung von Behinderten aufgefallen war und den die Süddeutsche Zeitung einmal »Deutschlands unbestechlichsten Gerichtsgutachter« nannte, wurde Anselm Bledmannshofer zu lebenslanger Haft verurteilt. Zwei Wochen später erhängte er sich in seiner Zelle. Als die Nachricht seines Todes durch die Presse ging, meldete sich eine Frau namens Elvira Bledmannshofer bei der Landshuter Zeitung. Sie erklärte, sie sei die Ehefrau des Landwirts und lebe mittlerweile gemeinsam mit ihrer Schwägerin und ihrem Schwager in Songkhla an der thailändischen Küste und habe durch Zufall die Meldung vom Tod ihres Mannes in einer deutschen Zeitung gesehen. Sie seien damals zu dritt abgehauen, weil ihr »Volltrottel von Ehemann« unberechenbar geworden sei.
In der Nachrichtensendung »Rundschau« im Bayerischen Fernsehen meinte Hauptkommissar Kardigglding daraufhin, die Identität der Anruferin müsse erst hundertprozentig geklärt werden. Sollte sich jedoch herausstellen, dass es sich tatsächlich um die Witwe des Landwirts handele, könne man daran nichts ändern. »Der Fall ist spätestens seit dem Freitod des als Täter verurteilten Mannes abgeschlossen«, sagte Kardigglding.
Was die Sache mit den geköpften Männern betraf, so ar-

beitete Kardigglding ruhig und zügig die Liste seiner Hauptverdächtigen ab. Da die Toten ohne Ausnahme Angestellte beim öffentlich-rechtlichen Fernsehen waren, fand der Kommissar rasch eine Spur zu mehreren Drehbuchautoren, die nachweislich von den Redakteuren geknechtet, missachtet, schlecht bezahlt oder übersehen worden waren. Die Vernehmungen gestalteten sich ungewöhnlich einfach. Die Schreiberlinge, wie Kardigglding die Verdächtigen nannte, steigerten sich in derart atemberaubende Widersprüche hinein, dass der Kommissar allein drei von ihnen locker für fünf noch unaufgeklärte Morde im österreichischen Waldviertel hätte verantwortlich machen können. Sie waren kurz davor, alles zu gestehen. Aber es ging um die kopflosen Redakteure, und nachdem sein letzter Hauptverdächtiger, ein Autor, der sich von seinen Honoraren für unzählige Folgen der Reihen »Soko 5113« und »Die Rosenheimcops« eine Finca auf Mallorca, ein Apartment in Berlin und eine Achtzimmerwohnung in Quedlinburg gekauft hatte, aus dem Fenster gesprungen war, musste Kardigglding handeln. Die Presse saß ihm im Nacken, der Innenminister, die Intendanten von ARD und ZDF. Und der Bayerische Rundfunk ließ durchblicken, dass der Sender sein Beraterhonorar für die Serie »Unter unserem Himmel« streichen würde, falls der Kommissar nicht bald einen Täter präsentiere.

Da der theatralische Drehbuchautor aus einem Fenster im ersten Stock gesprungen war und dabei lediglich seine Kontaktlinsen verloren hatte, brauchte sich Kardigglding nicht weiter um ihn zu kümmern. Stattdessen ließ er einen Zeugen in sein Büro bringen, den er schon länger im Visier hatte. Der Mann war immer wieder in einem Pulk von Schaulustigen aufgefallen, und als er jetzt vor ihm saß, wusste Kardigglding, dass er wieder einmal den richtigen Riecher gehabt hatte. Der Mann war ein verhinderter Schriftsteller, er hatte sich unzählige Male mit halbgaren

Drehbüchern bei Produktionsfirmen und Redaktionen beworben, er schrieb Hassbriefe an sämtliche Sender, und er war schon einmal in Urlaub in Südamerika gewesen.
Am nächsten Morgen hatte Kardigglding sein Geständnis. Der Täter – er hieß Max Geier, war sechsundfünfzig Jahre alt und arbeitslos – hatte zugegeben, mit einer zwei Kilo schweren und einen Meter langen Machete die acht Männer aus Wut und Verzweiflung enthauptet zu haben. Jedem von ihnen habe er aufgelauert und die Tat minutiös vorbereitet. Er bereue nichts.
Ein Jahr später sprach das Landgericht München 1 das Urteil: »lebenslänglich« für Max Geier. Das Magazin der Süddeutschen Zeitung widmete Hauptkommissar Neidhard Kardigglding ein ganzes Heft, und der Bayerische Rundfunk richtete dem verdienstvollen Staatsbeamten eine eigene Talkshow anstelle der »Münchner Runde« ein. Die Tatsache, dass es sich bei dem Verurteilten um einen blinden, contergangeschädigten, nur sechzig Kilogramm wiegenden Mann handelte, spielte sowohl bei der Urteilsfindung als auch im Verlauf der Berichterstattung eine eher untergeordnete Rolle.

DAS STÜBERL-WUNDER

SPÄTESTENS vom 20. Dezember an geriet Tabor Süden in die Kältezone seiner jährlichen Weihnachtsstimmung. Jedes Jahr nahm er sich vor, seine Gedanken rechtzeitig mit phantasievollem Schaum zu imprägnieren, bevor der schwarze Staub sich wieder auf sie legte. Und jedes Jahr musste er – allerspätestens am 22. Dezember – feststellen, dass er barfuß und spärlich bekleidet durch die Polarnacht seiner Erinnerungen irrte, verfolgt von einem fremden Schatten, der er selber war.

Süden war längst über fünfzig, doch an diesen Tagen war er sechzehn Jahre alt und ein Kind, dessen Vater soeben das elterliche Haus verlassen hatte, um nie wiederzukehren. Damals, zwei Tage vor Heiligabend, verschwand Branko Süden spurlos, er hinterließ einen Abschiedsbrief, in dem er erklärte, der Tod von Tabors Mutter drei Jahre zuvor habe ihn für immer aus der Liebe verstoßen. Zur Erziehung seines Sohnes sei er nicht mehr fähig. Am Ende schrieb er einen Satz, an dem der junge Süden beinah verzweifelte, weil er ihn nicht begriff und zudem als eine verlogene Ausrede empfand. »Gott ist die Finsternis und die Liebe das Licht, das wir ihm schenken, damit er uns sehen kann.« Erst Jahre später näherte Süden sich diesem Gedanken an, und der Zorn auf seinen Vater verwandelte sich in eine Form von Mitgefühl, das ihm trotzdem nicht behagte. Sein Onkel Willibald und seine Tante Lisbeth kümmerten sich hingebungsvoll um ihn. Weihnachten jedoch war nie wieder ein frohes Fest für ihn, sondern ein frostiges, und er verbat sich jegliches Geschenk.

Über all dies sprach Süden nie – außer mit Martin Heuer, seinem Freund aus Kindertagen, mit dem er später im selben Beruf arbeitete. Seit Martins Selbstmord gehörte die

Geschichte vom 22. Dezember Süden allein, er behielt sie für sich, und die Gedanken trieben wie Eisschollen in ihm, die, wie er längst wusste, auch durchs Aussprechen nicht geschmolzen wären.

»Und du?«, fragte Bellmann. »An was denkst du so mit deinem Bier? Hast Angst, es haut ab?« Er entblößte den Alptraum eines Zahnarztes.

Am Tresen des Aloha-Stüberls umklammerte Süden sein Bierglas und wusste nicht, warum. Auch warum er überhaupt hier saß, war ihm ein Rätsel. Noch in der Früh war er entschlossen gewesen, abends zu Hause zu bleiben, etwas zu essen, diverse Biere zu trinken, im Fernsehen einen Film anzuschauen, den er schon kannte, und, von den üblichen Heiligabend-Gedanken beschwert, kurz nach Mitternacht ins Bett zu sinken. Die Einladung seiner Chefin, sie und ihre Freundin in ein thailändisches Restaurant zu begleiten, hatte er ausgeschlagen. Edith Liebergesell, die eine Detektei leitete, bei der Süden seit seiner Rückkehr nach München als Vermisstensucher arbeitete, hatte ihn bereits letztes Jahr gefragt, ob er nicht Lust habe, Weihnachten »ganz entspannt« in einem angenehmen kleinen Lokal zu verbringen. Doch Süden glaubte grundsätzlich nicht daran, dass man vorab wissen konnte, wann man »ganz entspannt« sein würde, noch dazu, wenn jemand anderer es beschwor. So hatte er unangestrengt abgesagt und nicht erwartet, sie würde ihm noch einmal den Vorschlag machen. Zwischen ihr und Süden kam es gelegentlich zu subtilen erotischen Spannungen, bisher jedoch ohne Wendung zur Direktheit. Von den vier Frauen, mit denen er, seit er wieder in München war, ein Verhältnis gehabt hatte, verbrachte jede von ihnen Weihnachten mit Freunden oder der Familie, und nur eine hatte ihn gefragt, was *er* an den Feiertagen treibe. Er treibe nichts, hatte er erwidert.

Einen Suchauftrag hätte er sofort angenommen, aber in der Detektei blieben die Telefone stumm.

»Bier?« Der Wirt stützte sich mit einer Hand am Tresen ab, in der anderen hielt er ein halbvolles Weißbierglas. Er hatte gerötete Augen und Wangen, balancierte eine rote Brille auf der Nase, und sein enormer Schnauzbart bewaldete seinen Mund dermaßen, dass oft nur Bruchstücke von Sätzen sein Gegenüber erreichten. Beim Wort Bier gab es keinerlei Verständigungsschwierigkeiten. Süden nickte.

»Hast du das mitgekriegt?« Bellmann, einer der fünf Gäste an diesem frühen Abend im »Aloha«, bohrte seinen Zeigefinger in die Elefantenhaut seiner Schläfe und schien auf etwas hinauszuwollen. Er war ein massiger Mann mit Stoppelhaaren und einem silbernen Ring im linken Ohrläppchen. Unter seiner von bösen Wettern und Waschpulvern ausgebleichten Jeansjacke trug er ein rotkariertes Flanellhemd, wegen dessen dunklem Fleckenmuster der Hersteller garantiert nicht verklagt werden konnte. Der Designer hieß eindeutig Bellmann. Wieder floss ein Bierrinnsal aus seinem Mundwinkel und versickerte im Hemd, während Bellmann offensichtlich nach Worten kramte. Vielleicht drückte er mit seinem wulstigen Finger auf einen wichtigen Knopf. Plötzlich sprudelte es nur so aus ihm heraus, ungefähr in Südens Richtung, der direkt neben ihm am Tresen stand.

»Das glaubst du nicht, du glaubst es nicht. Das glaubst du einfach nicht, das kannst du nicht glauben, so was glaubt dir keiner, wenn du das erzählst, unglaublich ist das, absolut nicht zu glauben. Kannst du dir das vorstellen?«

»Was genau?«, sagte Süden, weil Weihnachten war, Zeit der Höflichkeit. Der Wirt stellte das Bier auf den Deckel und zog einen weiteren Strich, den dritten.

»Dass der da in den Bottich fällt aus zehn Metern Höhe. Fällt der da rein aus mindestens zehn Metern Höhe. Wieso fällt der da rein? Fällt rein, und sein Kollege muss ihn rausziehen. Das war in New York.«

»Wov… red…d…?« Mehr kam aus dem Mund des Wirts nicht heraus. Jeder wusste, was gemeint war. Außer Bellmann.

»Was? Was? Was ist?« Bellmann trank einen Schluck Bier, und Süden dachte, dass andere in so einem Schluck ertrinken würden. Dann starrte Bellmann das leere Glas an, beugte sich noch weiter über die Theke, legte beide Arme darauf und schüttelte den Kopf. »Was willst du, Charly? Hör lieber zu, ich sag dir, der ist da vom Dach in den Container oder Bottich oder Container gestürzt. Gestürzt. Gestürzt. Aus zehn Metern Höhe. Da war Salpetersäure drin, verstehst du das, Charly? Da fällt der rein, und sein Kumpel muss ihn rausziehen. Ist bei uns nie passiert. Nie ist das passiert. So was passiert bei uns nicht.«

In der Zwischenzeit stellte der Wirt ein frisches Bier vor Bellmann und warf einen Blick auf den Gast bei der Tür, der an einem Stehtisch stand, dunkles Bier und Schnaps

trank und keinen Laut von sich gab. Die beiden anderen Gäste saßen neben Bellmann am Tresen, schienen aber nicht weiter zuzuhören. Manchmal wechselten sie ein Wort. Süden überlegte, nach seinem dritten Glas zu verschwinden. Vom Zuhören leierten allmählich seine Ohren aus.

»Elf Jahre war ich Dachdecker, elf Jahr' lang unterwegs, ich kenn mich aus. Bei uns ist nie einer runtergefallen, kein Einziger in elf Jahren, und da drüben in Amerika sind sie zu blöd zum Arbeiten. Bei uns hätt's das nicht gegeben, verstehst du das, Charly, bei uns wissen die Kollegen, was sie tun müssen und so weiter und so weiter und so weiter. Die wissen das genau, ganz genau wissen die das. Salpetersäure! Der eine ist natürlich fast verbrannt, der andere … Keine Ahnung. Wahrscheinlich ist meine Frau in einen Bottich mit Salzsäure gefallen und hat sich aufgelöst. Wahrscheinlich. Wer weiß das? Sie ist weg, unauffindbar, so ist das.«

Mit einem Ruck wandte er sich an Süden, als wüsste er über dessen Beruf Bescheid. Dabei wusste er nicht einmal Südens Namen. »So, und wieso passiert da nichts? Wieso sagt die Polizei, da muss man warten, da ist kein Hinweis auf ein Verbrechen oder einen Selbstmord. Sagt die Polizei. Selbstmord macht die Inge nicht, so was macht die nicht, das traut die sich nicht. Aber wo ist die hin? Ich wart jetzt seit genau ... seit genau ... seit Nikolaus, genau. An Nikolaus ist sie aus dem Haus und kommt nicht wieder. Das ist doch ein Witz und nicht lustig. Wo ist die? Wie heißt du? Wo ist die? Sag was?«

»Süden.«

»Was? Was? Was ist?«

»Er heißt Süden«, sagte der Wirt vollkommen verstehbar.

»Ja und?« Bellmann wuchtete seinen Körper in die ursprüngliche Position. Er schnaufte, hob die Hand und steuerte mit dem Zeigefinger wieder auf seine rechte Schläfe zu. »Das ist jetzt egal, wie der heißt. Süden oder Südwesten, meine Frau ist weg, keine Ahnung, in welche Himmelsrichtung, darum geht's.«

»Die Polizei hat nicht nach ihr gesucht«, sagte Süden.

»Hat sie nicht!«, schrie Bellmann.

»Schr... hi... ni... ru...«, sagte der Wirt vermutlich.

»Die Polizei sagt, sie ist bei ihrer Schwester in Schwabing. Aber da ist die nicht. Die war nicht dort. Ich war da. Die Schwester sagt, sie weiß nichts. Das sagt die, weil die Inge zu ihr gesagt hat, sie soll das sagen. Das ist alles abgekartet. Ich war in der Kurfürstenstraße, da war ich persönlich im Haus, und die Karla lügt mir die Hucke voll.«

Süden sagte: »Die Polizei hat mit Inge gesprochen.«

»Du bist ja der Weise von Giesing. Freilich hat die Inge mit der Polizei gesprochen. Aber die Polizei hat nicht mit der Inge gesprochen, so rum. Verstehst du das nicht? Die Polizei war bei der Karla, die sagt, die Inge wohnt vorübergehend bei ihr, aber im Moment ist sie nicht da. Im

Moment! Und zwei Stunden später ruft die Inge bei der Polizei an und sagt, es ist alles in Ordnung, sie braucht einfach mal Abstand. Stand ab. Die braucht einen Standab, so ist das. Das war das, was die Polizei mir erzählt hat, und auch, dass sie die Inge gebeten haben, sie soll mich anrufen und mir das selber sagen von dem Standab. Hat sie nicht gemacht. Ich fahr also in die Kurfürstenstraße dreiundzwanzig, klingel und rumpel in die Wohnung rein. Glaubst du, ich bleib draußen stehen wie ein Hausierer? Ich bin kein Hausierer, hast du gedacht, ich bin ein Hausierer, oder was? Oder was?«
»Nein«, sagte Süden.
Bellmann sah ihn nicht an. »Die war da nicht, die Karla wollt' schon die Polizei holen. Meine eigene Schwägerin. So schaut's aus. Ich hab zu ihr gesagt, wenn sie die Inge versteckt, schmeiß ich sie vom Dach. Das mach ich auch noch, ich geh zu der Karla hin, gegen mich hat die keine Chance. Ich nehm die mit aufs Dach und lass die Schwerkraft wirken. Was ist dann? Gezeter und Geheul ist dann. Ich will meine Frau wiederhaben. Jetzt wart ich noch eine Stunde, und wenn sie dann nicht auftaucht, fahr ich zu der Karla, und dann geht's hurtig rauf aufs Dach. Und jetzt einen Obstler zur Verdauung.«
»Ich kann in die Kurfürstenstraße gehen und mich erkundigen«, sagte Süden.
»Halt' dich da raus«, sagte Bellmann.
»Das ist sein Beruf«, sagte der Wirt. Aus unverständlichen Gründen stolzierten die Worte geradezu aus seinem Bartgebüsch heraus. »Er war früher bei der Kripo, Vermisstenstelle. Der Mann kennt sich aus, der findet deine Inge, hundertprozentig.«
»Warum sitzt du dann noch da? Fahr hin, bring mir die Inge wieder.«
Süden trank und schwieg. Bellmann drehte den Zeigefinger an seiner Schläfe. Vielleicht war die Haut zu dick, und

er drang nicht durch. Im Radio sangen die Hooters »Karla with a K«. Süden überlegte, ob der Song ein Zeichen war.
»Ich bin dafür, du fährst jetzt los«, sagte Bellmann zu seinem Bierglas, das sich nicht von der Stelle rührte. Unvermittelt, als wäre ihm der Irrtum plötzlich bewusst geworden, drehte er den Kopf. »Ich bin dafür, du fährst jetzt los, Süden, gib Gas. Riess heißt die Frau, Karla Riess, kannst du dir das merken? Riess mit zwei s und Karla mit K vorn. Karla, alles klar?«
»Lass den Mann in Ruhe«, sagte der Wirt sehr nah vor Bellmann.
»Bring mir die Inge wieder, Süden.« Vielleicht hatte Bellmanns Finger den Knopf der Sanftmut gedrückt, seine Stimme klang weich und ein wenig verzagt.
Süden legte einen Zehn-Euro-Schein auf den Tresen, rutschte vom Hocker und zog den Reißverschluss seiner Lederjacke zu. Dann verknotete er seinen grauen Schal und setzte die graue Wollmütze auf, in der er nach eigener Einschätzung wie der Dorftrottel von Unterzeismering aussah. »Kurfürstenstraße«, sagte er. »In zwei Stunden bin ich zurück.«
»Dann ist Heiligabend«, sagte der Mann an der Tür, und alle schauten ihn verblüfft an.
»Vi… Gl…«, rief Charly ihm hinterher. Dann sagte er noch etwas zu Bellmann, doch die Worte schlugen diesmal keine Schneise durch den Schnauzer.
Auf der Tegernseer Landstraße ging Süden in nördlicher Richtung und stieg an der nächsten Haltestelle in die 25er Tram. Er fuhr bis zum Ostfriedhof und nahm von dort die 17er bis zum Sendlinger-Tor-Platz, an dem auch die Detektei Liebergesell lag. Mit der 27er Tram gelangte er schließlich nach Schwabing, wo er an der Haltestelle Nordendstraße ausstieg. Bis zum Haus in der Kurfürstenstraße 23, in dem die Schwester der verschwundenen Inge Bellmann wohnte, waren es keine fünf Minuten. Süden

klingelte, niemand öffnete. Nach dem vierten Versuch knackte die Sprechanlage. »Was ist?«, fragte eine Frau.
»Mein Name ist Süden, ich möchte gern mit Ihrer Schwester sprechen, Frau Riess.«
Nach einem ausführlichen Schweigen sagte Karla Riess: »Wer sind Sie?«
»Ich bin Detektiv, Ihr Schwager sorgt sich um seine Inge.«
»Da fängt er ja früh mit an. Sie ist nicht da. Ich weiß nicht, wo sie ist.«
»Kann ich kurz zu Ihnen in die Wohnung kommen?«
»Sind Sie betrunken? Nein. Auf Wiedersehen.«
In diesem Moment kam ein älterer Mann in einem Lodenmantel aus dem Haus. Süden hielt ihm die Tür auf und ging hinein. So schnell er konnte – Südens Körper hatte nichts Gazellenartiges an und in sich –, eilte er die Treppe hinauf, bis er hinter einer geschlossenen Tür im zweiten Stock die Stimme hörte. »Hallo? Wieso sagen Sie nichts mehr? Die Inge ist nicht bei mir. Hallo? Hallo?«

Süden klopfte an die Tür. »Ich bin hier, Frau Riess. Sie brauchen keine Angst zu haben, ich bleibe im Treppenhaus, ich möchte nur kurz mit Ihnen sprechen.«
Er stellte sich so ans Geländer, dass sie ihn durchs Guckloch sehen konnte. Widerwillig zog sie die Tür einen Spaltbreit auf. Sie war etwa einen Meter sechzig groß, Mitte dreißig, nicht direkt schlank, falls Süden sich nicht verschaute, hatte ein rundes, helles Gesicht und kurzes schwarzes Haar. Sie trug einen weißen Morgenmantel und war barfuß. Hinter ihr im Zimmer hörte Süden immer wieder ein metallisches Klacken.
»Entschuldigen Sie meinen Überfall«, sagte er. »Ich habe Ihren Schwager in einer Kneipe getroffen, und er fing von seiner Geschichte an …«
»Seiner Version der Geschichte«, unterbrach ihn Karla.
»Wo ist Ihre Schwester, Frau Riess?«
Sie zögerte, warf einen schnellen Blick hinter sich, wo et-

was klirrte. »Ich weiß es wirklich nicht. Sie war hier, das ist wahr, aber dann ist sie weg und meinte, wenn ich nicht wüsste, wo sie ist, brauch ich nicht zu lügen. Meine Schwester ist neununddreißig, und sie will noch am Leben sein und nicht bloß einen Alltag verwalten. Als der Franz arbeitslos wurde, musste sie Doppelschichten in der Klinik einlegen, sie ist Krankenschwester. Da kann sie rackern, soviel sie will, viel bleibt da eh nicht hängen. Der Franz kriegt Arbeitslosengeld, und Inge hat zu ihm gesagt, das ist keine Basis. Er muss sich einen neuen Job suchen, in dem er nicht ständig Schwindelanfälle kriegt. Ich weiß nicht, was da auf einmal mit ihm passiert war. Das hatte er früher nicht, er hat Dachdecker gelernt, und er mochte seine Arbeit. Und plötzlich, nach zehn oder wie vielen Jahren, hat er diese Schübe, ihm wird schwindlig, er kriegt Höhenangst. Ein Wahnsinn bei dem Beruf. Sein Arzt konnte ihm auch nicht helfen. Ein Drama. Ihn hat das natürlich frustriert, er machte Fehler, noch mehr Fehler, und einmal wär er fast vom Dach gefallen. Sechs Stockwerke tief. Ein Kollege hat ihn im letzten Moment festgehalten. Aber der Polier, der grad in der Nähe war und den das eigentlich gar nichts anging, sah die Situation, und Franz musste zu einem Alkoholtest. Der war nicht negativ. Das war's. Seitdem säuft er zu viel, lässt sich gehen, wird immer dicker und kümmert sich einen Dreck um seine Frau. An Nikolaus hatten die beiden wieder mal einen heftigen Streit, er hat zugeschlagen, das hat er bisher nie getan, soweit ich weiß. Da ist die Inge weg. Zu mir hat sie gesagt, sie braucht dringend Abstand, und zwar für länger. Das hab ich der Polizei gesagt, und die haben gesagt, alles in Ordnung, dann soll sie ihren Abstand haben, aber wenigstens ihrem Mann Bescheid geben. Darauf kann der Franz lange warten.«

Hinter ihrem Rücken ertönte mehrmals hintereinander ein metallisches Klacken. Süden sah sie an und wartete ab.

Karla stieß einen Seufzer aus. »Ich hab Besuch, Sie verstehen schon …« Sie senkte die Stimme und legte die Handgelenke über Kreuz, um eine Fesselung anzudeuten.

»Handschellen«, sagte Süden, machte einen Schritt auf Karla zu und sprach ebenfalls leise. »Sie haben einen Mann ans Bett gefesselt. Oder eine Frau.«

»Ist schon ein Mann. Wir haben beide sonst nichts vor an den Feiertagen. Das machen wir jedes Jahr, das Spiel …«

»Dann frohe Weihnachten«, sagte Süden.

»Ihnen auch. Was werden Sie dem Franz mitteilen?«

»Er soll sich keine Sorgen machen.«

»Und er soll nicht auf die Idee kommen, noch mal hier reinzuschneien.«

Süden nickte und stieg die Treppe hinunter, obwohl es ihm schwerfiel, nicht eine Weile an der Tür zu horchen.

Als er eine halbe Stunde später wieder ins Aloha-Stüberl kam, sang Bata Illic, was bestimmt die härteste Form der Begrüßung war. Vornübergebeugt am Tresen hockte Franz Bellmann, den Kopf auf den Armen. Er zwinkerte Süden zu und hob den Zeigefinger.

»Sei… Fra… intere… ih… ni… meh…«, sagte der Wirt.

Zur Sicherheit wiederholte Süden den Inhalt des Satzes in Richtung Bellmann. »Deine Frau interessiert dich nicht mehr.«

Bellmann schüttelte oder bewegte den Kopf ein wenig.

Süden sagte: »Mach dir keine Sorgen. Sie braucht Abstand und kommt eines Tages wieder.«

Bellmann blickte in die Ferne – vielleicht wie früher, als er auf den Dächern der Stadt den Blick schweifen ließ.

Die beiden anderen Männer am Tresen waren nicht mehr da. Süden drehte sich zur Tür um. Beim Hereinkommen hatte er nicht auf den Mann am Stehtisch geachtet. Der Mann war jetzt ein anderer. Er war schmächtig, dürr, hatte eine Knollennase, Tränensäcke und ein kurioses Haarnest auf dem Kopf. Er trug eine türkisfarbene Bomberjacke, deren Reißverschluss halb geschlossen war. Schweißperlen standen ihm auf der Stirn, aber er schien guten Mutes zu sein und schon auf Süden gewartet zu haben. Neben seinem Bierglas lag eine Schachtel Salem ohne Filter, darauf eine Streichholzschachtel.

Als Süden wie hypnotisiert zu ihm ging, bemerkte er, dass die schwarzen englischen Halbschuhe des Mannes blitzblank geputzt waren.

Süden glaubte nicht, was er sah.

Er glaubte es nicht, weil der Mann mit dem bleichen Gesicht und den eigenartig leuchtenden Augen vor etwa zehn Jahren in Berg am Laim in einen Müllcontainer geklettert war und sich mit seiner Dienstpistole – Heckler & Koch, neun Millimeter – in den Kopf geschossen hatte.

Süden stand vor dem Mann, mit dem er in Taging aufgewachsen war und der seine Kindheit kannte wie kein Zweiter, vor allem jene Tage seiner Jugend, an denen sein Leben sich für alle Zeit veränderte.

Sein Freund war anwesend, als seine Mutter beerdigt wurde, und er wich nicht von seiner Seite, als sein Vater am 22. Dezember für immer verschwand. Sie beendeten gemeinsam die Schule und beschlossen aus purer Ratlosigkeit, zur Polizei zu gehen und später Fahnder in der Vermisstenstelle zu werden. Sie blieben die besten Freunde. Noch heute redete Süden manchmal mit ihm, und sein Freund antwortete ihm, daran gab es keinen Zweifel.

Süden schwieg, und Martin Heuer sagte: »Du nähst Schuhe für so viele und läufst selber immer noch barfuß rum.«

Seit seiner frühen Jugend hatte Süden ihn mit Dylan-Songs belästigt. In einem hieß es: *I make shoes for everyone, even you, while I still go barefoot.*

»Klauen jetzt schon die Toten von Dylan?«, sagte Süden und bestellte zwei frische Biere, die Charly in Windeseile servierte.

Dann hoben sie gleichzeitig ihre Gläser.

»Möge es nützen!«, sagte Martin. Irgendwann vor einer Ewigkeit hatte er gelesen, dass dies die Übersetzung von Prosit sei.
»Möge es nützen!«, sagte Süden.
Sie tranken und schwiegen lange und tranken und hörten den Liedern aus dem Radio zu, die alt und unsterblich waren.
In jener Nacht träumte Süden von seinem Vater und seiner Mutter, aber am nächsten Morgen wusste er nichts mehr davon. Er wunderte sich nur, dass er so unbeschwert aufstand.

BEKENNTNISSE EINES STÜBERLBEWOHNERS

ICH zum Beispiel wäre wahnsinnig gern oft nüchtern. Wer will das hören? Das ist eine Sache der Glaubwürdigkeit, dass man sich mit Äußerungen zum eigenen Innern zurückhält. Sollte für andere genauso gelten. Rolf zum Beispiel. Paradebeispiel: ehemaliger Lehrer, jetzt Müllabfuhr, Dienstschluss 13 Uhr, textet Gäste zu, die er nicht einmal kennt. Nicht, dass ständig neue Gäste ins Enzianstüberl kämen, das wäre utopisch und zwecklos auch, da der Laden schon mit den Stammgästen überfüllt ist. Ich zum Beispiel, das nur am Rande, stehe wahnsinnig gern allein an einem Tisch, trinke ein Bier und am Ende das achte, mehr oder weniger textlos den kompletten Abend über, und gehe anschließend nach Hause. Natürlich lege ich Höflichkeit an den Tag und sage: Gimma noa Hoibe, Laura, bittschön. Das muss sein, zustandsunabhängig.

Das unterscheidet mich von Diversen, von Manuel zum Beispiel. Knallt sein leeres Glas auf den Tresen und baut darauf, dass die Laura die Luft rauslässt. Macht sie, weil sie eine geübte Wirtin ist und die Zeichen der Zeit versteht, zumindest die von Emanuel, die andererseits wahrscheinlich sogar der Yeti verstehen würde. Damit ist jetzt nichts gegen die Laura gesagt, niemals.

Wenn die Laura lächelt, herrscht immer gute Laune. Nicht bei ihrem Zahnarzt vermutlich, das hat seine Gründe. Wenn die Laura – so stelle ich mir das an meinem Tisch schweigend, aber wachsam vor – in der Praxis eines Dentisten lächelt, dreht der sich auf seinem Stuhl stundenlang im Kreis aufgrund professionellen Entsetzens. Man muss aber wissen, dass Lauras Zahnarzt dem Enzianstüberl noch nie seine Aufwartung gemacht hat, jedenfalls nicht in meiner Anwesenheit. Und ich bin jeden Tag da, außer Mittwoch.

Am Mittwoch gehe ich ins Belgradstüberl, aus Tradition und einem Bedürfnis nach Abstand zum Enzianstüberl heraus. Das tut gut. Sollten viel mehr Gäste praktizieren. Mal Abstand halten, mal was anderes sehen, mal die Wände wechseln. Obwohl: von den Wänden her gesehen nehmen sich das Enzianstüberl und das Belgradstüberl nicht viel, eigentlich gar nichts.

Im Belgradstüberl waren früher hauptsächlich Jugoslawen, das liegt auf der Hand, aber auch der eine oder andere Giesinger, der schon mal im Urlaub auf dem Balkan war und seither von einer Slibowitz-Abhängigkeit gequält wird, die wiederum den nach wie vor im Belgradstüberl verkehrenden Restjugoslawen insgesamt öfter mal auf den Magen schlägt. Das Problem ist offensichtlich: Der Bürgerkrieg machte keinen Unterschied zwischen dem netten Serben von nebenan und dem Kroaten von nebenan und allen anderen von nebenan. Der Krieg hat die Stammkundschaft im Belgradstüberl dramatisch dezimiert. Dazu kam, dass bei zwei Messerstechereien unter eigentlich Giesingern, also in Giesing seit fast eineinhalb Generationen beheimateten Restjugoslawen acht Landsleute starben. Doppelt tragisch: Kein einziger von denen war am Krieg beteiligt gewesen. Das waren Männer wie du und ich, Zaungäste des Weltgeschehens am Tresen des Belgradstüberls, als ein vom Slibowitz geistig pulverisierter Urgiesinger die falschen Sätze aus seinem Mund rieseln ließ. Dies führte zu einem schusswechselartigen Wortwechsel unter ehemals Originaljugoslawen und schließlich zum Zücken mehrerer Messer. Der Rest ist bekannt und stand in den Zeitungen.

Niemand gab dem Urgiesinger die Schuld an dem Gemetzel, obwohl dies juristisch möglich gewesen wäre, meiner Einschätzung nach, auch wenn ich kein Jurist bin, sondern

juristisch eher unbeholfen, was bei meiner Scheidung drastisch zutage trat. Andererseits konnte damals niemand damit rechnen, dass meine Frau dermaßen brutal gegen mich vorgehen würde – fast jugoslawisch, bildlich gesprochen und ohne einem der übrig gebliebenen Restjugoslawen im Belgradstüberl zu nahe treten zu wollen.
Ist eh riskant: zu nahe treten. Manche Leute erschrecken leicht, andere geraten rasch in Verwirrung, wieder andere neigen zu sofortiger Aggressivität oder sie benutzen einen augenblicklich als Kübel, in den sie ihren Weltekel kotzen. Wer will das? Niemand, und nicht nur ich nicht.
Mittwochs Belgradstüberl. Das gehört zum Ritual der Existenz an sich. Ich stehe nah bei der Tür am Stehtisch, trinke ein Bier, bestelle bei Drago ein zweites bis siebtes, spreche nicht. Lausche der Musik, Schlagern aus der Zeit meiner fernen Jugend, Bata Illic und Konsorten. In solchen Momenten danke ich Gott, dass Bier wirkt. Manchmal verbeuge ich mich deshalb vor dem HERRN, und die Gäste – ausschließlich männliche Restjugoslawen – betrachten mich und schütteln den Kopf und wenden sich wieder ihrer Sprache zu. Babylonisches Sprachengewirr, Bata Illic gegen den Rest der bewohnten Welt.
Nach einer Stunde zirka denke ich ans Enzianstüberl. Passiert beinahe zwangsläufig, und es ist schön und anheimelnd. Erst durch Abstand entsteht wahre Liebe. Meine Frau hat das nie begriffen, obwohl ich mir alle Mühe gab, es ihr zu beweisen. Ich liebte sie wahnsinnig, aber sie sagte, ich sei wahnsinnig, wenn ich im Gasthaus sitze und ihr Liebesbriefe schreibe – anfangs auf gutem Papier, später elektronisch mit Hilfe finnischer Qualitätsware. Der Sinn des Abstands blieb meiner Frau derart verborgen, dass sie mich noch am Scheidungstag vor dem Richter wie einen kopfamputierten Grottenolm behandelte. Blöderweise bestand mein kompletter juristischer Beistand aus einem silbernen Flachmann, den Drago am Abend zuvor bis zum

Anschlag mit Slibowitz gefüllt hatte, damit ich, seinen Worten zufolge, »die Strapazen des Krieges« besser ertragen würde. Klappte nur bedingt. Ist aber inzwischen Jahre her und geht die meiste Zeit in meinem Kopf verschütt.
Am Tisch bei der Tür widme ich die Dauer vom dritten bis zum siebten Hellen fast ausschließlich meiner Erinnerung ans Enzianstüberl. Eine Phase der Wehmut und der Vorfreude – ein Empfinden im Kopfesinnern, das ich mit niemandem teilen kann und möchte. Erst in diesem Loch von Belgradstüberl wird mir das Ewig-Kosmische des Enzianstüberls bewusst, ich erkenne dessen einzigartige Leucht- und Strahlkraft und gerate jedes Mal in die Nähe eines Gefühlsausbruchs ätnaischen Ausmaßes.
Zurück zum Rolf. Lehrer gewesen, Kinder gehasst, kein Lehrer mehr gewesen. Bildet sich aber ein, der halben Welt das deutsche Bildungssystem, die bayerische Bildungspolitik, PISA-Studien und die Leitartikel der FAZ erklären

zu müssen. Das macht man nicht. Ich zum Beispiel würde niemals jemandem das deutsche Scheidungswesen, das bayerische Unterhaltsrecht, den Sinn von Eheverträgen und die Briefe von Rechtsanwälten eintrichtern wollen, bloß weil ich in einem anderen Leben darin ausgebildet wurde und daran gescheitert bin. Man behält sein Leben für sich, vor allem auf begrenztem Raum und in der Gegenwart von Leuten, deren inneres Gebaren man nicht im Geringsten einschätzen kann. Plötzlich spuckt einer wie ein Lama durch die Gegend oder zückt ein Messer oder bricht in Tränen aus wie vor kurzem der Matthias.
Was das sollte, war schwer zu beurteilen. Plötzlich tropfte es aus seinen Augen, als würde es von seiner Stirn abwärts regnen hinter der Haut. Mitten am Tresen, neben ihm Emanuel, wortlos natürlich, auf der anderen Seite Raimund, ergriffen, aber auch verdutzt. Die Laura kam extra um den Tresen herum, um ihren Arm um den sich in einen Schluckauf hineinweinenden Matthias zu legen. Sekunden

des Schweigens ringsum. Eine bayerische Band sang ein Lied aus dem Lautsprecher. Matthias weinte stumm. Immerhin. Er schluchzte nicht. Sein Mund blieb zu. Natürlich zitterten seine Lippen. Aus der Nase hing allmählich Rotz, was ihm niemand übelnahm.

Es war vielleicht der Weltschmerz. Die bayerische Band spielte noch einen Song, während Matthias den Rotz hochschlunzte, in die Runde schaute und Gesichter sah, deren Mienenspiele ihm möglicherweise unheimlich erschienen, da er sie noch nie gesehen hatte. Daraufhin wankte er zur Toilette und sperrte sich ein. Etwa fünf Minuten später kam er zurück. Sein Gesicht war bleich wie eh und je, er hielt sich an der Kante des Tresens fest, um seinem Gleichgewicht eine Chance zu geben, und gelangte auf den Barhocker, ohne nach hinten zu kippen und als erster Genickbruch in die Geschichte des Enzianstüberls einzugehen. Hingebungsvoll stellte Laura ihm einen Schnaps hin – vom Haus, fügte sie hinzu, als könnte das Stamperl von gegenüber aus der Fahrschule herübergerollt sein.

Über den Vorfall hat bis heute niemand ein Wort verloren, auch ich nicht, obwohl ich davon überzeugt bin, dass nicht nur der Weltschmerz die Tränen aus Matthias Augen presste. Ihm fehlt der Abstand, er sieht das Schöne nicht mehr an seinem Platz am Tresen. Er bräuchte einen Tag woanders, das würde ihm Kraft und Zuversicht geben, ganz sicher, und er käme mit leuchtenden, saharasandtrockenen Augen ins Enzianstüberl zurück und würde sich auf seinen Hocker schwingen wie Lawrence von Arabien auf sein Kamel. Neben mir am Stehtisch bei der Tür im Belgradstüberl ist auf jeden Fall noch Platz. Fragen müsste er mich allerdings schon, ob ich ihn mal mitnehmen würde. Weil ich zum Beispiel dränge mich niemandem auf.

KOMPLEXER DISPUT GEGEN MITTERNACHT

DIE Frage ist doch: War Hitler ein Nazi?
Bitte?
War Hitler ein Nazi? Nur weil er Mitglied der Nationalsozialistischen Deutschen Arbeiterpartei war.
Bitte?
Wo bist du Mitglied?
Nirgends.
ADAC.
Nein.
Videothek.
Was?
Mitgliedsausweis für eine Videothek.
Schon lang nicht mehr.
Aber du hattest mal einen.
Ja.
Also: Ungefähr zweiundneunzig Prozent der Leute, die einen Mitgliedsausweis einer Videothek haben, leihen sich Pornos aus. Liegt auf der Hand. Harte Pornos, weil die anderen kriegst du problemlos im Internet. Also: Lauter Pornografen, die sich schmutzigstes Zeug reinziehen, und was machst du?
Was?
Leihst du dir schmutziges Zeug aus? Echt schmutziges Zeug?
Nein.
Haha.
Nein.
Ich glaube dir. Ich glaube dir völlig. Aber wenn jemand kommt und sagt, du bist ein Pornograf, was machst du dann? Dann schaust du blöd. Genau wie jetzt. Du schaust

blöd, weil du den Zusammenhang nicht verstehst. Und der Zusammenhang ist: Du bist Mitglied in einer Videothek, die von schmutzigen Pornos lebt. Bist du deswegen ein schmutziger Pornograf? Ich würde sagen: Nein. Bist du nicht.
Es gibt einen Unterschied zwischen der NSDAP und meiner Videothek.
Der ist doch graduell.
Was ist der?
Darum geht's nicht. Der Hitler war in der Partei, logisch, so wie du in der Videothek. Aber war er deswegen ein Nazi?
Er hat Millionen Menschen vernichtet und die Welt in Schutt und Asche gelegt.
Kann ja sein.
Ist so.
Kann ja sein. Aber wenn der kleine Ali aus Bagdad erwachsen ist, geht der dann zu seinem Vater und sagt: Vater, warum hat der Nazi Bush die Welt in Schutt und Asche gelegt? Was sagt dann der Vater? Dann sagt der Vater: Der Bush war kein Nazi.
Was?
War der Bush ein Nazi? Nein, er war bloß Republikaner, im amerikanischen Sinn. Verstehst? Und Lyndon B. Johnson, war der ein Nazi? Hat Vietnam in Schutt und Asche gelegt. Und keine Autobahnen gebaut! War ein Scherz. Verstehst, was ich sagen will: Wieso muss der Hitler ein Nazi gewesen sein? Vielleicht war er nur ein Parteimitglied.
Hitler war ein Verbrecher.
Es gibt Leute, die behaupten, Uli Hoeneß ist ein Verbrecher, weil er Steuern hinterzogen hat.
Du kannst doch jetzt nicht von Hitler direkt zu Hoeneß kommen.
Siehst du doch, dass ich's kann.
Aber wieso?

Damit du verstehst, was ich meine. Dass das die Grundfrage ist: War Hitler ein Nazi?

Du spinnst. Du bist irre.

Wenn du kritische Fragen aufwirfst, die manchen Leuten nicht passen, heißt's gleich: Du spinnst, du bist irre. Ab in die Psychiatrie! So läufts. Schöne Grüße an Herrn Mollath.

An wen?

Mollath. Den sie in der Psychiatrie versenkt haben, weil er die Machenschaften seiner Frau mit Schwarzgeldgeschäften aufgedeckt hat. Ich spinn nicht. Ich denk nach.

Bist du sicher, dass das Denken ist, was da in deinem Kopf vorgeht?

Der Hitler war Politiker, kapierst du das nicht? Wie der Bush. Wie der Johnson. Kim Yong Il. Stalin. Die machen ihre Arbeit. Die ist natürlich grausam, diese Arbeit, absolut abzulehnen. Tun wir ja auch alle. Wählen die Grünen. Dann lassen die Grünen Bomben in Jugoslawien abwerfen. Dumm gelaufen. Wählen wir halt beim nächsten Mal die SPD. Die schickt Waffen nach Israel, das ist erlaubt. Israel ist der Erzfreund. Seit 45 natürlich, vorher nicht.

Was? Was?

Die einzige Partei, die keinen Krieg weltweit unterstützt, ist die FDP. Das fällt bloß niemandem auf. Die FDPler sind die letzten Pazifisten im Land.

Hä?

Du musst dich mehr informieren, sonst wird das nichts mehr mit dir. Du verkümmerst. Das fängt schon an.

Hitler war ein Nazi.

Das sagst du so, weil das die einfachste Lösung ist. Wer nicht für mich ist, ist gegen mich. Aug um Aug, Zahn um Zahn. Wollt ihr den totalen Krieg? Ja freilich. Und da fragst du mich, wie ich so schnell von Hitler auf den Hoeneß komme.

Was hat der Hoeneß mit dem totalen Krieg zu tun?

Der Hoeneß als Verbrecher an sich. Hier geht's um die Katalogisierung von Menschen. Das musst du doch verstehen in deinem Alter. Wie alt bist du eigentlich?
Vierundfünfzig.
Das ist ja Wahnsinn. Und dann stehst du hier und stellst mir solche Fragen.
Ich stell dir keine Fragen.
Weil dir keine einfallen.
Was?
Du kommst nicht mehr mit.
Nazis waren also die anderen, aber Hitler war kein Nazi.
Das wissen wir nicht. Das ist ja die Frage, die ich in den Raum stelle. Darüber müssen wir nachdenken.
Müssen wir nicht.
Wieso nicht?
Weil wir wissen, dass Hitler ein Nazi war.
Du drehst dich im Kreis, mein Freund. Geh mal raus an die frische Luft, eine rauchen.
Ich rauche nicht.
Dann geh zum Nichtrauchen raus.
Sei doch du einfach still.
Ich bin der Wirt, ich kann reden, solang ich will.
Dann red mit dem Herbert.
Hab ich schon.
Und?
Er versteht mich.
Das glaubst du.
Ich weiß das. Herbert! War der Hitler ein Nazi? Da hörst du's.
Ich hör gar nichts.
Freilich nicht! Weil der Herbert seit einer Woche über die Frage nachdenkt.
Ehrlich?
Nimm dir mal ein Beispiel an ihm. Trinkst du noch eins?
Ja.

Versuch einfach mal, deine eingefahrenen Bahnen zu verlassen. Die landläufigen Meinungen beiseitezulegen. Sei subtil.

Was?

Subtil. Weißt du nicht, was subtil heißt?

Doch.

Also.

Was ist subtil an der Frage, ob Hitler ein Nazi war?

Du fängst an, mir leidzutun. Zum Wohl. Trink langsam, damit du dich nicht verschluckst.

Ich verschluck mich schon nicht. Und was ist, wenn wir zu dem Schluss kommen, dass Hitler kein Nazi war?

Dann haben wir ein Ergebnis und können uns einer neuen Frage zuwenden.

Welcher zum Beispiel?

Zum Beispiel der Frage: Warum war Hitler kein Nazi?

Aha.

Oder der Frage: Warum wurde er jahrzehntelang als Nazi verunglimpft? Wer hat davon profitiert?

Was?

Irgendjemand muss einen Nutzen davon haben, Leute als Nazis zu bezeichnen.

Guido Knopp.

Wer ist das?

Du kennst Guido Knopp nicht?

Nie gehört, den Namen.

Schaust du nicht fern?

Wann denn? Ich bin immer hier.

Du hast keinen Fernseher?

Nein. Was hat dieser Kopp …

Knopp.

Was hat der davon, Leute als Nazis hinzustellen?

Vergiss es einfach.

Ist er Jude?

Weiß ich nicht.

Du kennst den Mann, aber du weißt nicht, ob er Jude ist?
Ich kenn ihn nicht persönlich. Nur aus dem Fernsehen.
Das ist ja kein Kennen.
Hab ich auch nicht behauptet.
Aber du hast mich gefragt, ob ich den kenne? Obwohl ich keinen Fernseher habe.
Das wusst ich ja zu dem Zeitpunkt nicht.
Das ist wahr. Also: Du hast keine Ahnung, warum dieser Kopp …
Knopp.
Warum der Leute als Nazis hinstellt?
Er will die Zuschauer aufklären.
Worüber denn?
Über die Nazis natürlich.
Und deswegen stellt er Hitler als Nazi dar.
Hitler WAR ein Nazi.
Sagt der Fernsehtyp.
Sagt die ganze Welt.
Die Welt kennt sich aus.
Genau.
Und worüber will dieser Kopp …
Knopp.
Und worüber will der dann die Leute noch aufklären?
Kann ich in Ruhe mein Bier austrinken?
Stör ich dich vielleicht?
Na ja.
Ich bin der Wirt, es ist mein Recht, hier zu sein, ich störe niemanden.
Deine Anwesenheit stört mich auch nicht.
Das wäre ja auch unangemessen.
Ja.
Was genau stört dich dann?
Deine … vergiss es einfach. Du kannst sagen, was du willst, du bist der Wirt.
Ich werfe Fragen auf, und du entziehst dich.

Ich entziehe mich nicht.
Scheint mir aber so.
Das kommt dir nur so vor.
Gut. Frage: Ist der Papst ein Katholik?
Was? Was?
Der Papst. Ist der ein Katholik? Oder nur Mitglied in der katholischen Kirche?
Schwer zu sagen.
Darüber red ich doch die ganze Zeit. Das ist eben alles nicht so einfach. Das ist komplex. Das kann man nicht einfach alles so hinnehmen. Versteht du mich? Verstehst du mich?
Jetzt versteh ich dich.
Endlich. Mein Gott. Das nächste geht auf mich.
Ich mag keins mehr.
Was denn? Bist du ein Trinker, oder schüttst du nur Bier in dich rein?

Ich habs vergessen.
Bist du ein Gast, oder stehst du hier nur rum?
Ich weiß nicht.
Du weißt gar nichts, mein Freund, null.
Dann gib mir noch eins.
Sag das nicht so devot.
Was?
Freu dich, dass du da bist.
Ich freue mich.
Gib dir Mühe.
Mach ich ja.
Da stellt man ein paar Fragen, und alle klappen gleich zusammen. Schlaf nicht ein, Herbert!

BLUTIGE MITTERNACHTSBREZEN

(FÜR PETER PROBST)

DEM Rossmann Dieter seinem Schwager war die Frau weggelaufen. Schlimme Sache. Polizeiobermeister Bartl hatte die Sache am Hals, und das schnürte ihm praktisch die Luft ab. Durfte natürlich niemand mitkriegen, war klar. Denn der Bartl kannte die Ilona besser, als er sollte, zumindest nach Meinung von Ilonas Mann Sigi. Siegfried und Ilona Schallner waren seit neun Jahren verheiratet, er hatte den Friseurladen seines Vaters übernommen, sie arbeitete in der Bank ihres Bruders Dieter, und ihr neugebautes Haus in der Alten Straße war praktisch abbezahlt. Dafür sorgte schon der Rossmann Dieter. So war das üblich in Kochel am See.

Wenn Polizeiobermeister Bartl durch seinen Heimatort spazierte, empfand er brutalst mögliches Glück. Hier war er geboren – nicht direkt in Kochel, sondern ein paar Kilometer weiter in Benediktbeuern im dortigen Krankenhaus, das heute nicht mehr existiert –, hier hatte er eine unbeschwerte Kindheit verbracht. Hier sah er im Süden den Herzogstand, seinen Hausberg, und im Norden das Moor, wo er legendäre Begegnungen mit Mädchen gehabt hatte. Für den Bartl Bene gab es auf Gottes weiter Erde kein liebenswerteres Dorf als Kochel am See, und nicht für eine Million Euro würde er seinen Arbeitsplatz eintauschen gegen einen in der Kreisstadt Bad Tölz oder der Landeshauptstadt München.

Wenn Benedikt Bartl morgens in seiner Wohnung in der Bahnhofstraße aufwachte, war er augenblicklich erfüllt von Wohlbehagen. Und jetzt war die Ilona weg. Und er hatte die Sache am Hals. Und eine Leiche im Keller.

Eine Leiche im übertragenen Sinn. Eine Sexaffäre mit einer verheirateten Frau war in dem Sinn keine Leiche, schon klar. Aber wenn man zum Schnackseln jedes Mal in den Keller ging, damit niemand einen erwischte, tat man – so dachte der katholische Bartl auf dem Weg zum Hotel zur Post – etwas eher Sündhaftes. Ja, etwas Böses womöglich, das im Angesicht des HERRN nicht weniger wog als eine Leiche, die man verbarg, weil man als Mörder nicht enttarnt werden wollte.

Manchmal wünschte sich Polizeiobermeister Bartl einen Menschen, mit dem er über all das hätte reden können. Da war aber kein Mensch. Nur alte Schulfreunde und Arbeitskollegen und die paar Dorfleute, die wie er jeden Tag in der Post zu Mittag aßen.

»Hostu schoa Schpua?«, fragte ihn Cindy, die Bedienung.

Er schüttelte den Kopf, führte den Suppenlöffel zum Mund und bemerkte am Tisch gegenüber den Blick vom Esche Hermann. Der Bartl kostete von der heißen Grießnockerlsuppe und legte den Löffel in den Teller. Dem Esche Hermann sein Geschau war dem Bartl schon in der Volksschule auf den Zeiger gegangen. Der Esche schaute immer so, als wäre er superwichtig oder wüsste was Riesiges.

»Is wos?« Der Bartl konnte auch schauen, als wäre er superwichtig. Und im Gegensatz zum Esche Hermann war er superwichtig, er war Polizeiobermeister und stellvertretender Inspektionsleiter.

»Das frag ich dich.« Esche, Zahnarzt mit Praxis in der Schlehdorfer Straße, tupfte sich mit der Papierserviette den Mund ab.

Fotzenflicker, bläder!, dachte der Bartl.

»Wo kanntn di sei, die Ilona«, sagte Cindy, die immer noch neben dem Bartl seinem Tisch stand. »Di haut do net auf oamoi ab, sowos macht do koana, oder? Oder wos sogst du, Bene? Du bist do da Bolizist.«

Der Polizist streckte den Rücken. »Pass ma auf, Esche«, rief er. Die übrigen sieben Gäste unterbrachen ihre Gespräche und das Zerschneiden ihrer Schweineschnitzel. »I bearbeit den Fall seit gestern dauernd, und wenns wos Neis gibt, stähts morgn in da Zeidung. Mahlzeit.«
Er hatte sich gehenlassen, das wusste er sofort, aber jetzt war es zu spät zum Umkehren. Scheiß drauf, dachte er dann, im Grunde hatte er genau richtig reagiert. Fotzenflicker, arroganter!
Der Bartl schickte noch einen beredten Blick an den Tisch des Zahnarztes und widmete sich wieder seiner Suppe.
»Moxt a kloans Bier, Bene?«
»I drink net im Dienst, des woaßt du genau, Cindy.«
»Tschuldigung.« Für eine Zeitlang verschwand die Bedienung in der Küche. Mit dem Bartl Bene hätte Cindy sich sofort eingelassen. An manchen Tagen war sie dermaßen verliebt in ihn, dass ihre Hände zitterten, wenn sie ihm das Essen servierte. Sie begriff überhaupt nicht, wieso er so gar nicht auf sie reagierte. Sie fand sich hübsch und ordentlich gebaut, und ledig war sie auch und treu. Die anderen Männer wollten immer nur mit ihr schlafen und sonst nichts, aber sie stellte sich eine feste Beziehung vor und später auch eine Ehe. Für Kinder fühlte sie sich schon zu alt, sie war siebenunddreißig, das machte ihr nichts aus.
Der Bartl Bene war nicht verheiratet, und seine letzte Beziehung (mit der Ebert Lisa) lag mindestens zwei Jahre zurück, wenn Cindy sich nicht verrechnete. Und sie verrechnete sich eigentlich nie, in ihrem Herzen genauso wenig wie in der Gaststube.
»Stimmt so«, sagte der Bartl und stand auf. Cindy wartete noch, bevor sie die Münzen vom Tisch nahm, weil ihre Hände so zitterten.
Auf dem Parkplatz, vor dem gusseisernen Denkmal des Schmied von Kochel, stand Esche, der Zahnarzt, und rauchte.

»Wartstu auf mi oder wos?«, sagte der Bartl.
»Ich rauch, das siehst du doch. Du hast einen Fleck auf deiner Uniform.«
»Scho recht.«
»Und wo ist die Ilona Schallner?«
Der Bartl nickte. Den Fleck auf seiner Uniformjacke hatte er schon bemerkt, dann wieder vergessen. Das ärgerte ihn dermaßen. Von dem Esche würde er sich trotzdem nicht provozieren lassen.
Der Zahnarzt trat die Kippe aus. »Die Ilona war letzten Freitag bei mir in Behandlung, sie hat angedeutet, dass sie ein paar Sachen ändern muss. Und dein Name ist auch gefallen.«
»Aha.«
»Du sollst einen Streit mit dem Sigi gehabt haben, sagt die Ilona, und sie hätte Angst vor ihrem Mann.«
»I hob koan Streit mit dem Sigi. Servus.« Bartl wandte sich zum Gehen.
»Ist da was zwischen dir und der Ilona?«
Ungefähr vier Sekunden lang schossen ein paar Gedanken durch dem Bartl seinen Kopf, die ihn beinah verraten hätten. Dann beruhigte er sich wieder. »Da is nix. Und jetz pass moi auf: Wenn du wos woaßt über die Ilona, des wo i aa wissen miaßat wegen dem Fall, dann sog's glei, sonst lass i di abhoin. Verstanden?«
»Du willst mich abholen lassen?« Der Zahnarzt lächelte, und seine Zähne glänzten in der Sonne. »Bist du jetzt bei der SS? Komm doch vorbei und versuch, mich abholen zu lassen. Dann stehst du morgen in der Zeitung. Servus.« Er ging in Richtung Schlehdorfer Straße davon.
Dem Bartl loderte eine brutale Gemeinheit auf der Zunge. SS! Wo doch jeder Depp im Landkreis wusste, dass sein Großvater ein bekannter Widerstandskämpfer gewesen war! Wie überhaupt ganz Kochel in den Geschichtsbüchern als einer der unerschrockensten und wehrhaftesten

Orte gegen die Nazis galt. Dorfbewohner versteckten aus München geflohene Juden und andere von der SS gejagte Menschen unter Lebensgefahr in ihren Wohnungen und in den Wäldern ringsum. Nach dem Krieg erlangte ein Großgrundbesitzer, der den Nazis getrotzt und unzählige Flüchtlinge in seinen Stallungen vor dem sicheren Tod gerettet hatte, weltweiten Ruhm, als er ein Buch veröffentlichte, in dem er Kochels heroische Leistung während des »Tausendjährigen Reichs« in aufwühlenden Details beschrieb und sich dankbar und demütig zeigte, Mitglied einer solchen Dorfgemeinschaft zu sein. Später wurde er Bürgermeister und verkörperte bei den alljährlichen Heimatfestspielen den Schmied von Kochel, der seinerzeit im Kampf gegen die Habsburgischen verraten worden war und in der Sendlinger Mordweihnacht in Tapferkeit fiel.
Dem Bartl sein Großvater war der beste Freund jenes legendären Landwirts und Schmied-von-Kochel-Darstellers gewesen. Ihn, den Enzel, als SSler zu beschimpfen, war deshalb eine so niederträchtige Beleidigung, dass der Bartl überlegte, ob er den stinkenden Fotzenflicker nicht irgendwie rechtlich belangen könnte.
In der Inspektion stellte Polizeihauptmeister Mayr eine Frage, die er seinem Kollegen seit gestern Mittag, als der Rossmann Dieter erklärte, seine Schwester sei spurlos verschwunden, schon mindestens fünfmal gestellt hatte. »Der Schallner Sigi, wieso meldet der seine Frau nicht offiziell als vermisst? Wieso wird da so geheimnisgekrämert?«
Für den von der Natur mit einer Überdosis Misstrauen infizierten und von Grünwald nach Kochel umgezogenen Polizeihauptmeister wurde im Dorf praktisch täglich von irgendjemandem irgendetwas geheimnisgekrämert. Mayr hielt sogar seine eigene Ehefrau für eine zu allem fähige Trickserin.
»Und wieso krieg ich da immer noch keine Antwort drauf, Bene?« Mayr zog eine Prise Schnupftabak ins linke Na-

senloch und gab ein Grunzen von sich. »Und was war heut in der Post? Was sagen die Leut? Hast was rausgekriegt? Weil wenn nicht, legen mir die Sache zu den Akten. Ich schlag mich damit net rum, ich bin net zuständig für Vermisste. Da gibt's extra Kollegen in München, die wo des können: wen finden.«

Am Waschbecken ließ der Bartl heißes Wasser über den Zipfel eines Handtuchs laufen und rieb damit über die fleckige Stelle auf seiner Dienstjacke. Der Fleck war jetzt schwarz und nass. »Die Cindy sogt, sie hätt die Ilona gestern Vormittag beim Vorbeiradeln vorm Supermarkt gseng, sie is da rumgstandn. Aloa.«

»Allein? Gestern Vormittag? Wieso steht die vor dem Supermarkt rum? Wieso war die nicht in der Arbeit?«

»Sie hot freighobt, si hot oiwei am Dienstag frei, des hot der Dieda doch vazäit.« Der Bartl goss Kaffee in eine Tasse und hockte sich zu seinem Vorgesetzten an den kleinen runden Tisch neben dem Kühlschrank. Das war der Entspannungstisch.

Mayr klopfte mit dem Zeigefinger auf seiner Nase herum. Das machte er immer, wenn er schnupfte. Das Geräusch, fand der Bartl, klang hohl und nervig. »Ich bin später dazugekommen gestern, schon vergessen? Des ist doch keine Aufgabe für uns, so eine Suche nach jemand, der nicht mal offiziell vermisst wird. Der Bruder weiß gar nix, der sagt, die ist weg und es ist was passiert, aber was, weiß er nicht.«

Für den Bartl entwickelte sich die ganze Situation allmählich zu einem Kreuzweg. Jetzt hockte er in der Dienststube, seinem Chef gegenüber, aufgebläht vom mittäglichen Hirschgulasch, ohne die Lizenz zum Schnapseln. Noch dazu als so was wie ein letzter Zeuge.

Wie lang, überlegte er und setzte dabei ein Gesicht auf, das er für unauffällig hielt, war die Ilona am Sonntag bei ihm geblieben, während der Schallner wie üblich in Heilbrunn beim Frühschoppen versumpfte? Bis um fünfzehn Uhr ungefähr. Dann haute sie ab. Er hätte eh nicht mehr können. Seit gestern früh war der Schallner auf einer Tagung in Nürnberg, noch bis Freitag. Als der Bartl ihn gestern Nachmittag endlich am Handy erreichte und ihm mitteilte, dass der Rossmann Dieter behauptete, seine Schwester sei spurlos verschwunden, hatte der Schallner bloß gelacht und gemeint, die Ilona wär wahrscheinlich bei ihrem Liebhaber auf dem Herzogstand. Soweit er wisse, habe sie ihre Mutter in Murnau besuchen und da auch übernachten wollen, und jetzt müsse er das Gespräch beenden, weil der nächste Vortrag beginnen würde.

Ilonas Mutter in Murnau hatte keine Ahnung. Von nichts. Sie lebte in einem Seniorenheim und erinnerte sich hauptsächlich an den eisigen Winter neunzehnhundertfünfundvierzig auf sechsundvierzig und an die kalten Betten im Krankenhaus, wo sie als Dreijährige lag und fast gestorben wäre. Wann ihre Ilona sie zum letzten Mal besucht hatte, wusste die Alte nicht. Die Heimleiterin wusste es auch nicht. Niemand wusste etwas über den Verbleib der Ilona.

»Wieso schaust du so blöd?«, fragte Polizeihauptmeister Mayr.

Der Bartl zuckte zusammen, was ihn sofort ärgerte. »Schau doch säiba bläd! I denk nach.«

»Worüber?«

»Über ois.«

»Über alles? Sehr gut, Kollege. Dann denk mal drüber nach, wie wir am nächsten Wochenende dafür sorgen können, dass die Leut ihre Autos nicht wieder im Geiger seinem Hof parken und auf seinem Feld daneben. Das war ja eine Katastrophe im letzten Jahr. Wir haben total versagt mit unsern polizeilichen Maßnahmen, eine Schande war des.«

Jedes Jahr am dritten Aprilwochenende strömten Hunderte von Besuchern nach Kochel, um das farbenprächtige Tulpenmeer am Fuße der Kohlleite zu bewundern. Aus bisher unerforschten Gründen blühten unterhalb des Hügels im Osten des Dorfes Tausende von wilden bunten Tulpen. Ein Wunder, eine Touristenattraktion. Natürlich kamen die meisten Leute mit ihren Autos, die sie irgendwo hinstellen mussten. Das Anwesen des Geiger-Bauern lag günstig, groß war es auch, ideal zum Parken. Um ein Haar hätte der Geiger die Gemeinde auf Schadensersatz verklagt, lange Gespräche wurden geführt, bis der Bürgermeister hoch und heilig versprach, dass die Polizei heuer den Verkehr so regeln werde, dass weder der Geiger-Bauer noch andere Grundbesitzer in der Nähe der Kohlleite zu Schaden kämen. Schwieriges Unterfangen, meinte Polizeihauptmeister Mayr. Bläder Scheiß, meinte Polizeiobermeister Bartl.

In dem Moment, als Inspektionsleiter Mayr aufstehen und den Fall – falls es überhaupt einer war – zu den Akten legen wollte, klingelte das Telefon auf dem Tisch. »Polizei Kochel, grüß Gott«, sagte er. Dann hörte er eine Minute zu, bevor er seine Dienstmütze aufsetzte. »Der Birkeneder von der Wasserwacht hat eine weibliche Leiche am Loisach-Ufer gefunden. Er sagt, die Frau kommt ihm bekannt vor, schaut aus wie die Schallner Ilona.«

Es war Ilona Schallner. Sie war erschlagen worden, ihr Hinterkopf wies zwei klaffende Wunden auf. Der Täter hatte die Leiche in der Nähe der Brücke abgelegt. Reifenspuren im Gras. Die Mordkommission aus Bad Tölz würde jeden Moment eintreffen. Der Mittwoch war gelaufen. Dem Bartl sein Kreuzweg war noch nicht zu Ende, das spürte er deutlich. Die Mordkollegen würden herauskriegen, dass er am Sonntag mit der Ilona zusammen gewesen war. Dass er schon länger ein Verhältnis mit ihr hatte. Dass er mit ihr in den Keller zum Schnackseln ging, und zwar im praktisch schon abbezahlten Haus des Ehepaars Schallner. Dass er sich mit dem bescheuerten Sigi gestritten hatte, was die Ilona auch noch diesem selbstgefälligen Fotzenflicker von Zahnarzt erzählt hatte, aus welchen kranken Gründen auch immer.

Das fliegt alles auf, dachte der Bartl. Die Sache mit dem Geld, das Ilona für das Geschäft ihres Mannes von der Bank abgezweigt hatte. Die Sache mit dem Einbruch im Postamt, bei dem hundertfünfzigtausend Euro gestohlen worden waren, die Ilona dringend brauchte, um ihre Trickserereien gegenüber ihrem Bruder in der Bank zu vertuschen. Die Sache mit dem nächtlichen Verkehrsunfall, den Bartl mit seinem alten VW besoffen verursacht hatte, und bei dem ein Urlauber schwer verletzt worden war. Der nüchterne Esche Hermann, der mit im Wagen gesessen hatte, hatte die Verantwortung übernommen, ein cleverer Anwalt sowie der »herbeigerufene« Polizist Bartl hatten den Unfallhergang so gedreht, dass der ebenfalls betrunkene Gast aus Oldenburg praktisch selber schuld war.

So lief das in einem Dorf, in dem jeder jeden kannte und in dem man aufeinander angewiesen war. Und Kochel am See war bekannt für seine intakte und fürsorgliche Dorfgemeinschaft. Das war man schon der eigenen gloriosen Vergangenheit schuldig.

Und ich, dachte der Bartl, weiß viel, eigentlich alles, ohne mich geht nichts.

Die Mordkollegen, klar, schnappten sich erst einmal den Ehemann, ließen ihn von Nürnberg nach Kochel zurückbringen und quetschten ihn aus. Dass Ilona und er in jüngster Zeit ständig Streit hatten, wusste das ganze Dorf, doch für die Tatzeit – Montagnacht zwischen Mitternacht und ein Uhr – hatte Siegfried Schallner ein bäriges Alibi. Polizeiobermeister Bartl bestätigte, dass der Friseur bis nachts um drei bei ihm zum Pokern gewesen sei und er ihn dann – »superzua wia der war« – auf der Couch habe übernachten lassen.

Die ersten achtundvierzig Stunden nach Auffindung der

Leiche vergingen, und die Mordler hatten noch keine heiße Spur. Das war dem Bartl Bene mehrere Weißbiere wert, während der Rossmann Dieter allein in seinem Wohnzimmer saß und heulte.

»Du bist des gräßte Arschloch überhaupts«, sagte der Bartl zum Schallner. Sie standen in Bartls Küche, von drüben dröhnte der Fernseher herüber. »Du host di Ilona daschlogn, bloß wei's weg woit von dir. Du bist a Viech, Sigi, sonst nix.«

»Dankschön fürs Alibi«, sagte der Schallner.

I kriag eich olle, dachte der Bartl, i werd no amoi Bürgermoasta.

»Mia hoitn zamm in Kochel, des war immer scho so und des bleibt aa so«, meinte der Schallner. »Treff ma uns inna Stund in da Post. I sitz dann da traurig, und du kummst dazua und tröstest mi. Und späda, vastähst, nimm i die Cindy mit hoam. Damit i net so aloa bin, woaßt scho. Die Cindy ghört nämlich jetza mia.«

»Scho recht.«

An der Tür umarmte der Schallner den Bartl. »Unsere Großvodan warn im Widerstand, und mia sans oiwei no.« Beschwingt stieg er in seinen silbergrauen BMW, und Bartl schlug die Haustür zu.

Ungefähr um drei viertel zwölf in der Nacht parkte der Bartl seinen VW Golf hinter dem Hotel zur Post. Er ging über den dunklen Hof, fünf Weißbiere im Kopf und zwei Bärwurz, da trat jemand von hinten auf ihn zu, packte seinen Kopf mit beiden Händen und riss ihn herum. Ein Knacken. Dann Stille. Dann zirpten wieder die Grillen.

Der Schallner Sigi saß todtraurig am Tisch beim Tresen und ließ sich von der Cindy über den Arm streichen, als der Esche Hermann, der sich wie in einer Winternacht die Hände rieb, in die Gaststube kam, neben dem Schallner Platz nahm und diesem kameradschaftlich und wortlos auf die Schulter klopfte.

»Moxt an Schnaps, Herr Doktor?«, fragte Cindy.
»Sehr gern.«
»Wo bleibtn der Bene?«, fragte der Sigi mit tränenerstickter Stimme.
»Ich wunder mich auch«, sagte der Esche fast weihnachtlich.
Die Tür zur Küche ging auf, und ein junger Hilfskoch brachte eine Schüssel und einen Korb mit frisch aufgebackenen Brezen. In der Schüssel schwammen acht Weißwürste in heißem Wasser. »Den Senf bringi extrig«, sagte der junge Mann.
»I hob ma dacht, was Warms dad jetz guat.« Die Bedienung verteilte das Besteck und legte auf zwei Teller jeweils zwei Weißwürste. Der Schallner griff nach einer Breze und riss ein Stück ab. Erschrocken ließ er es auf den Teller fallen. »Do is ja a Bluad dro!«
Cindy nahm das Brezenstück in die Hand. »Mei, der Klausi, unser Lehrbua«, sagte sie. »Hot er sie wieda in'n Finger gschnittn, der Dödl. Der is so ungschickt, mir ham den von Bichl drüben. Duad ma wahnsinnig leid, Sigi.«
»A wos«, sagte der Schallner und nahm der Cindy die Breze aus der Hand. »Des Bluad macht mir nix, Bluad is gsund.« Dann biss er herzhaft in die Breze mit den Blutflecken und bemerkte nicht, wie Cindys Hand unter dem Tisch nach der des Zahnarztes griff. Dr. Esche lächelte, und seine Zähne glänzten sogar im matten Licht der Gaststubenlampe.

BIOHERZ MIT BANDNUDELN

ARNULF war von Beruf Wegelagerer. Er arbeitete im Immobilienbüro Schuster & Biller am Goetheplatz und war zuständig für Zwei- bis Dreizimmerwohnungen für Familien mit Durchschnittseinkommen. Ein Scheißjob in seinen Augen, den ganzen Tag Jammerlappen und schreiende Babys. Nach Feierabend ging Arnulf meist ins Café Rust in der Innenstadt, aß eine Kleinigkeit, trank einen Jameson und spülte mit ein paar Bieren nach. Heute war Arnulf dermaßen mies drauf wie schon lange nicht mehr. Eigentlich war er überhaupt nicht drauf, er war bloß noch drunter. Er war am Arsch und hatte Hunger, und neben ihm am Tresen stand eine blonde Frau Anfang dreißig und trank Hollerblüten-Prosecco.

Hollerblüten-Prosecco. Was für eine Scheiße, dachte Arnulf, das war wahrscheinlich der Nachfolger dieser Aperol-Sprizz-Scheiße, die diese Medien-, Jura- und BWL-Blondis in den letzten Jahren überall dort in sich reinkippten, wo Arnulf nie eine einzige Wohnung vermieten würde. Weil es in so Gegenden wie dem Glockenbachviertel oder dem Lehel keine Scheißwohnungen für Billigverdiener gab. Und das war die Wahrheit. Und sein Kollege Murath sackte Provisionen ein zum Goldklumpenscheißen und schleppte die dreißigjährigen Blondis reihenweise ab. Arnulf betrachtete die Frau neben sich. Sie wandte ihm das Gesicht zu und sagte: »Ist was?«

Er sagte: »Sie haben schöne Hände.«

»Danke.«

Er sah zur Getränketafel und stellte fest, dass die Holler-Scheiße vier Euro siebzig kostete, für ein Null-Einser-Glas. Verfickt, dachte Arnulf. Wieso ging er seit Jahren jeden zweiten Tag ins Café Rust, um sich von solchen

Preisen und Leuten terrorisieren zu lassen? Er musste was essen. Er las die Speisekarte und zuckte zusammen. Bioherz mit Bandnudeln, stand da, und dazu gab's irgendeine Balsamico-Scheiße. Er traute seinen Augen nicht.

»Ist nicht euer Ernst«, sagte er zu Toby, einem der Barkeeper. »Wer isst denn so was? Was soll das überhaupt sein? Von was für einem Scheißbiotier ist das? Spuck's aus, Toby.«

»Vom Bioschwein«, sagte Toby.

»Verarsch mich nicht«, sagte Arnulf.

»Ist die Wahrheit, frag den Gerhard.«

Gerhard war der Wirt, und Gerhard zu fragen hatte ungefähr so viel Sinn, wie einem Schwein Abseits erklären zu wollen. Gerhard antwortete nie auf eine Frage, man fragte ihn was, er starrte einen an und murmelte irgendein Zeug vor sich hin, das komplett irre war. Gerhard war so was wie ein Autist und das Café Rust, das seinen Namen trug, eine Art offene Psychiatrie. Bioherz mit Bandnudeln.

»Haben Sie Hunger?«, fragte er die Frau am Tresen.

»Sprechen Sie mit mir?«

Offene Psychiatrie, war ja klar. »Klar«, sagte Arnulf. »Möchten Sie was essen?«

»Nein, danke.«

»Bioherz mit Bandnudeln.«

»Hatte ich heute Mittag«, sagte sie.

Das haute Arnulf um. Er trank seinen Jameson aus und bestellte ein Bier. Nach einer Weile wandte er sich wieder an die Frau. »Und? Wie hat's gemundet?«

»Bitte?«

»Das Bioherz. Hat's Ihnen geschmeckt?«

»Ja.«

»Das ist großartig«, sagte Arnulf. Er trank einen Schluck und überlegte, ob er den Rest des Bieres der Frau einfach über den Kopf schütten sollte. Nur so. Weil Freitag war und die einzige Wohnung, die er heute vermietet hatte, direkt an der Berg-am-Laim-Straße lag, gegenüber einem Lokal, in dem hauptsächlich Neonazis verkehrten. Aber das wussten die Niedrigverdiener nicht, die überglücklich den Vertrag unterschrieben und ihre zwei Babys vor Freude auf den Kopf geküsst hatten. Ein lausiges Dreizimmerloch. Wenigstens fuhren pro Stunde ungefähr fünftausend Autos vorbei, und die Straßenbahnen klingelten ununterbrochen, so konnte sich die Familie schon mal den Flachbildschirm sparen. Aus dem Fenster glotzen ist auch schön.

»Oder nicht?«, sagte er.

Die Frau am Tresen reagierte nicht. Arnulf trank sein Bier aus und bestellte ein neues. In seinem Magen rumorte es. Er war verspannt, sein ganzer Körper fühlte sich an, als stecke er in einem Schraubstock. »Ich will was essen«, sagte er zu Toby.

»Was magst'n, Arnulf?«

»Was Gescheites.«

»Risotto mit Kabeljau.«

Warum, fragte Arnulf sich zum achtundvierzigsten Mal in dieser Woche, ging er immer wieder ins Café Rust, wo es dieses Zeug zu essen gab und diese Frauen am Tresen standen und sich wichtig machten und Hollerblüten-Müll für vier Euro siebzig tranken und eine Wohnung im Glockenbachviertel hatten und diese ganze Scheiße.

Er war so dermaßen mies drauf, dass er von seinem Hocker aufstand und laut furzte. Augenblicklich verstummten sämtliche Gespräche. Doch das nahm Arnulf nicht mehr wahr. Die Frau neben ihm hatte ausgeholt und ihm mit der Faust so dermaßen unerwartet und brutalomäßig mitten ins Gesicht geschlagen, dass er sich wie ein Kreisel ein paarmal um die eigene Achse drehte, nach hinten kippte und bewusstlos liegen blieb. Aufgrund einer angeborenen Herzschwäche verstarb Arnulf Rösler noch auf der Fahrt ins Schwabinger Krankenhaus an den Folgen des

Schocks. Gegenüber dem Kripobeamten, der sie ins Polizeipräsidium mitgenommen hatte, erklärte die Frau vom Tresen – ihr Name war Lisa Grund –, sie habe heute vier beschissene Drehbuchbesprechungen mit lauter verfickten Redakteuren hinter sich, die alle an die Wand gestellt gehörten. »Irgendwann ist Schluss«, sagte sie. Arnulfs Kollege Erwin Murath sagte auf der Beerdigung am Nordfriedhof: »Arnulf war ein verdammt ehrlicher und immer höflicher Makler gewesen.« Viele waren es aber nicht, die den Wegelagerer auf seinem letzten Weg begleiteten.

ZIGEUNERSCHNITZEL UND DEMOKRATIE

UND es ist ja auch so, dass im Zigeunerschnitzel nur in den seltensten Fällen ein Zigeuner drin ist, oder mehrere. Sondern hauptsächlich Schwein, wie im Schweineschnitzel. Ein Kuhschnitzel gibt es dagegen selten, auch kein Rinderschnitzel in dem Sinn. Rinderbraten, ja. Kalbschnitzel. Wird gegessen. Da besteht auch keinerlei Verdacht auf Unkorrektheit im gesellschaftspolitischen Sinn. Während ein Zigeunerschnitzel natürlich in einem demokratischen System nach neunzehnfünfundvierzig im Grunde schwer zu vermitteln ist. Auf dem Land vielleicht eher noch, in Dachau. Flossenbürg. Obwohl man sich als Wirt darauf nicht verlassen sollte. Zumal am Samstag und Sonntag Ruhetag im KZ ist, also in der Gedenkstätte. In Dachau ist nur an Heiligabend zu, also in der Gedenkstätte. Aber wer will schon an Weihnachten ein Zigeunerschnitzel in Bayern?

Wenn man über solche Dinge nachdenkt, gerät man schon sprachlich in vermintes Gebiet. Das ist das Großartige an der Demokratie: Sie ist überall, draußen und drinnen, in der Gegend und in der Sprache, im Bayerischen Landtag und auf dem bayerischen Land. Teilweise auch im Bayerischen Wald und in Niederbayern und der Oberpfalz. Schön ist das. Da lacht das Volk und geht beschwingt zur Wahl und isst am Sonntag Jägerbraten beim Brückenwirt. Vermutlich befindet sich kein Jäger – oder Teile eines Jägers – im Jägerbraten, bloß wieder Sach vom Rind. Und Speck und das Übliche, dazu Knödel und Blaukraut. Das schmeckt sogar dem Jäger, so ein in eine würzige Marinade eingelegter Jägerbraten Hubertus. Dazu trinkt der Mann ein Augustiner, selbstredend ohne August im Innern, wohingegen im Spaten eindeutig Blech drin ist. Und im Löwenbräu? Löwen? Haha. Die Löwen aus Obergiesing machen Werbung für das Bier, dabei ist das im Grunde nicht ganz logisch, wenn man bedenkt, dass sie oft wie die Hasen spielen. Müssten also eigentlich Hasenbräu plakatieren. Macht auch niemand freiwillig.

Im Rinderschnitzel wird im Übrigen auch kein Inder verarbeitet. Inderschnitzel gibt's nicht. Komisch. Zigeunerschnitzel schon. Auch kein Sinti- oder Romaschnitzel – vielleicht in der Kantine der Grünen wegen der demokratischen Genauigkeit. Der Hunger bleibt ja derselbe. Niemand verzichtet aufs Essen wegen der Demokratie. Wenn das Zigeunerschnitzel nicht so heißen darf, aber noch genauso schmecken soll, muss man es umetikettieren, technisch kein Problem. Problem gelöst. Was gibt's heut Mittag? Romaschnitzel? Supa. Dann hat sogar das Aufstoßen hinterher ein demokratisches Fluidum.

Wir machen uns zu viele Gedanken, eindeutig. Was würde es nützen zu wissen, was sich in einem chinesischen Hühnertopf tummelt? In der Bihoun-Suppe? Und woher kommt die Leber mit Äpfeln? War das Schwein ein Säufer? Tablettensüchtig? Drogenabhängig? Oder zumindest ko-abhängig, weil der Bauer an der Nadel hing? Bleibt alles im Dunkeln. Nieren auf Toast. Wessen Nieren? Internationaler Organhandel womöglich. Da endet das demokratische Miteinander schnell mal. Griechischer Bauernsalat. Wer garantiert, dass sich da kein depressiver griechischer Bauer hat verarbeiten lassen? Oder ein türkischer Leiharbeiter? Das schmeckt man ja alles hinterher nicht mehr heraus. Ist das demokratiefreundlich, zu sagen: Einmal Königsberger Klopse, bitte! Macht man das? Oder sagt man: Ober! Einmal Kaliningrader Klopse, bitte! Und was für Klopse werden dann serviert? Im Sommer trinken wir dazu einen Russen, ist klar.

Gleich gibts Essen. Zigeunerschnitzel blutig, mit Pommes

und grünem Salat, dazu eine frische Negermass. Als Nachspeise KEINE Negerküsse, niemals. Jeder weiß, dass in der Negermass niemals ein Neger verflüssigt wurde oder im Negerkuss versüßstofft. Verpönt: Neger. Wieso? Wer von uns würde allen Ernstes eine maximal pigmentierte Mass Bier bestellen? Wo samma denn? Oder einen maximal pigmentierten Kuss? Spinnst du? Nickneger sind auch ausgestorben. Die Demokratie hat eine Menge Nachteile, vor allem im zwischenmenschlich-kulinarischen Bereich.

Da kommt mein Essen plus Getränk. Schaut doch grandios aus. Der Kellner ist ein Jugo alter Schule, ein echter Serbe, der Ihnen eine Bohnensuppe macht, da schmecken Sie die Landschaft raus und das ganze Selbstbewusstsein eines über die Jahrhunderte hinweg durch und durch humanistisch gesinnten Volksstammes. Der Koch hier kommt übrigens aus Uganda, der hat früher schon als Kindersoldat das Blut spritzen sehen. Und jetzt? Alle eingebettet in unsere blitzsaubere Demokratie, wo jeder seine Chance kriegt, wenn er sich an die Regeln hält und das Maul nicht zu weit aufreißt. Hallo! Branko! Spinnst du? Das Fleisch ist kalt, nimm's wieder mit. Und schick dich, sonst schick ich dir deinen Kollegen Goran vorbei! Sie müssen wissen: Der Goran ist ein Bosniak, aber kein lustiger. Wenn ich dem sag: Stutz den Branko zurecht, dann stutzt der den, dass er in einen Blumentopf in Sarajewo passt. Alles Tiere, letztendlich. Die Nato hätte sich damals die Bomben sparen können, die hätten sich doch alle eh selber abgeschlachtet. Das nächste Mal bestelle ich einen Balkantopf, da weiß ich, was drin ist, und der ist immer heiß. Ist schon lauschig hier im Biergarten, oder? Oder? Freilich.

DER GROSSE SPATEN

IN grauer Vorzeit lebte in der großen Stadt München ein Wirt, der ein unheimliches Bier ausschenkte. Von den Auswirkungen des Gebräus auf das Gemüt der Menschen, die ihm regelmäßig zusprachen, erzählen Legenden bis zum heutigen Tag. So sollen Männer nach dem Verlassen der Gaststätte laut kichernd und mit beiden Armen wild fuchtelnd über die Straße getorkelt sein, wobei sie jede Kontrolle über ihren Körper verloren zu haben schienen. Sie prallten gegen Häuserwände und rissen wahllos vorüberfahrende Radfahrer um, von denen es seinerzeit Hunderttausende gab. Sie schrien wirre Worte in offene Fenster oder stürzten vor eine herannahende Tram, wie die beliebten Fortbewegungsmittel damals genannt wurden, und starben jämmerlich auf dem Asphalt.

Andere wiederum schnappten verzweifelt nach Luft und brachten keinen Ton mehr heraus. Dabei hatten sie noch Minuten vorher munter an den langen Holztischen gesungen oder sich lautstark unterhalten. Keiner begriff, was mit ihm geschah. Es hatte etwas mit dem Bier zu tun, das war unzweifelhaft, aber Genaueres fanden auch die unerbittlichen Fahnder des Kreisverwaltungsreferats und des Gesundheitsamtes nicht heraus.

Anscheinend hielt das Bier jeder chemischen Prüfung stand. Auch dem Wirt, Sebastian Berghofer, war nicht das geringste Fehlverhalten nachzuweisen. Im Gegenteil: Der Stadtrat genehmigte ihm ein Zelt auf dem Oktoberfest, das zu jener Zeit als das größte Volksfest der Welt galt und erst Jahrzehnte später durch ein noch größeres in Shanghai seinen Ruf verlor und am Ende nur noch aus zwei Schießbuden, einer Geisterbahn und einem Stehausschank bestand, in dem der inzwischen alt gewordene Berghofer sein denkwürdiges Bier verkaufte, allerdings für einen Spottpreis und aus Plastikbechern.

In den Tagen unserer Geschichte jedoch war Sebastian Berghofer, den jeder Gast Basti nannte, wie den Mittelfeldspieler, der in jener Zeit beim legendären Fußballclub FC Bayern spielte und später als Rhetorikprofessor in Tübingen eine zweite, beispiellose Karriere begann – in dieser Zeit also war Basti Berghofer eine von aberwitzigen Mythen umrankte Gestalt im Münchner Stadtleben. Kaum ein Bürger, der sich – öffentlich oder hinter vorgehaltener Hand – nicht seinen Reim auf das unglaubliche Bier machte. Die Theorien reichten von der Vermutung, Berghofer mische dem Gebräu verbotene Gewürze eines zwielichtigen, bei einem Fastfood-Unternehmen sich verdingenden ehemaligen Sternekochs bei, bis zu der durchaus gemeinen Unterstellung, in den Gewölben der Brauerei sei die Kanalisation undicht. Dies übrigens blieb eines der hartnäckigsten Gerüchte und konnte, wenn man ehrlich sein wollte, nie ganz ausgeräumt werden.

Doch auch bei den regelmäßig stattfindenden Inspektionen der städtischen Verwaltung, des Bundeshygieneamtes und der Europäischen Aufsichtsbehörde für Gastronomie und Abfallbeseitigung wurden keine Unregelmäßigkeiten festgestellt. Dies verwunderte und beunruhigte viele Münchner umso mehr, als das Bier vor allem bei Frauen irrsinnige Schwindelanfälle, starken Brechreiz, Seh- und Schlafstörungen, aggressives Verhalten und bisweilen ungewollte Schwangerschaften hervorrief. Zu letzterem Phänomen erklärte ein Psychologe im damals noch exzessiv genutzten und heute vollständig vergessenen Medium Fernsehen, vermutlich stelle die Schwangerschaft einen unbewussten Abwehrmechanismus gegen genau jenes Getränk dar, welches sie erst hervorgerufen habe. Für die betroffenen Frauen waren derartige Mutmaßungen verständlicherweise wenig hilfreich, sie hatten ihren Ehemännern und Lebenspartnern eine Menge zu erklären und wussten nicht einmal, was. Sie konnten sich an nichts erinnern – außer an einen Rausch von der Schmerzhaftigkeit einer Begegnung mit einer jungfräulich abgefeuerten Kanonenkugel.

Das Bier, das Sebastian Berghofer – unbeeindruckt vom Chaos, das es gelegentlich anrichtete – weiter ausschenkte, zu überstehen, galt bald bei männlichen Jugendlichen als echter Initiationsritus. Mit quasi selbstmörderischer Gier leerten die Jungen die Humpen in sich hinein, und wer nach der vierten Mass schlappmachte, musste zur Strafe einen Monat lang beim Vinzenz Murr, einem in der damaligen Epoche mächtigen und gefährlichen Paten des Metzgereigewerbes, zum Mittag- und Abendessen gehen, ohne anschließend ein Verdauungsmedikament einnehmen zu dürfen.

Man erzählte sich von jungen Männern, die acht Mass tranken und denen ein zweiter Mund wuchs, in den sie nochmals vier Mass kippten. Daraufhin sprangen sie durch das große Fenster der Gaststätte auf den Bürgersteig, hoben ein am Straßenrand geparktes Auto in die Höhe und schleuderten es in einen chinesischen Imbiss in der Nähe. Innerhalb von zwei Jahren musste der Besitzer, ein rundum integrierter und bescheidener Asiate, sein kleines Lokal siebenmal komplett renovieren, weil immer wieder Fahrzeuge hereinflogen, oft ganze Mercedesse.

Die Wucht des Berghofer-Bieres war unfassbar.

Ältere Männer zum Beispiel begannen nach drei oder vier Gläsern hemmungslos zu weinen und an ihren Fingernägeln zu knabbern. Es war erbärmlich. Einige baten die Bedienung in einer Sprache, die sie nie zuvor gesprochen hatten, ihnen aber absolut verständlich vorkam, um Block und Kugelschreiber, weil ihnen plötzlich Gedichte einfielen, die sie dringend notieren wollten. Auf diese Weise entstanden Epen und Balladen, mit zittrigen Fingern und kreisenden Armen verfasste Werke von dadaistischer oder ähnlich gelagerter Tiefe.

Bedauerlicherweise verwandelte das Bier nur einige wenige Männer in beseelte Poeten, denen lange Haare wuchsen und fabelhafte Geschlechtsteile. Vielmehr krochen die meisten Trinker auf Händen und Füßen auf die Straße, wo sie sich mehrere Male im Kreis drehten, Verkehrsschilder anfauchten und ungeniert an abgestellten Fahrrädern urinierten, um sich dann, weiter auf allen vieren, jaulend und furchterregende Geräusche von sich gebend, auf den Weg zur Isar zu machen, die damals noch durch München floss. Die Männer rollten die Böschung hinunter, bellten ein letztes Mal schauerlich den Mond an und krochen in den Fluss, dessen Strömung sie in die Tiefe riss. Die meisten von ihnen blieben auf immer unauffindbar.

Da die Zahl der Fälle dieser ungeklärten, hündischen, Berghofer-Bier-bedingten Selbstmorde ins Unermessliche stieg, beschloss der Stadtrat die Umleitung der Isar, und zwar von Pullach über Forstenried und Germering bis in den Norden Bayerns – eine Baumaßnahme, die Milliarden verschlang, fast zehn Jahre dauerte und, wie man feststellen musste, von zweifelhaftem Nutzen war. Männer, die Berghofer-Bier tranken und sich am Ende des Abends in hunde- oder kojotenartige Wesen verwandelten, schleppten sich bald zum nur wenige Meter entfernten Hochhaus The Seven und stürzten sich von der Dachterrasse im fünfzehnten Stock in die Tiefe. Manche von ihnen, so behaupteten Zeugen, hätten noch kurz vor dem Aufprall ausgerufen: »Prost, Basti, du Sauhund!«

Eigenartigerweise verkehrte sogar der Münchner Oberbürgermeister, ein von den Bürgern abgöttisch geliebter Politiker, regelmäßig beim Berghofer und trat dort als Parodie seiner selbst auf. Die Leute jubelten und tranken noch mehr Bier, und der Oberbürgermeister hielt mit. Und auch, als über seinen Augenbrauen bereits zwei neue

Schnurrbärte sprossen und er jedes Wort nur noch rückwärts aussprechen konnte, bestellte er einen weiteren Humpen und kündigte sogar an, als Ministerpräsident kandidieren zu wollen.

Auch Stadträte mischten sich unter die Gäste; manche traten bald von ihrer Partei in eine andere über; ein CSU-Stadtrat legte mitten im Saal eine FDP-Politikerin flach, die später auf dem Heimweg in der Straßenbahn Werbung für die Linken machte; eine Stadträtin der Grünen riss sich die Kleider vom Leib und übergoss sich mit Bier, weil dieses – so schrie sie durch die Gaststube – aus ihr eine multikulturelle Schwarze machen würde, also eine maximalpigmentierte Frau, wie sie ergänzte, um korrekt zu sein oder das, was sie für korrekt hielt. Ein Hinterbänkler der SPD besprang die Frau auf der Stelle, angeblich, so ließen Parteigenossen später verlauten, weil er immer schon mal was mit einer Negerin haben wollte.

Beim Berghofer ging, wie man damals sagte und weil es sie noch gab, die Post ab. Asiaten fotografierten durchs Fenster, und wenn Polizisten hereinkamen, wurden sie umstandslos verprügelt.

Das war die Zeit, in der München sich selbst überstrahlte – kulturell, materiell, sexuell, eine Zeit der Genusssucht und der Harmonie; die Armut war praktisch ausgerottet; überall entstanden neue riesige Wohnungen zu Spottpreisen für Studenten und Lehrlinge, preiswerte Lofts, Loggien und Wohnanlagen mit Parks und künstlich angelegten Seen und Hügeln zum Rodeln im Winter. Der Schnee wurde aus Kanada importiert, der Oberbürgermeister, der seine Bürger genauso liebte wie sie ihn, wusste mit den Steuergeldern jederzeit sinnvoll umzugehen.

Sebastian Berghofer kaufte sich von den Einnahmen aus seinem Lokal den Ort Bad Wiessee, inklusive Spielcasino, und einen Teil des Tegernsees. Da er selbst nie Bier trank, besaß er eine überragende Gesundheit und wurde 109 Jahre alt. Er starb an einem Aschermittwoch im Februar. Die Beisetzung fand auf dem Ostfriedhof statt, begleitet von einem gewaltigen Umzug sämtlicher Trachten- und Heimatverbände des Oberlandes und unter der Anteilnahme Tausender Münchner Bürger, von denen einige aufgrund des jahrelangen Bierkonsums erblindet und zunächst zum Westfriedhof geirrt waren, was der feierlichen Stimmung aber keinen Abbruch tat. Im Gegenteil: Je mehr Menschen sich auf den Straßen rund um den weitläufigen Gottesacker einfanden, desto mehr spürte man die tiefe Verwurzelung des dahingeschiedenen Wirts in seinem Volk.

Angemerkt sei, dass die katholische Kirche damals noch eine Art Staat im Staat darstellte und von Säkularisation, vor allem im Bayernland, keine Rede sein konnte. Der Niedergang der katholischen Kirche begann erst Jahrzehnte danach durch die Vermählung des Papstes mit der Königin von Schweden und die darauffolgenden Erbschaftskriege, unter denen auch die weltweit führenden Religionskrieger der Islamisten arg zu leiden hatten, so dass am Ende der grausamen Auseinandersetzungen sämtliche Religionen vom Erdboden verschwanden – abgesehen von jener kleinen isländischen Splittergruppe, die auch heute noch immer wieder für Aufsehen sorgt, wenn eines ihrer Mitglieder in einen speienden Geysir springt, um die Menschheit von ihren angeblichen Sünden zu erlösen.

Zurück zum Trauerakt des hochgeschätzten Gastronomen Sebastian Berghofer. Als sein Sohn – Sebastian »Basti« junior, immerhin auch schon 87 Jahre alt – den Spaten nahm, um den Sarg mit der ersten Schippe Erde zu bedecken, verlor er das Gleichgewicht und stürzte in die Grube. Jede Hilfe kam zu spät. Sebastian Berghofer jun. wurde noch am selben Tag im Grab seines Vaters beigesetzt, und die Glocken läuteten unaufhörlich. Frauen – offensichtlich vom ausgeschenkten Freibier aufgewühlt – rissen sich die schwarzen Kleider vom Leib und tanzten ekstatisch um

das Familiengrab. Zwei sechzehnjährigen Ministranten platzten bei diesem Anblick die Hosen unter dem Messdienergewand, und es kam zu einer vorübergehenden Störung des Trauerakts.
Doch dann griff der Sohn von Sebastian Berghofer junior zum Spaten, und es kehrte wieder Ruhe ein. Der Enkel des alten Berghofer war 54 Jahre alt, ebenfalls Wirt und Spender der tausend Liter Freibier vor der Aussegnungshalle. Ohne innezuhalten, schaufelte er eigenhändig das Grab zu, begleitet vom inbrünstigen Schweigen der Massen um ihn herum. In die Annalen der Stadtchronik ging diese Beerdigung als das größte gesellschaftliche Ereignis seit der Abschaffung des Rauchverbots durch eine gigantische Bürgerinitiative ein.
Nach dem bewegenden Ereignis traf man sich in der Traditionsgaststätte der Familie Berghofer, und die Stimmung hätte nicht gleichzeitig würdiger und ausgelassener sein können. Hunderte drängten sich auf engstem Raum, draußen tanzten Tausende und tranken Bier, schlugen einander nieder, kopulierten mit wildfremden Hunden und bekamen nicht genug von dem wundervollen Gerstensaft.
Und kurz vor Mitternacht stieg Sebastian »Basti« Berghofer der Dritte auf einen Tisch in der Mitte des Saales und hob den langen, lehmverkrusteten Spaten in die Höhe, den er vom Friedhof mitgebracht hatte. »Bürger von München«, rief er, und seine Augen loderten wie Fackeln, »von heut an erhält unser in Stadt und Land berühmtes Gebräu einen Namen. Ich taufe es auf den Namen SPATEN. Prosit, Menschheit!« Daraufhin schwang er das schwere Gerät über dem Kopf und rammte es mit all seiner Manneskraft in den Holzboden des Lokals.
Und dort steckt es noch immer – als Zeichen des Triumphes und des wahren Geschmacks. Und wer den Spaten nicht sehen kann, möge noch ein weiteres Bier bestellen und auf ex austrinken und ein weiteres und noch ein wei-

teres. Dann möge er sich verneigen, ohne sich zu übergeben, und aus tiefer Seele Sebastian Berghofer danken, der damals, in grauer Vorzeit, mit seinen magischen Kräften jenes Bier zustande brachte, von dem wir bis heute zehren und das uns Gedanken verleiht, wie wir sie in unseren Köpfen niemals für möglich gehalten hätten.
So lasst uns in uralter katholischer Manier ausrufen: O Sebastian Berghofer, Herr und Schöpfer, Dein Spaten spalte das Gute vom Bösen in uns und erlöse uns von allen Gelüsten nach anderen Getränken. Denn Dein sei das Reich der Zeche und die Kraft des Rausches und die Herrlichkeit des Deliriums, in Ewigkeit, Amen.

2

Das tätowierte Herz
Licht in der Frauenstraße
Du edles Leben
Haus mit offenem Fenster
All die unbewohnten Zimmer
Aschenputtel weint nicht mehr

DAS TÄTOWIERTE HERZ

SIE hat es nicht böse gemeint, dachte er und rannte los. Er hatte ihre Worte noch im Ohr und ihre Stimme mit dem einzigartigen Akzent und auf der Zunge eine Erwiderung, aber er wusste, er würde nur stammeln. Auf der Straße hoffte er, ihre Worte und ihre Stimme würden schmelzen wie die Schneeflocken auf seiner schweißnassen Stirn.
Eben noch hatten sie getanzt. Er für sich und sie für sich, ohne sich gegenseitig zu berühren, doch in Atemnähe. Er sah in ihre dunklen Augen, die so ungewöhnlich waren wie ihre Stimme und ihr Duft. Die ganze Zeit über, von der Begrüßung auf der Treppe bis zu den ersten Schritten auf der Tanzfläche, hatte er überlegt, wonach sie roch. Süß wie eine Frucht, da war er sich sicher. Er hatte keine Ahnung von Parfüms. Zu Hause roch es nach Kohle und Kaffee, der in einer Emaillekanne von morgens bis abends auf dem Kohleofen warm gehalten wurde. Das Mädchen roch anders – nicht nach enger Küche und enger Stube und Zigaretten und Cognac. Sondern nach Garten und Frühling und einer Wiese bis nach Grünwald.
Das bildete er sich alles in dem Moment ein, als er sich umdrehte und die Augen schloss. Er schloss sie nicht einfach, er drückte sie fest zu, damit keine Träne hervorquoll, was ihm noch peinlicher gewesen wäre als alles andere.
Alles andere war, dass er mit Tamina auf der Tanzfläche stand, umringt von seinen Freunden, die im Gegensatz zu ihm ihr Mädchen an der Hand hielten oder sogar den Arm um ihre Taille gelegt hatten und auf das nächste Lied warteten. Hinter der Theke stand, wie jeden Samstag, Armin, der schon zweiundzwanzig war, und bediente den Plattenspieler. Manchmal machte er eine Ansage vor dem Lied,

nannte den Namen des Sängers oder der Kapelle, manchmal machte er einen Witz über den Tanzstil eines Jungen. Armin durfte das, niemand war ihm böse. Außer Raimund.

Armin war der Sohn des Fahrradhändlers Focks, dessen Geschäft und Werkstatt gegenüber dem Haus lagen, in das Raimund mit seinen Eltern wenige Monate nach Ende des Krieges eingezogen waren. Jeder im Viertel nannte Armins Vater den »alten Focks«, obwohl er erst so alt war wie das Jahrhundert: dreiundfünfzig in diesem Jahr. Aber er sah aus wie siebzig. Vermutlich rührte sein Spitzname daher, dass er seine Familie wie ein alter Patriarch behandelte. Mit Zorngebrüll maßregelte er seine Frau, und sie nahm ihn gegenüber ihren Freunden trotzdem in Schutz. Wenn Lothar Focks seinen achtjährigen Sohn mit einer Gerte schlug, weil dieser ein Fahrrad nicht ordentlich oder schnell genug geputzt hatte, ließ er die Werkstatttür weit aufstehen, damit jeder mithören konnte.

Seit Armin volljährig war – seit einem Jahr –, drang kaum mehr ein Laut aus der Werkstatt, abgesehen von einem gelegentlichen Hämmern oder Musik aus dem Röhrenradio. Der alte Focks lag im Krankenhaus, Armin erledigte die anfallenden Arbeiten allein, wobei er keine Eile zeigte und das Drängen der Kunden ignorierte, die auf ein funktionierendes Fahrrad aus Berufsgründen dringend angewiesen waren. Am Abend vor seinem einundzwanzigsten Geburtstag hatte Armin sich zum ersten Mal gegen seinen Vater gewehrt. Kurz davor – Raimund war Zeuge gewesen, weil er gerade von der Schule nach Hause kam – hatte Armin den alten Focks gewarnt und ihn daran erinnert, dass er gleich volljährig sei und nicht länger dem Willen seines Vaters unterstehe. Daraufhin stieß der alte Focks ein hartes Lachen aus und griff zur Gerte. Doch der Schlag traf nicht. Armin, der schlank war, fast dürr, wich geschickt zur Seite, packte mit beiden Händen das Handgelenk seines Vaters und drehte es herum wie den Gummischlauch eines Fahrradreifens. Der alte Focks schrie vor Schmerzen. Während er versuchte, mit der anderen Hand Gegenwehr zu leisten, schleuderte der schmächtige und hasserfüllte Armin den hundert Kilogramm schweren Körper seines Vaters gegen die Werkbank.

Raimund, der sich vor Schreck nicht von der Stelle bewegt hatte, sah, wie der Mann zu Boden sackte und sein Kopf auf dem Steinboden aufschlug. So erstarrt, wie der sechzehnjährige Nachbarsjunge dastand, so reglos lag der alte Focks zwischen abmontierten Felgen, Werkzeug und Gerümpel.

»Wenn du jemandem was verrätst, bist du fällig«, rief Armin zur Tür hinaus und wischte sich die Hände an seiner blauen Latzhose ab.

Raimund brachte kein Wort hervor.

»Hast du gehört, was ich sag?«

Raimund nickte. Dann warf er, wie aus Versehen, einen letzten Blick zu dem Mann auf dem Boden und machte sich auf den Weg. In seinem Zimmer kippte er aufs Bett und bemerkte erst jetzt, wie sein Herz trommelte, schneller und härter als bei jedem Fußballspiel. Als seine Mutter Stunden später – so kam es ihm vor, dabei waren nur zwanzig Minuten vergangen – die Tür öffnete und ihn besorgt fragte, warum er so blass sei, meinte er, wahrscheinlich habe er eine verdorbene Wurstsemmel gegessen, es gehe ihm schon wieder besser.

»Zieh ein frisches Hemd an«, sagte seine Mutter. »Wasch dir die Hände und das Gesicht. Und dann hilf mir in der Küche.«

Seine Mutter arbeitete in der Kanzlei Dr. Fellner als Sekretärin, sein Vater in einer Zahnarztpraxis in der Isarvorstadt, gemeinsam mit seinem Chef, dem achtundsechzigjährigen Dr. Riedmüller. Nach dem Abitur sollte Raimund studieren und in einigen Jahren in die Praxis seines Vaters einsteigen, die dieser bis dahin von Dr. Riedmüller übernommen hätte. Später würde dann Raimund die Praxis seines Vaters weiterführen. Daran bestand kein Zweifel. Raimund dagegen hatte andere Pläne, über die er nicht sprach, vor allem, weil er sie selbst noch nicht genau kannte. Er wusste nur, es waren andere als die seiner Eltern und seiner Großmutter Elisa.

Seit er Tamina kannte, dachte er weniger an seine Zukunft als an die Gegenwart. Im Grunde dachte er überhaupt nicht mehr daran, was einmal aus ihm werden sollte. Er dachte nur noch daran, etwas zu sein. Oder besser: etwas nicht zu sein – feige. Und er war feige. Er war zu feig, den Namen Tamina auszusprechen. Er war zu feig zu sagen, dass es überhaupt ein Mädchen mit diesem Namen gab. Und dass sie seine Freundin war. Und zwar seit dem vierzehnten Februar.

Seit zehn Monaten hatte er eine Freundin, und niemand wusste davon. Sie trafen sich heimlich an der Isar und hielten sich an den Händen und hatten sich schon halbwegs geküsst. Tamina hatte mehr ihn geküsst als er sie.

»Wie war's in der Schule?«, fragte sein Vater beim Abendessen. Sie aßen Würstel mit Kartoffelsalat, Brot und Aufschnitt und tranken Tee dazu. Seine Eltern und er wohnten im ersten Stock des Hauses, seine Großmutter Elisa in den drei kleinen Räumen im Erdgeschoss, seit fast dreißig Jahren. Im nächsten Jahr, so hatte sein Vater bereits mehrmals angekündigt, würden sie alle in ein neugebautes Haus im Glockenbachviertel ziehen, mit fließend warmem Wasser, einem Badezimmer mit Wanne und Fenster und einem kleinen Garten zum Bach hin.

»Paradiesisch«, sagte seine Mutter dann immer.

»Ich weiß nicht, muss das wirklich sein?«, meinte seine Großmutter.

Als sein Vater zum ersten Mal davon sprach, konnte Raimund es kaum erwarten, in die Gegend jenseits der Isar zu

kommen. Inzwischen sah er dem Umzug mit Bangen entgegen. Eigentlich mit wachsender Furcht. Er wollte nicht aus Ramersdorf weg, er wollte in seinem Viertel bleiben, fünf Straßen von Tamina entfernt.
Anfang Februar war Tamina zum ersten Mal im Pfarrzentrum aufgetaucht. Pfarrer Lohlein hatte sie den Jugendlichen vorgestellt und erklärt, sie stamme aus der Sowjetunion, ihre Eltern seien vor dem Diktator Stalin geflüchtet, hätten daraufhin in Berlin gelebt und seien Ende des vergangenen Jahres nach München gezogen. Tamina, sagte Pfarrer Lohlein, spreche schon sehr gut deutsch und wolle gern in die Jugendgruppe der Pfarrei aufgenommen werden. Einige von Raimunds Freunden mochten das dunkelhaarige Mädchen mit dem runden Gesicht und den großen Lippen spontan gar nicht. Aber Raimund konnte seinen Blick nicht mehr von ihr lösen.
Gleich am nächsten Samstag kam sie zum Gruppenabend, und als er sich endlich traute, sie zum Tanzen aufzufordern, schwitzte er am ganzen Körper. Sie lächelte ihn an. Wenn er sie etwas fragte, antwortete sie einsilbig, ohne dabei mit dem Lächeln aufzuhören.
Ob die anderen mitbekamen, was mit ihm los war, wusste er nicht, er redete mit niemandem darüber, schon gar nicht mit seinen Eltern.
»Wann ist die Deutschschulaufgabe?«, fragte sein Vater.
»Übermorgen.«
»Hast du gut gelernt?«
»Ja.«
»Du bist immer noch so bleich«, sagte seine Mutter. »War was?«
»Nein«, sagte er.
Seine Großmutter stand auf. Er wusste, was sie vorhatte, auch seine Eltern wussten es, aber niemand redete darüber.
»Habt ihr das mitgekriegt?«, sagte sie auf dem Weg zum Nebenzimmer. »Der alte Focks ist mit dem Krankenwa-

gen abgeholt worden. Ist in der Werkstatt zusammengeklappt. Der Armin hat ihn gefunden. Na ja, dann hat die Ursel ein paar Wochen Ruhe vor dem üblen Kerl.« Sie verschwand hinter der Tür.

»Ein Patient hat mir erzählt, er hätte dich mit einem Mädchen auf der Reichenbachbrücke gesehen«, sagte Raimunds Vater. »Wer war das Mädchen?«

»Ich war da mit keinem Mädchen.«

»Er hat dich gesehen, Raimund.«

»Weiß ich nicht mehr. Irgendeine Schulfreundin. Ist das wichtig?«

»Du weißt, du musst dich auf die Schule konzentrieren«, sagte seine Mutter.

»Ja. Ich geh noch was lernen, Biologie.« Raimund trug seinen Teller zur Spüle und ließ Wasser drüberlaufen, kaltes Wasser, denn in dem alten Haus gab es noch keinen Warmwasseranschluss.

In dem Moment, als er die Küche verlassen wollte, um vom Hausflur aus in den ersten Stock hinaufzugehen, kam seine Großmutter aus dem Nebenzimmer zurück. Sie gab ihm einen Gutenachtkuss und setzte sich wieder an den Küchentisch zu ihrem Sohn, der eine Zigarette rauchte, und ihrer Schwiegertochter. Ihr Atem roch nach Cognac. Wieder einmal fragte sich Raimund, warum sie so ein Geheimnis daraus machte.

Die Musik spielte weiter und die anderen tanzten schon wieder und Raimund war sich sicher, Tamina würde immer noch am Rand der Tanzfläche stehen, dort, wo er sie stehengelassen und wo sie zu ihm gesagt hatte, dass sie … dass er …

Er riss die Tür des Pfarrheims auf. Schneeflocken wehten ihm in die Augen. Der Wind war kälter als Taminas Hand. Hastig knöpfte Raimund den teuren Wildledermantel zu, der früher seinem Opa gehört und den er nach dessen Tod

geerbt hatte. Er griff in die Taschen und zog die beiden blauen Wollhandschuhe heraus, die er ebenfalls geschenkt bekommen hatte.
Er rannte quer über die schneebedeckte Straße, durch das milchige Licht der Straßenlampen. Er bemerkte nicht, dass er nur den rechten Handschuh überstreifte. Der linke rutschte ihm aus den Fingern, doch Raimund war so angefüllt mit rasenden Gedanken, dass er nichts wahrnahm außer tausend Schneeflocken und verschwommen an ihm vorüberhuschende Gestalten.
Er wollte nie mehr stehen bleiben.
Das war das Einzige, was er wollte in dieser Nacht. Nie mehr stehen bleiben.
Es schneite in seine Augen. Die Flocken schmolzen in seinen Tränen. Er lief am ehemaligen Feuerwehrhaus vorbei, in dem inzwischen die Polizei untergebracht war, an unzähligen unbebauten Flächen, auf denen bald neue, mehrstöckige Mietshäuser entstehen würden, am gelben Schloss der Gräfin Janicek, deren Enkel, ein allein lebender, ehemaliger Grundschullehrer, das Anwesen seit Kriegsende verrotten ließ. In diesem Schloss, hatte er Tamina erzählt, wollte er eines Tages einziehen und hinter vorgezogenen Vorhängen einen tausendseitigen Roman schreiben. Wie ein echter russischer Dichter, hatte er hinzugefügt, und Tamina hatte gelächelt und ihm wie einem Kind über den Kopf gestrichen. Und er hatte die Augen geschlossen, weil diese Berührung für ihn so neu war, als wäre er gerade erst auf die Welt gekommen.
Außer Atem erreichte er die Steinbrücke. Dahinter erhob sich ein Schuttberg, wie es viele in der Stadt gab, doch dieser war schon begrünt worden, und im Sommer wuchsen die ersten Blumen. Von hier aus konnte man über die Stadt sehen. An einem Samstagnachmittag hatten er und Tamina im Gras gesessen und aus einer Tüte süße Kirschen gegessen.

Die Erinnerung schmerzte in seinem Bauch wie verdorbenes Obst.

Zehn Meter keuchte er den Hügel hinauf, dann fiel er auf die Knie, kippte zur Seite und hustete so laut und lange, bis ihm der Hals weh tat, die Brust und die Lungen. Die Erde war nass und schmierig. Ihm kam es vor, als wäre er angefüllt mit schmutzigem schwerem Schnee, und es schneite unaufhörlich weiter in ihm, und die Flocken schmolzen nicht, sie begruben die Stadt unter sich, wo er mit Tamina gelebt hatte, die Straßen, die Wege, das Flussufer und alle heimlichen Stellen, die ihnen gehört hatten und niemandem sonst.

Eingehüllt in den gefütterten Mantel, wälzte er sich im schmutzigen Gras und rollte den Abhang hinunter, dass ihm schwindlig wurde. Dann schlug er mit der linken Hand gegen einen Stein und stieß einen Schrei aus, über den er erschrak, denn er dachte sofort an den Schrei von Armins Vater in der Werkstatt. Seither ging der alte Focks am Stock, seine Stimme war nur noch ein bitteres Krächzen.

Er sollte längst zu Hause sein, dachte Raimund, eine Stunde vor Mitternacht. Seine Eltern würden schon auf ihn warten, wie immer, wie sein ganzes Leben lang. Sie lauerten ihm auf, und er wehrte sich nicht – anders als der dürre Armin. Er war feige. So wie vorhin auf der Tanzfläche. Er war weggelaufen, wie immer.

Er kauerte auf dem Boden, den Mantel voller Flecken und Schlieren, schlotternd. Seine Haare hingen ihm ins Gesicht, Rotz rann ihm aus der Nase, Blut tropfte von seiner verletzten Hand. Er wusste, dass sein Vater nicht zu Hause auf ihn warten würde. Das tat er nie. Sein Vater würde durchs Viertel fahren und Ausschau nach ihm halten. Sogar an den Wochenenden, wenn Raimund zum Fußballspielen ging und sich anschließend mit Freunden verabredete, tauchte plötzlich sein Vater auf, als wäre er zufällig in der Nähe gewesen. Oder er streifte mit dem Fahrrad umher, rund um die üblichen Treffpunkte der Jugendlichen. Ein Auto besaßen seine Eltern nicht, sie sparten auf eines, das hatten sie schon erzählt, als noch Krieg war, und als der Krieg zu Ende war, fingen sie wieder davon an. Aber sein Vater brauchte Geld für die Ausbildung, und die Familie seiner Mutter hatte im Krieg alles verloren, und ein Auto war nicht so wichtig, solange die Straßenbahnen fuhren. Manchmal fragte sich Raimund, ob das Auto vor der Tür stehen würde, bevor er volljährig war und selber auf eines sparen konnte.

Jetzt hatte er den teuren Mantel versaut, die graue Stoffhose sowieso, und den neuen Rollkragenpullover.

Nur für Tamina hatte er die guten Sachen angezogen. Wie jeden Samstagabend trafen sie sich im Keller des Pfarrhauses zum Musikhören. Aber die Musik war nicht wichtig, jedenfalls nicht für ihn. Wichtig war das Sichanschauen und das Küssen und das Handfesthalten. Das Handfesthalten war für ihn fast noch wichtiger als das Küssen. Wenn er Taminas Hand drückte – und sie die seine –, war er überzeugt, dass er von nun an nicht mehr verlorengehen könnte. Dass da immer jemand war für ihn allein.

Allein für ihn.

Oft in der Nacht lag er im Bett und verspürte ein Vermissen, für das er keine Erklärung hatte. Tamina war doch in der Nähe, fünf Straßen weiter, und sie würde morgen immer noch da sein, leibhaftig, und wenn sie abwesend war, in seinen Gedanken.

Er war überzeugt, dass es ein Vermissen war und nicht ein Einsamkeitsempfinden oder eine Sehnsucht. Beides kannte er aus den Nächten, in denen die Bomben fielen und er sich unbändig wünschte, es wäre Sommer und die Vögel würden singen und die Grillen zirpen und in der Ferne wäre das gleichmäßige Rumpeln und Klingeln der Trambahnen zu hören. Nicht einmal die Umarmung seiner

Mutter hatte ihn dann getröstet, nicht einmal die anderen Jungen, die mit ihm im Bunker waren, an ihre Mütter geklammert, und vor lauter Angst armselige Witze erzählten.

Wenn er Taminas Hand hielt, verschwand in ihm alles Vermissen. Als würde es schmelzen wie Schnee auf der Stirn.

Anscheinend war das jedoch nicht genug, er fror trotzdem, und seine Finger blieben kalt, zu kalt für Tamina. So strickte sie ihm heimlich Wollhandschuhe mit einem Muster, das aussah wie ein Ahornblatt. Die Handschuhe hatten zwei verschiedene Blaus und passten ihm perfekt.

»Jetzt hast immer schön' warm' Händ«, sagte Tamina und gab ihm einen Kuss auf die Wange, und er griff sofort nach ihrer Hand. Lieber hätte er die Haut ihrer Hand gespürt, aber beides war nicht möglich: ihre Haut zu spüren und ihr wollenes Geschenk zu tragen.

Vor seinen Eltern versteckte er die Handschuhe. Seine Eltern mochten Tamina nicht, sie verboten ihm, sich mit ihr zu treffen. Nie war er so mutig, wie er es gern gewesen wäre, er war unbeholfen und nachgiebig, er hatte einfach gern seine Ruhe, war gern allein, redete nicht gern. Es gab nicht vieles, was er gern tat, seinen Freunden Limoflaschen servieren vielleicht, bei der Adventsfeier im Pfarrheim die Gäste bedienen, was seine Eltern jedes Mal unangemessen fanden.

Und dann schaute Tamina ihn eines Samstagabends an – es war der 14. Februar –, und ihr Blick tätowierte sein Herz.

Warum seine Eltern Tamina nicht mochten, hatte er nie verstanden. Von sich aus gaben sie keine Erklärung, und er fragte nie nach.

Vielleicht, dachte er manchmal, war es, weil Tamina eine Fremde war und keinen Vater hatte und ihre Mutter bloß in der Reißverschlussfabrik arbeitete. Seine Eltern wollten, dass er Dentist wurde und die Praxis übernahm und eine gute Partie machte und dafür rechtzeitig seinen Blick und seinen Umgang schulte. Etwas in der Art, dachte er. Dann hasste er sich für seine Feigheit, so wie er die Männer gehasst hatte, die Bomben auf seine Stadt warfen und Menschen töteten, weil sie glaubten, sie hätten ein Recht dazu.

Er betrachtete seine blutende, nackte Hand und begriff, dass er unterwegs Taminas linken blauen Handschuh verloren hatte.

Im Keller, mitten in einem Lied, zu dem sie getanzt hatten, jeder für sich, aber in Atemnähe, hatte Tamina zu ihm gesagt, sie wolle sich nicht mehr verstecken wegen ihm.

Den Satz hatte er nicht verstanden, und er sagte: »Wen denn verstecken?«

»Du mich, ich dich«, erwiderte sie.

Die Musik war laut, der Rhythmus schnell, ein deutscher Schlager, der jeden Samstag lief und den Armin offensichtlich besonders mochte. *Mein Roter Bruder wohnt in Arizona.*

Sie wären jetzt keine Freunde mehr, sagte Tamina.

Sie sagte: »Sind nicht mehr Freund', du und ich. Bist gut, aber nicht gut für mich.«

Ramona.

Raimund hörte den Namen Ramona, immer wieder, laut und furchtbar. Als hätte Tamina ihm den Namen ins Ohr geschrien und das Echo hörte nicht auf.

Aber sie schwieg. Nur der Schlager lief weiter. Und dann begriff Raimund, dass der Name in dem Lied vorkam. Ramona. Die Frau dort hieß Ramona, nicht Tamina. In Arizona. Er war nicht in Arizona, er war in Ramersdorf. Von der Theke grinste Armin herüber. Tamina lächelte.

Sie hat es nicht böse gemeint, dachte er im ersten Moment da unten im Keller.

Bestimmt hat sie es nicht böse gemeint, dachte Raimund am Fuß des ehemaligen Schuttbergs, der im Sommer ein grüner Hügel wurde. Und der Schnee, der unaufhörlich fiel, schmolz nicht auf seiner linken nackten Hand.

Den Roman mit tausend Seiten hat er nie geschrieben. Er hat überhaupt niemals einen Roman geschrieben. Mit der Zeit hat er das Schreibenwollen vergessen.

Eine Weile überlegt er, den Handschuh mitzunehmen, ihn zu waschen und dann anzuziehen. Doch dann lässt er ihn liegen und richtet sich schwerfällig auf. Ein weggeworfener blauer Wollhandschuh auf dem Kopfsteinpflaster. Er betrachtet ihn noch einmal, während es unvermittelt anfängt zu schneien. Zum ersten Mal in diesem Dezember. Er schaut zum grauen Himmel hinauf. Die Flocken tanzen vor seinen Augen. Der Handschuh hat das gleiche Muster – ein Ahornblatt – wie jenes, das Tamina damals gestrickt hat, als er sechzehn war und feige und Zahnarzt werden sollte.

Er hat Tamina nie vergessen. Was aus ihr wurde, weiß er nicht.

Sechs Semester studierte er, dann zog er nach Berlin. Als die Mauer errichtet wurde, hatte er ein Zimmer in der Bleibtreustraße in Charlottenburg. Mit einunddreißig kehrte er nach München zurück und fand ein Zimmer in der Raintalerstraße, wo er noch immer wohnt.

Zeitlebens hat er nichts anderes getan, als Leute bedient, in Kneipen und Cafés, zuletzt in einem Stüberl in seinem Stadtteil.

Eingehüllt in den kostbaren Wildledermantel, den er sich vor vierzehn Jahren zum Sechzigsten geleistet hat, geht er mit schweren Schritten den Giesinger Berg hinauf, schnaufend und erschöpft und ein wenig erstaunt über den Schneefall und die Erinnerungen, die wie Flocken durch seinen Kopf schweben und nicht schmelzen.

In seiner Wohnung brüht er löslichen Kaffee auf, zündet sich eine Zigarette an und wärmt seine Hände an der Tasse.

Er denkt an den Handschuh, den jemand vielleicht verloren oder weggeworfen hat aus lauter loser Liebe.
Jemand anderer wird ihn nötiger haben als ich, denkt Raimund Kupferstecher.
Sein Leben lang hat er keine Handschuhe getragen. Sie wärmen seine Hände nicht, sie wärmen sie einfach nicht.

LICHT IN DER FRAUENSTRASSE

SIE stand da, genau neben der Tür, und von draußen wehten Schneeflocken rein, und ich hab sie gesehen, auch wenn die Deppen später sagten, ich spinn und seh Gespenster, was manchmal vom Thombran kommt, das ich einnehm, damit ich nicht durchdreh. Tu ich gar nicht, ich schau bloß rum, was soll ich sonst tun? Ich schau rum, und dann seh ich was. Die Frau zum Beispiel. Die war da, ganz klar. Außerdem hab ich an dem Tag keine Thombran genommen, ich war gut drauf an dem Tag, ich hab die Kapseln nicht gebraucht. Sie stand genau neben der Tür, als wär sie grad reingekommen in der Sekunde vorher, und machte mit ihren Haaren rum. Die waren rot, dermaßen rot, und sie fummelte drin rum, steckte ihre Finger rein, und die verschwanden in dem Gebüsch da oben. Sie hatte eine Erdmann-Jacke an und drunter ein weißes Kleid, dermaßen weiß, als wär sie ein Weihnachtsengel oder eine Jungfrau und auch noch stolz drauf. Aber sie war keins von beidem, wie sich später definitiv rausstellte.

Sie stand also da und machte keinen Mucks und schaute zu mir rüber. Und das ist wahr. Ich hab Augen im Kopf. Sie zog den Reißverschluss ihrer Jacke runter und bewegte komisch ihren Bauch, das fiel mir auf, und ich dachte: Wieso merken meine Kumpels nichts? Die spielten einfach weiter. Wie immer hingen wir in Samson's Billardcafé rum und tranken Red-Bull-Pitbull. So vergeht der Advent, und man hat Spaß dabei.

Essig war ein Ex-Junkie-Ex-Knacki, und wenn er Kohle brauchte, was praktisch dauernd war, glotzte er alle an, als würden ihm gleich die Glubscher rausfallen, und hielt irgendeinen gefälschten Ausweis hoch und zitterte spitzenmäßig. Wer's genau wissen wollte, dem erzählte er, dass ihn eine Horde Skins zusammengeknüppelt hätte und er dann einen von ihnen erstechen musste, aus Notwehr, aber dass der Richter ihm nicht geglaubt hat, weil der keinem Junkie traut, und dass er in den Knast musste, weil der Richter behauptet hat, Essig hätt die Faschos provoziert und den einen heimtückisch erstochen.

Soltan rempelte dauernd Leute an, manche kriegten es mit der Angst und schenkten ihm freiwillig zwei Euro.

Korni konnte unglaublich perfekt heulen, alle Mamas waren gerührt bei seinem Anblick. Er war sechzehn und schluckte Smarties wie andere Gummibärchen, die Pillen pushten ihn durch die Nächte, vor denen er eine Mordsangst hatte. Und ich hockte in meinem Stuhl und fuhr um den Tisch rum und besorgte die Getränke, das machte mir nichts aus, das war mein Job. Die Jungs schämten sich nicht für mich, weil ich nur noch zwei halbe Beine hatte und im Rollstuhl saß. Ich gehörte trotzdem dazu. Wieso ich bloß noch zwei halbe Beine hab, ist unwichtig, weil man sowieso nichts ändern kann, es hat was mit dem Kart zu tun, mit dem ich Deutscher Jugendvizemeister geworden bin. Lang her. Aber ich hätt Meister werden können, ich schwör's, wenn's an dem Tag nicht plötzlich angefangen hätte zu schneien und …

Sie hat mich nicht ausgefragt. Coala. »Was is'n das für'n Name?«, hab ich sie später gefragt, und sie hat mich dermaßen angeglotzt, aus riesigen grünen Augen, und ich dachte schon, sie und Essig würden für irgendeinen verdammten Glotzwettbewerb trainieren. Das war später. Vorher stand sie bloß da und sagte keinen Ton. Sie holte sich am Tresen eine Cola, dann drehte sie sich rum, und ich hab die Räder entsichert und mich auf sie zugeschoben. Die Leute machen immer schön Platz, wenn so ein Krüppel rangiert. Ich hab wieder ihre Haare gesehen, ein roter Wahnsinn.

Sie nahm die Dose und schaute zu mir her. Es war eine

ziemliche Entfernung zwischen uns, ständig taumelten irgendwelche Trottel zwischen meinem und ihrem Blick hin und her, der Rauch von den Kartenspielern und der Krach überall störten mich auf einmal beim Schauen. Ich hab gedacht, vielleicht hat mir Korni ein Smartie in meinen letzten Red-Bull-Pitbull getan, ohne dass ich's gemerkt hab, oder ich hab doch eine Thombran eingeschmissen am Morgen und bin schon so verblödet, dass ich's vergessen hab.

Ich war sauber einen Tag vor Heiligabend.

Ich schaute also rüber zu ihr, sie schaute rüber zu mir. Dann hat sie irgendwie ihren Mund verzogen, keine Ahnung, was das bedeutete, und dann war sie weg. Raus aus der Tür, rein in die Flocken. Und ich wusste, das ist ein Zeichen, und fuhr ihr hinterher. Korni wollte wissen, ob ich spinn, ich sagte, ich hab was zu erledigen, und Essig hab ich sagen hören: Die Chemie ätzt ihm noch sein letztes Hirn weg. Hab nicht weiter hingehört und hab mich rausgeschoben auf die Straße.

Es war kalt, gegen halb sieben, Leute waren unterwegs, schleppten Weihnachtspakete durch die Gegend, eine Straßenbahn fuhr vorbei, voll leise auf der verschneiten Straße, vollbesetzt mit vollbepackten Leuten, die Scheiben beschlagen, das hab ich gesehen. Und dann griff ich unter die Decke, die ich auf den Knien liegen hatte, und schnappte mir meinen Hosenschlitz. Ich hab zwei halbe Beine, aber zwei halbe Eier hab ich nicht. Und als ich die Hand wieder rausholte, stand sie vor mir und schaute auf mich runter, auf meine Hand. Das war mir peinlich, und sie sagte: »Willst du einen Schluck?« Und sie hielt mir die Dose hin, und ich trank, und ich schwör's, das verdammte Blech schmeckte nach ihrem Mund. Ich trank das ganze Zeug aus, obwohl ich Cola für das beschissenste Gesöff nach Mineralwasser halte. Dann gab ich ihr das leere Ding zurück, und sie ließ es einfach auf den Boden knallen. Und

dann kniete sie sich vor mich hin und ihre Hand verschwand unter der Decke auf meinen Knien und dann in meinem Hosenschlitz.
Hundert vermummte Leute rannten um uns rum, und drüben war ein Wohnhaus mit einem Balkon, an dem ein Weihnachtsmann hing, als wollte er hochklettern, und jemand glotzte raus und hustete. Anscheinend kriegte keiner was mit von uns, ich hockte da und glotzte ununterbrochen ihre grünen Augen an, ich kam überhaupt nicht mehr davon los, ich dachte dauernd, dahinter ist das Weltall, dahinter ist das Weltall, und die Hand in meiner Hose ist die Hand Gottes, der eine Frau ist. Und ich stierte ihre Augen an, denn die waren genau auf mich gerichtet, und ich hab gedacht, gleich flieg ich in den Himmel und da bleib ich dann.
Später hab ich mir verkniffen zu fragen, warum sie's getan hat. Draußen schneite es, und ich sah die Leute übern Vik-Markt rennen, als gäbs wo was geschenkt. Mords was los
bei den Ständen mit den Fressalien und den Glühweinbuden. Sie hatte mich in ein Zimmer in der Frauenstraße geschoben, Parterre, hatte Räucherstäbchen angezündet und Kerzen, kein elektrisches Licht. Ich trank ein Bier aus der Dose, sie trank Weißwein aus der Flasche. Sie stand da, mitten im Zimmer, und hielt die Klappe. Dann fragte ich sie, ob sie Coala hieß wie diese Affen, und sie sagte, das sind keine Affen, sondern Bären, und ich sagte, ist doch egal, wenn du im Knast sitzt.
Sie hatte ihr weißes Kleid ausgezogen, ihren BH und ihren Slip, und jetzt hatte sie nur noch ihre Erdmann-Jacke an. Ich konnte ihren Busen sehen, der war heftig. Und die Haut war weiß, das gefiel mir. Ich hab mich dran erinnert, dass sie, als sie vor dem Billardcafé fertig war mit Rubbeln unter meiner Decke, ihre Hand langsam wieder rausgezogen und sie mit der Zunge abgeschleckt hatte.
Hinter ihr im Zimmer war ein weißer Schrank und oben

drauf lag eine weiße Adidastasche. Neben der Tür hing ein zerknittertes Poster, und ich glotzte dämlich hin: Da war tatsächlich Pamela drauf, bis zur Brust, und das reicht ja auch, alles in Farbe und gestochen scharf. Coala merkte, dass ich hinsah, und ich fragte sie, ob das ihre Wohnung sei, und sie sagte: »Kannst du auch was anderes als fragen?« Also schaute ich weg.

Rechts an der Wand war ein Bett mit einer Decke drüber, die so aussah wie meine, die ich über den Knien hab. Als mein Blick an Coala hängenblieb, dachte ich wieder, wer mir die geschickt hat und wieso ich die verdient haben soll, und außerdem dachte ich, wenn sie weiter so dasteht, die Lederjacke offen, und irgendwie breitbeinig, dann passiert vielleicht ein Wunder und ich steh einfach auf und geh zu ihr hin und leg sie flach und bin Weltmeister. Ich war achtzehn und ein Krüppel, und bevor die Sache mit dem Kart passierte, hatte ich genau eine einzige Alte rumgekriegt, eine Vierzehnjährige, die mit jedem vögelte. Mir war das egal, denn ich wollte endlich sehen, wie das ist. Es war wie im Schlachthof, überall Blut im Bett, als hätt ich die blöde Kuh abgestochen. Dann stellte sich raus, dass das Blut gar nicht von ihr war, sondern von mir, an meinem Schwanz war irgendwas gerissen, und ich musste tatsächlich zum Doktor, der sagte, das heilt wieder, und ich musste Salbe draufschmieren. Das wars dann. Dann kam die Sache mit dem Kart und dann kam nichts mehr. Ich wohnte immer noch bei meinen Eltern, weil ich keine Kohle hatte, und ging jeden Tag mit Essig, Soltan und Korni ins Billardcafé, das war mein Leben. Und dann tauchte Coala auf mit ihrer Coladose.

»Ich hab dich beobachtet«, sagte sie. Jedes Mal wenn sie redete, wackelte ihr Busen. Sie stellte sich ganz nah vor mich, und ich streckte meine Arme aus und wollte sie lecken. Sie wich mir aus, und ich kippte ins Leere, verdammt. Ich hatte sogar die Zunge schon draußen, muss bescheuert ausgesehen haben.

Dann ließ sie die Jacke einfach runterfallen. Ich sah ihren Rücken, der war weiß und glatt, kein Muttermal weit und breit wie bei mir, und sie stellte sich an die Tür, spreizte die Beine, streckte die Arme waagrecht aus, als wär sie an ein Kreuz genagelt und bewegte ihren Bauch hin und her. Wie eine Bauchtänzerin. Ich drehte fast durch. Ihr Bauch bewegte sich wie von selber, vor und zurück und hin und her.
»Wieso hast du mich beobachtet?«, sagte ich, weil mir nichts Besseres einfiel. Und sie hielt einfach die Klappe und machte mit ihrem Bauch rum. Ich schob mich auf sie zu, und die Räder quietschten, und das war mir peinlich.
»Stehst du auf Krüppel?«, sagte ich und warf die Decke aufs Bett zu der andern und machte mir den Reißverschluss auf. »Nimm deine Hand da weg«, sagte sie.
So was sagt keine Frau zu mir, und wenn sie die Prinzessin von Thailand ist. Und ich holte ihn raus, er war hart und ziemlich lang, und ich fing an, ihn zu schrubben. Da beugte sie sich vor und verpasste mir eine Ohrfeige, und bevor ich mich wieder einkriegte, gleich noch eine, und dann noch eine, und dann riss sie mir die Hand vom Schwanz und stopfte ihn in die Hose zurück und machte den Reißverschluss zu und gab dem Rollstuhl einen Tritt, dass ich mich einmal um die eigne Achse drehte und gegen den Stuhl krachte, der völlig überflüssig da rumstand.
»Ich will das nicht«, sagte sie.
Draußen schrie einer was, ein Auto hupte, irgendwas schepperte, ich kam mir vor wie ein Feigling. Coala schob mich weg und machte ihren Mund auf, was ein starkes Lächeln war, ich sah ihre Zähne, die waren weiß, dermaßen weiß, und rechts hinten blitzte was golden.
Ich wollte raus, mit Essig und den andern was trinken und dann wegsacken und aus. Null Träume. Wie immer. »Das wars«, sagte ich, und sie sagte: »Noch lange nicht.« Sie kam zu mir, schob mich zum Bett und sagte: »Leg dich da hin.« Und weil ich es nicht tat, packte sie mich an der

Schulter, zerrte mich in die Höhe und warf mich aufs Bett. Die Jeans rutschte mir halb runter. Coala setzte sich neben mich, machte den Gürtel auf, dann den Reißverschluss, zog mir die Hose samt Unterhose aus, half mir, mich aufrecht hinzusetzen, zog mir die Jacke aus und das Sweatshirt auch.

Dann lagen wir beide nackt nebeneinander, und ich sah, wie sie meine Stümpfe anglotzte, aber sie fragte nichts. Ihre Hände fingen an, auf mir rumzumachen. Eigentlich waren es mehr ihre Finger, spazierten da rauf und runter, auch meine halben Beine entlang, schnappten nach meinen Eiern, und ich lag da und stöhnte vor mich hin. Als ich ihr an den Busen fassen wollte, nahm sie meine Hände und bog meine Arme nach hinten, und ich hielt mich am Eisengestell fest, und sie machte weiter da unten.

Das Irre war, wie sie roch. Sie roch wie das Moos am Finkenbach, wo ich aufgewachsen bin, das Moos auf den Steinen. Und ihre Haare waren genauso weich, rot und weich, unfassbar rot und weich, als wär das Moos auf einmal rot, und sie hatte Härchen auf der Haut, Härchen, Mann, alles übersät von irre dünnen Härchen. Ich schnupperte an ihr rum wie ein Hund, ich kriegte nicht genug von dem Geruch. Jedes Mal, wenn ich ihre weiße Haut sah und die kleinen Haare und die Linien auf ihrem Schulterblatt, dann musste ich an Schnee denken, an Schnee, der vom Himmel fällt, genau auf mich drauf, und der ist warm, und die Flocken sind Hände, und ich geb mich denen hin, ja, ich geb mich denen tatsächlich hin.

Und dann beugte sie sich über mein Gesicht und ließ die Soße, die sie grade aus mir rausgepresst hatte, auf mich drauftropfen, und ich schluckte sie runter, als wär ich ein verdammter Zweitverwerter. Es wurde Nacht, wir lagen im Dunkeln, es war kalt und auch wieder nicht. Und es schneite und schneite, und die Flocken tanzten vorm Fenster und blieben in der Luft, als wär die Schwerkraft weg, und ich dachte an den Kart, dessen Lenkung auf einmal nicht mehr funktionierte, und an den kalten Schnee, als ich auf der Schnauze lag und geblutet hab wie ein Schwein.

Sie hielt meine Hand. Ich schwör's, ihr Busen duftete und glänzte im Finstern. Und als sie mich fragte, wie alt ich sie schätzte, sagte ich: »Siebenundzwanzig.« Und sie sagte: »Ich bin vierunddreißig.« Da fiel mir zum ersten Mal ihre Stimme auf. Sie hatte einen ausländischen Akzent, keine Ahnung, welchen, aber der Akzent war ein besonderer Sound, und ich wünschte, sie würde mehr sprechen, denn ich hab eine Schwäche für guten Sound, da kenn ich mich aus. Aber sie hielt die Klappe, und ich dachte nach, was ich sie fragen könnte, und ich fragte sie, warum sie mich verarscht wegen ihres Namens, und sie sagte, ihr Name ist wahr, und ich fragte sie, ob sie Motorrad fahre, und sie sagte: »Wieso?« Und ich sagte: »Wegen der Erdmann-Jacke.« Und sie sagte: »Die hat meinem Bruder gehört.« Und ich sagte: »Und wieso hast du die jetzt?« Aber sie hielt die Klappe.

So ging die Nacht rum, und ich bin eingeschlafen und träumte was, was sonst nie passierte. Ich weiß nicht mehr, was es war, aber als ich aufwachte, taten mir die Stümpfe nicht weh wie sonst.

Am nächsten Vormittag, Heiligabend, schob sie mich zurück zum Billardcafé und sagte vor der Tür: »Lauf nicht weg.« Und dann haute sie ab, weil sie irgendwas Wichtiges zu erledigen hatte. Ich fuhr rein, und Essig und die andern nervten mich damit, wo ich gewesen sei, und ich sagte: »Bei einem Weihnachtsengel.« Und sie sagten: »Solche gibt's hier nicht, die gibt's nur im Märchen, hier ist jede Scheiße echt.« Und ich gab eine Runde Red-Bull-Pitbull aus, und sie glaubten mir nicht und nervten mich weiter bis zum Abend, an dem ich irgendwann dachte: Jetzt klingelt gleich das Glöckchen, und die Lichter am Christbaum gehen an, und Coala fliegt zum Fenster rein, und ich bin Jesus und werd grad geboren mit allen Gliedmaßen voll dran.

Ich wohn jetzt in der Frauenstraße und glotz raus auf den Vik-Markt, wo die Fressalien bloß so rausquillen aus den Kisten. Es ist Frühling, und die Fenster stehen offen, und die Leute rennen rum, als gäb's wo was geschenkt, und ich häng am Fenster wie ein Rentner, der seinen Arsch nicht mehr hochkriegt. Morgen werd ich einundzwanzig, und ich hab jetzt drei Jahre auf Coala gewartet, und das hat keiner meiner Kumpels verstanden. Die dachten, ich seh Gespenster und bild mir was ein, weil ich die Chemie nicht vertrag. Aber ich hab gewartet, hab gewartet, hab gewartet. War nicht besonders schwer, was hätt ich sonst groß tun sollen? Ich bin nicht weggelaufen, ich hab mich an das gehalten, was sie gesagt hat. Sie ist nicht wiedergekommen.

Irgendjemand hat erzählt, es gäb künstliche Beine, die kann man sich anschrauben lassen und dann damit rumlaufen. Ändert das was? So viele Beine kann ich mir gar nicht anschrauben lassen, dass mein Verlangen aufhört. Einmal, nur ein einziges Mal, möcht ich sie wiedersehen. Um ihr zu sagen, dass sie der einzige Lichtblick ist im Weltall, und das ist die Wahrheit, hörst du, Coala, ich schwör's.

DU EDLES LEBEN

RIECHST du das Holz? Ahnst du, wie alt es ist? Bist du schon fähig zu ahnen? Begreifst du, wie alt du bist? Siehst du, in welch heiliger Welt du lebst? Verstehst du das Heilige?
Bestimmt bist du Ministrant. Ja, du kniest nieder und reichst den Kelch und den Wein und schwenkst das Weihrauchfass. Weißt du denn, was du da tust?
Weißt du es?
Schüttele nicht den Kopf, denk nach. Aus deinen Tränen spricht kein Wissen, das bildest du dir nur ein. Aus deinen Tränen spricht die Furcht, dass wahr sein könnte, woran du manchmal denkst, wenn du vor dem Altar kniest und die Hände faltest und die Worte des Pfarrers hörst. Und ich sage dir: Es ist wahr. Hab den Mut und gestehe. Was du tust als Ministrant, ist nichts. Da ist nur ein verkleideter Priester und zwei verkleidete Jungen und eine ganze verkleidete Gemeinde im Sonntagsstaat. Ohne göttliche Beseeltheit, ohne Beseeltheit durch und durch.
Verstehst du mich denn?
Die Ohren habe ich dir nicht zugeklebt.
Auch nicht die Augen.
Sieh die Farben der Natur, die Blätter, der Ahorn, in der Ferne die Kastanie, und in allem wohnt ein Gott, und ich habe ihn geliebt. Aber die Menschen haben mich aus der Liebe vertrieben und mit mir gesprochen, als wüssten sie, wer ich bin und hätten ein Recht, mich zu kennen. Merk dir dies: Niemand hat das Recht, dich zu kennen. Und anzusprechen. Anzublaffen. Anzulabern. Niemand, kein Mensch. Denn dir wohnt das Göttliche inne.
Ach.
Du weinst zu viel, mein junger Freund. Anstatt deine Au-

gen zu schonen für das Wesentliche und Eigentliche, verwässerst du sie mit Selbstmitleid. Das darfst du nicht. Warum vertraust du mir nicht? Warum fürchtest du dich vor mir, als wäre ich ein Fremder? Hältst du mich für einen Mörder? Für einen Entführer? Für einen Mann, der Kinder schändet? Mich? Sieh mich an.

Warte, ich wische dir die Tränen ab. Dein Gesicht glüht. Wie samten deine Wangen sind. Dein blauer Blick. Schau hinaus, ins Offene, erkenne dein Dasein, ich bitt dich drum. Es schwindet, das weißt du, du bist nicht dumm und abwesend, du hast schon begriffen, dass es die Zeit gibt und dass sie niemanden verschont. Auch nicht dich, obschon du noch so jung bist, elf Jahre alt. Elf Jahre alt und inmitten der Kindheit.

Und inmitten der Kindheit, der nie wiederkehrenden. Als ich ein Kind war wie du …

Als ich ein Kind war, rettete mich kein Gott, aber ich dachte, es gäbe einen, der freundlich zu mir wäre und bestimmt für mich. Der Gott der Birke in unserem Garten, der Gott der grünen Gräser und silbrigen Farne, der Gott der Berge und der Hügel ringsum, die Mondgöttin und der Gott des Windes, der das Rascheln der Blätter erfand am Anbeginn der Zeit. Als ich ein Kind war und in der Kirche kniete und die Sekunden zählte, die verstreichen mussten, bis ich sie endlich wiedersehen durfte. Denn sie saß auf der Empore und betete still und sang im Stillen die Lieder mit. Sie war ein Geschmeide des Himmels. Begreifst du, was ich sage? Hörst du mir zu von innen her?

Der Himmel lieh sie den Menschen, und ich durfte sie eine Weile besitzen. Eine Zeitlang. Nicht lang.

Für diese Art Dauer existiert kein Zeitwort.

Jetzt hörst du mir zu. In deinen Augen ist alles blau vor Wissensdurst. Aber du wirst nichts erfahren von mir. Ich bin aus der Zeit gefallen und aus dem Tempel des heiligsten Eigentums der Menschen, der Sprache. Du denkst, ich

spreche, doch ich verwalte, wie die gewöhnlichen Leute, nur Buchstaben, ich füge sie aneinander, und in deinen Ohren klingen sie wie Sätze in einer dir verständlichen Sprache. Das sind Echos von Echos, glaube mir, meine Stimme ist verlorengegangen, und ich ahme nur noch nach.
Wenn du wüsstest, wie ich sie geliebt habe.
Wie die Götter im Hain. Die Götter des säuselnden Hains.
Hörst du? Das Säuseln?
Siehst du: Du weißt nicht, was das ist, säuseln, das Wort ist aus der Welt gefallen, wie ich, und dabei habe ich einst das gleiche Land bewohnt wie du.
Fürchte dich nicht, Freund.
Ich bin zurückgekehrt, in das Dorf aus der Kinderzeit, im Herbst, zu der Zeit, für die es keinen Namen gab, für die es niemals einen Namen geben wird. Die Dauer, in der ich einen ewigen Augenblick lang lebte und liebte, kann nicht bemessen werden.
Stelle dir eine Mikrosekunde vor, und der Zeitraum ist unendlich zu lang. Stelle dir eine Nanosekunde vor, und der Zeitraum ist unendlich zu lang. Stelle dir eine Femtosekunde vor und der Zeitraum ist unendlich zu lang. Stelle dir eine Zeptosekunde vor, und der Zeitraum ist unendlich zu lang. Stelle dir eine Yoktosekunde vor, und der Zeitraum ist unendlich zu lang.
Verzeih mir, dass ich dich angeschrien habe, du warst nicht gemeint.
Hast du eine Vorstellung davon, wie lang eine Yoktosekunde dauert? Aber ich. Ich schon. Eine Yoktosekunde dauert nicht einmal halb so lang, wie der Augenblick dauerte, den ich mit ihr verbrachte, als ich sechzehn Jahre alt war und umgeben von Göttern, denen ich mich hingab. Begreifst du mich? Ungefähr halb so lang wie eine Quadrillionstel Sekunde dauerte mein Dasein in ihrer Nähe. Dann kamen die Menschen und schlugen die Nähe ent-

zwei. Und sperrten sie weg und sperrten mich weg. Menschen können das, sie brauchen keine Kraft dazu, nur Worte und Schweigen und Blicke und ein verdorbenes Herz. Sie lebte am Sonnenstein, ihr Name war Bibiana, und während ich fortging, unten am See, wo sie sagte: Mit uns, das kann nicht länger weitergehen, tunkten die Schwäne den Kopf ins Wasser und sahen bis auf den Grund, der voller Leichen ist.
Wenn du aus dem Fenster schaust, siehst du den Weg, der zum See führt, vorbei an der Maschinenbaufabrik, heraus aus dem Wald und hinunter ans Ufer, wo im Sommer die Badenden liegen und die Fahrradfahrer beim Kiosk Rast machen. Es riecht nach dem alten, in der Sonne glänzenden Holz und nach Eis und Sonnencreme und trockener Erde und gemähtem Gras. Riechst du's?
Deine Nase habe ich dir nicht zugeklebt.
Mit uns, das kann nicht länger weitergehen, sagte sie.

Fünfzehn Jahre alt. Und so klug und nüchtern. Und ich sechzehn und trunken von Scheinheiligkeit. Du hast keine Vorstellung davon, wie schattig ich im Haus gewesen bin, ich war ein Schatten ohne Jugend.
Warum erzähle ich dir das? Die ganze Zeit starrst du mich an und denkst, dass ich dich ermorden will. Will ich das? Bist du ein Opfer? Beweg dich. Kannst du nicht. Ich habe dich an den Balken gebunden, damit du nicht wegläufst. Was ist daran so schwer zu verstehen?
An diesem Balken habe ich in die Unendlichkeit geblickt. Aus dem Fenster schauen nützt nichts, vertrau mir. Das Unendliche ist dort draußen nicht, es ist hier, an diesem Balken, der bis zur Decke reicht und darüber hinaus, in den Äther der Ewigen. Äther. Die modernen Worte atmen nicht mehr, sie klirren im Wind.
Ach ja.
Er will mich töten, denkst du, aber weißt du denn, ob du lebst? Die Zeit wütet schon in dir, all das Vergängliche und

das schon Vergangene. Mit einem kleinen Gebet auf den Lippen schläfst du abends ein und wachst am Morgen auf, und deine Mutter steht am Bett und sagt: Aufstehen, mein Schatz. Sie sagt: Steh auf, mein Liebling, sonst kommst du zu spät zur Schule. Und sie sagt: Putz dir die Zähne, und sie sagt: Zieh eine saubere Unterhose an, und sie sagt: Magst du ein Brot? Und du sagst: Nein, ich habe keinen Hunger, und sie schmiert dir trotzdem ein Brot mit Marmelade oder Käse, und du sitzt am Küchentisch, wo es warm ist und still. Und deine Mutter sitzt dir gegenüber, und du trinkst deinen Kakao und nagst an der Scheibe Brot. Und eine Quadrillionstel Sekunde lang ist alles ewig in dir und um dich herum und deine Mutter das göttliche Liebesein. Dann nimmst du den Schulranzen auf den Rücken und …

Dann nimmst du den Schulranzen auf den Rücken und …

Der Abschied war meine Ermordung. Der Abschied da unten am See erschreckte mich wie ein Mord. Auf einmal kannte ich sie nicht mehr.

Bibiana.

Und warum?

Es waltet ein Gott in uns. Wir kennen uns nicht. Erinnerst du dich? Heut Morgen am Küchentisch, in der Obhut der Stille, der Geschmack des Brotes auf der Zunge, die heilige Nähe? Ich erinnere mich nicht mehr. Als ich vom See zurückkehrte und das Seil aus der Werkstatt vom Schreiner Zimmer holte und hierher auf den Dachboden ging, endete alles Erinnern in mir, da hatte ich kein Haus mehr, kein Zuhaus und keinen Sinn. Ich verknotete das Seil am Balken, stieg auf den wackligen Schemel, steckte meinen Kopf in die Schlinge und sah hinaus zum Ahorn im Abendschimmer und betete. Weißt du, welches Gebet ich meine? Solche Gebete spricht man mit ungefalteten Händen. Versprich, dass du, wenn ich dich …

»Vor seiner Hütte ruhig im Schatten sitzt – Der Pflüger,

dem Genügsamen raucht sein Herd. – Gastfreundlich tönt dem Wanderer im – Friedlichen Dorfe die Abendglocke … Komm du nun, sanfter Schlummer! Zu viel begehrt …«
Wie ich, so bist du auch im Dorf geboren. Die Menschen hier foltern dich mit ihrer Gegenwart, aber du verspürst keinen Schmerz. Von Geburt an haben sie dich eingemeindet in ihre Hütten aus Scheinheiligkeit und trüben Gewohnheiten. Mehr Licht brauchst du nicht, sagen sie, und deine Augen gehorchen.
Alles Scheinheilige war mir vertraut, und so habe ich die Liebe getötet und danach mich auch. Ich starb nicht, weil der Schreiner Zimmer kam und das Seil abschnitt, obwohl er kein Recht dazu hatte. Er wollte nur einen Marder fangen. Wie sie jammerten. Wie sie in Selbstmitleid Rekorde aufstellten. Meine Mutter voran, mein Vater gleich dahinter, die Großmutter, die Nachbarin, sogar die Frau des Schreiners Zimmer, die alte Zimmerin, zerging vor Schluchzen. Der Doktor Birgel fühlte mir den Puls, gab mir eine Tablette, sagte zu mir mit mondbleichem Gesicht: Du hast ein großes Glück gehabt. Ja, sagte ich, ich habe ein großes Glück gehabt. Und ich betete vor aller Ohren und Augen und verklumpten Herzen, ich betete: »Komm du nun, sanfter Schlummer! Zu viel begehrt – Das Herz; doch endlich, Jugend! Verglühst du ja – Du ruhelose, träumerische! – Friedlich und heiter ist dann das Alter.«
Wie alt mag ich sein, was glaubst du? Bin ich friedlich? Heiter? Habe ich ein Alter, oder verwalte ich bloß die Jahre, wie die gewöhnlichen Leute Buchstaben verwalten, mit denen sie ihre armseligen Gesetze bauen? Mein Alter ist die Kehrseite der Zeit.
Der Sommer, schau, ist vergangen, der Herbst thront über uns, und ich bin zurückgekehrt an den verlorenen Ort. Als ich dich sah, wie du auf der Wiese neben der Straße Fußball gespielt hast, selbstverloren und einziggenügsam, und wie du den weißen Ball aufs Tor geschlagen hast und ihm

hinterherranntest und jubeltest und die Arme in den Himmel recktest … Da musste ich anhalten und aussteigen, und als du mich fragtest, ob ich mitspielen wolle, sagte ich: Ja, ich will spielen. Aber du hast mich nicht verstanden, du dachtest, ich wollte, wie du, den weißen Ball aufs netzlose Tor schießen und vielleicht juchzen, wie du. Dein Staunen war gewaltig, deine Furcht maßlos, als ich dir den Mund zugeklebt habe. Du warst ganz still. So still. Und schautest ins tiefe Innere, und dein Herz schlug über dich hinaus. Wie vertraut mir dein Verhalten war, deine Hingabe, dein lärmloses Dasein.

Seit fünfunddreißig Jahren war ich nicht mehr im Dorf, und ich erkannte die Schilder und Gesichter sofort wieder. Die Grasbüschel vor dem ehemaligen Schweinestall neben dem Haus, in dem ich gehorchte, die Holzbank vor der Alten Schmiede, dem Lokal, in dem wir …

Damals wie heut. Und der alte Schreiner Zimmer hat noch immer Seile und Schnüre in der Werkstatt. Und sie halten so gut wie damals.

Die Beerdigung ist jetzt vorüber. Wie sie auf mich gewartet haben! Wo bleibt er denn? Wann kommt er endlich? Lässt uns im Stich! Wir müssen beginnen, der Pfarrer hat noch andere Termine! Hättest du heut ministrieren müssen? Dann haben sie auch nach dir Ausschau gehalten, vergebens. Dein Freund bewältigt die Aufgabe allein, wie meine Familie. Das hat noch immer geklappt.

Dein Magen knurrt.

Unsere Begegnung ein göttlicher Moment.

Moment vergangen.

Ich bin wieder hier. Der Balken ist derselbe wie damals, das Fenster, der Ahorn und in der Ferne die Kastanie. Der Herbst und der Abend. Der Geruch des Holzes und des Moders.

Jetzt, da du wieder sprechen kannst, sag etwas.

Sprich.

Trau dich, mein Freund.
Dann geh. Geh zurück in dein Knabenlicht. Geh. Lauf. Sei Kind, solange du kannst.

Wie sanft die Nacht hereinbricht. Steh still, alter Schemel, ich mag jetzt verschwinden. Ich bin kein seltener Mensch, schrieb der Dichter, ich friere und starre in den Winter, der mich umgibt. So eisern mein Himmel ist, so steinern bin ich.
Einmal noch, einmal wollte ich vor dir stehen und in deinem Schauen zu Haus sein, Bibiana, für alle Zeit, eine Quadrillionstel Sekunde lang.
Jetzt vielleicht.
Jetzt?

HAUS MIT OFFENEM FENSTER

Alles ist vergeblich, und man muss wenigstens den Mut haben, keine Vorwände zu gebrauchen.

Juan Carlos Onetti, »Der Schacht«

1

Elf Jahre lang hatte er in dieser Stadt gelebt, im fünften Stock eines Wohnblocks mit Balkon nach Südwesten. Er hatte ein Zimmer bei Lisa, und hier, auf dem Balkon über dem Geschrei der türkischen Kinder auf dem Spielplatz, saß er Sommer für Sommer und tat nichts, während Lisa die Werke eines uruguayischen Schriftstellers las, den sie jahrelang versucht hatte zu interviewen, bis er schließlich in seinem Madrider Exil gestorben war und sie ihren Plan beerdigen musste, nicht ohne weiterhin seine Romane zu lesen, einige davon jeden Sommer von neuem.

Larsen, der anders hieß, sich aber so nannte, um Lisa einen vagen Gefallen zu erweisen und ihr vielleicht auf ungelenke Art zu imponieren, wobei er in ihren Augen nichts weiter zum Ausdruck brachte, als dass er ebenfalls das eine oder andere Buch des uruguayischen Schriftstellers gelesen und den einen oder anderen Namen behalten hatte – Larsen sah hinunter auf den Spielplatz: die Ödnis seiner Vergangenheit und ein einziger vertrockneter Strauch, den Lisa und er in der Hoffnung auf eine irrsinnige Zukunft gepflanzt hatten, als könne er eines Tages einen Beweis ihrer Existenz darstellen. Oder des Scheiterns ihrer Existenz.

»Gibt es mich noch für dich?«, fragte sie, und er sah sie an und sah hinter ihr die Sonne, die zwischen den Dächern verschwand, ein Schauspiel in Grün, Türkis und blassem

Rot. Schweigend aßen sie weiter, Weißbrot und frische Artischocken oder Mailänder Salami, und tranken Weißwein, die Flasche gekühlt im Champagnerkübel, den Lisa zu ihrem vierzigsten Geburtstag von ihren Kollegen geschenkt bekommen hatte. In jener Nacht nach der Feier in Mariettas nostalgischer Spelunke schliefen Larsen und Lisa auf dem Teppichboden im Wohnzimmer miteinander, und am nächsten Morgen bemerkte Larsen die Abschürfungen an seinen Knien.

»Der Wein ist verdunstet«, sagte Lisa.

Die Hauptspeisen stammten aus toskanischer oder sizilianischer, manchmal aus französischer, tschechischer, selten aus deutscher Küche, außer wenn Lisa den Einfall hatte, gegrillte Hähnchen mitzubringen, deren Fett dann an ihren Fingern stank, wenn sie längst im Bett lagen und Lisa mit der linken Hand rauchte und mit der rechten Larsens Geschlecht bedeckte, als wolle sie es vor dem Rauch schützen. Sie redeten. Nicht einmal das Schweigen – der eine lauschte der Stille des anderen – hatten sie sich bewahrt, und solange wir, dachte Larsen, mit Worten und Aberworten die letzte freie Stelle in uns besetzen, werden wir morgens aufwachen und unruhig sein, voller Skrupel, Widerwillen und Ekel in der Erinnerung.

»Zur Feier des Tages gibt es heute Grappa prosecco.«

»Was wird gefeiert?«, fragte Larsen.

»Nimm dein Glas und erhebe dich.«

Er stand auf. Unten auf der Straße hielten Autos an den roten Ampeln, und in der Ferne, wo bei Föhn die Berge vor den Toren der Stadt aufragten, tauchte ein Haus am Hang aus der Nacht.

2

Das war das Haus, in dem er, zehnjährig, zum zweiten Mal geboren wurde und in der ersten Stunde seines zweiten Lebens begriff, dass er verloren und verlogen sein würde, wenn er nur ein einziges Mal noch, später, irgendwann, sich mit der Vorstellung verschiedener Ichs trösten wollte. Zeitlebens, das wusste er plötzlich, würde er kein anderer sein als der, der er mit zehn war. Seine Haut würde mürbe sein und er behäbiger in den Nächten, er würde merkwürdige Erfahrungen ansammeln und einen Sommer auf einer roten Insel verbringen und einen anderen Sommer in einem Wolkenkratzer, da wären Fotografien und Telefongespräche über Tausende von Kilometern hinweg. Doch er, der dick gewordene, schnarchende, gleichgültige Mann, der vor Menschengedenken zehn Jahre alt gewesen war, würde immer noch in seiner Einsamkeit hausen, so wie er in Lisas Zimmer hauste, nicht imstande, sich aufzumachen oder zu bleiben, ein Wort zu halten oder es zu brechen. Er wäre einfach nur da, und wenn er eines Tages tatsächlich verschwunden sein sollte, würde er es nicht bemerken. Da war ein schwarzes Tal in ihm, bevölkert von Erinnerungen und Ahnungen, an die er sich wie an das Heute und an das Morgen gewöhnt hatte, wie an die Gewissheit, dass er niemals würde Selbstmord begehen können, weil dies eine Entscheidung wäre, die in ihm nicht angelegt war.

3

Der Grappa schmeckte samtig und hatte 49 Prozent, Lisa setzte sich auf Larsens Schoß, und ihre Schenkel schnappten nach seiner Hand. Sie waren ein Paar, trostlos und betrunken, und jede Regung, jede Reaktion, die folgte, wussten sie im Voraus.

In der Früh wartete er drei oder vier Stunden, bis die Sonne auf ihn schien und seine Augen betäubte. Den

Schreibblock auf den Knien, saß er auf dem Balkon, nachdem Lisa gegangen war und ihre Teetasse und den Teller mit den Keksbröseln stehengelassen hatte, den Resten ihres geräuschvollen Frühstücks. Larsen hoffte auf einen Wink seines Filzstifts und starrte das oberste Blatt an, hypnotisierte es und befahl ihm, herauszurücken mit dem ersten, ungeheuer einfachen Satz. Und er würde anfangen und den ersten Satz fortsetzen in einem Inferno aus Vermutungen, Flüchen, Schwüren und Beschwörungen, wie sie noch nie jemand über diese Stadt verbreitet hatte. Und er würde nicht eher aufhören zu schreiben – und dabei die Sonne und die Stunde des Einkaufs übersehen, so dass sie später gegrillte Hähnchen vom Straßenverkauf besorgen müssten, schmierig und lappig –, bis er alle drei Teile seiner Chronik abgeschlossen hätte und sich die Jahre gelohnt haben würden. Dein Manuskript!, würde er an diesem legendären Abend zu ihr sagen und

ihr den Packen überreichen, und sie würde ihn staunend nehmen und sagen: Komm her! Und er würde an seine aufgeschürften Knie denken.

4

Es war ein Moment der Wehrlosigkeit gewesen, der übermütigen Langeweile, eine Laune. Nach acht Jahren bei einer Zeitung, deren neuer Verleger das Ziel hatte, dreihundert Stellen einzusparen, war er entlassen worden, die Höhe der Abfindung akzeptierte er sofort, zufrieden, dass er Geld dafür erhielt, morgens nicht mehr aufstehen zu müssen. Und Lisa hatte eine Idee.

»Nimm dir ein Jahr Zeit, mach deine Augen auf und schreib. Ich will eine Geschichte über diese Stadt, über Zustände, Missstände, Beziehungen, Verbrechen, Krankheiten, ich will in meinem Magazin die Wahrheit über diese Stadt lesen, die wir alle verabscheuen und in der wir le-

ben wie die Made im Speck oder wie der Hahn auf dem Misthaufen, ganz wie du willst.«
»Ja«, sagte er, »das kannst du haben.« Und er wiederholte: »Das sollst du haben.«
Er las die Zeitungen und streunte herum, er trank in Bierkneipen, Bistros und Restaurants, die besiedelt waren von Leuten, die nur zu niesen brauchten, schon servierte ihnen der Kellner den nächsten Drink, den nächsten Salat mit Shrimps oder Mangos. Er aß in Trattorien und einheimischen Spezialitätenkellern, er beobachtete Gesichter, Ärsche und Hunde, er befragte Taxifahrer, Touristen und Huren. Auf einem Friedhof traf er eine alte Frau in einem Lodenmantel, die einen Bullterrier an der Leine führte und sagte, ihr Mann sei von einem Nachbarn im Streit erschossen worden, und wenn der Mörder aus dem Gefängnis entlassen werde, würde sie den Hund auf ihn hetzen, so lange wolle sie ausharren und ihren Heiko in Hochform halten. Vor einem Kaufhaus sah er einen munteren Herrn in Cordhosen, der seinen Freund mit dem Hitlergruß empfing.
Er brauchte sich nichts aufzuschreiben, er merkte sich alles.
Nach einem Jahr bat er Lisa um Aufschub.
Nach drei Jahren des Gehens, Verschwendens, Suchens und Erschreckens sagte er zu ihr: »Ich habe alles vergessen.«

5

Elf Jahre hatte er in diesem Zimmer zugebracht, jeder Schritt nach draußen war ein Schritt ins Ausweglose gewesen, war der Beginn der Flucht aus dem geschniegelten städtischen Sommer zurück in die Bronx seiner schwarzen Wände, zu seiner stammelnden Stimme, zurück zur Fata Morgana einer Bucht, in die das Meer leckt, grünzüngig und gierig.

Es war dieser Moment des tollen Nichts gewesen, ein Augenblick euphorischer Aporie, der ihn in Lisas Geschichte getrieben hatte, in dieses Labyrinth aus Seligkeit, Stolz und Scheitern, das nicht endete.
Sein Dasein verlangte, morgens die Teetasse und den Teller mit den Resten abzuräumen, auf den Balkon zurückzukehren, sich zu setzen, ohne Block und Filzstift vergessen zu haben, einen Hauch von Lisa in sich aufzunehmen, Reminiszenz an eine Dauer von vielleicht fünf Sekunden, in denen ihr Haar und ihr Kuss Teil seines Lebens waren, sogar Teil einer Zeit, die erst hätte anbrechen können, wenn er fähig gewesen wäre, noch einmal zu beginnen. Aber Lisa war immer schon verschwunden – den Tag verbrachte sie in Hochglanz, Schönheit und etwas Wirklichkeit –, und er wartete auf die türkischen Kinder und ihr Geschrei, auf die fetten Mütter, deren Lachen und Plappern die finstere Fassade der Männer, die auf einer Bank in der Entfernung saßen, nicht erschütterten. Er wartete auf eine Wendung, auf etwas Unerhörtes.
Und wenn er leichtsinnig oder unachtsam war, saß er auf einmal wieder an dem klobigen, das Zimmer beherrschenden Eichenholztisch, er sollte lesen und lernen, doch er horchte nur, pickte mit seinem Gehör das Fiepen eines Vogels auf. Seine Mutter hatte das Haus verlassen, um mit dem Zug in die Stadt zu fahren und irgendetwas zu tun, sein Vater war aus dem Haus gegangen, um irgendwo zu bleiben. Das war lange her. Seither suchte der Junge manchmal in den Zimmern nach dem Gesicht seines Vaters, einem Abdruck im Spiegel, einer Reflexion auf dem Schrank, einer Erscheinung auf der grauen, erloschenen Scheibe des Fernsehers. Von seinem Platz am Schreibtisch schaute er hinaus: eine Hecke, ein Stück Rasen, ein Strauch, eine Straße, ein Auto am Straßenrand, kein Geräusch, kein Winken, kein Widerblick. Zwei Uhr nachmittags, und er war zehn Jahre alt und wollte sprechen, sämtliche Worte

loswerden, die er wusste, und manche, die er ahnte, er wollte sie in die Waagschale eines Gesprächs werfen, mit der Frau, die ihn geboren hatte, mit dem Mann, der ihn gezeugt hatte, oder mit beiden, die ihm das Sprechen beigebracht hatten und das Sitzen und das Gehen und das Abschiednehmen. Er wollte endlich erfahren, wer ihn auf diesen Weg geschickt hatte und wozu, und er wollte sich zugehörig fühlen zu diesen Stimmen und zu diesem Ort. Im Nachhinein wollte er seinen Eltern, nachdem sein Vater ihn an seinem fünften Geburtstag verlassen hatte, das Leben erleichtern, einfach indem er redete und sein ganzes Reden ihnen galt. Er war in die Küche hinaufgelaufen, wo es nach Spülmittel und gestärkter Wäsche roch, und durchquerte die Wohnung wie einen Kontinent, den nie zuvor ein Mensch betreten hatte. Ich habe, dachte er, diesen Kontinent aus Möbeln und Teppichen und Fenstern und Zwischenräumen an diesem Nachmittag entdeckt wie ein gefrorenes Meer, und ich habe die Axt vergessen.

6

»Du willst also nichts schreiben?«, sagte Lisa. Sie waren bei der zweiten Flasche Weißwein angelangt und rauchten.
»Es lohnt nicht«, sagte er. »Verlogene Laster, armselige Ausschweifungen, Überschwang nach der Stechuhr. Wenn du hinhörst, unten in den Restaurants, hörst du es klacken und klimpern in den Toiletten, sie kacken Dukaten wie der Esel im Märchen, sie haben keine Angst außer der, bei der Tischreservierung zu versagen.«
»Glück gehabt«, sagte Lisa und tockte mit vier Fingern auf den Marmortisch, an dem sie saßen. »Hier ist immer frei.« Dann sagte sie: »Lass deine Phantasie spielen.«
»Nehmen wir an«, sagte er und verspürte kein Bedürfnis aufzustehen, um Nachschub zu holen oder die Kerzen vorzubereiten für die Fortsetzung dieses unvermeidlichen

Vorspiels, »ich gebe mich als Journalist aus, der ich immerhin eine lange sinnlose Zeit gewesen bin, und stelle Fragen und notiere mir die Antworten, ich mache Beobachtungen und hege einen gewissen Verdacht. Nehmen wir an, ich erfülle alle Pflichten, die es zu erfüllen gilt in diesem Metier. Und nehmen wir an, ich schreibe eine Geschichte in drei Teilen, von der sowohl du als auch deine Chefredakteurin am Ende jedes eurer monatlichen Besäufnisse schwärmen werdet – was, als Entschädigung, als Ausgleich für die Jahre, könntest du mir bieten? Was wäre dein Einsatz für eine Geschichte, die keinen Zweck erfüllt, die nichts beweist und nichts verändert, die weder Hass noch Verehrung kennt, weder Eiszeit noch Auferstehung?«

7

»Wirst du da sein, wenn ich zurückkomme?«, fragte sie.

Sie habe, hatte sie an einem Novembertag, dessen Datum er vergessen hatte, zu ihm gesagt, mit einer Verwandten des uruguayischen Schriftstellers telefoniert, vielleicht stoße sie mit ihrer Hilfe auf geheime Manuskripte und werde dann endlich ein Buch schreiben und nicht länger in einem polierten Magazin arbeiten müssen. Seit er sie kannte, verfolgte sie den Plan, Schriftstellerin zu werden, und ebenso lange zweifelte er daran, dass sie es schaffen würde. Aber er entmutigte sie nie.

»Wenn ich aus Madrid zurück bin«, sagte sie, »will ich deine Geschichte lesen, eine Geschichte, in der du vollkommen verschwunden bist, in der es nur Straßen, Gesichter, Bewegungen, Schatten, Liebe und Schmerzen gibt.«

Sie standen in der Halle des Flughafens, früher Morgen, um sie herum ein Schlürfen und Schlurfen, und Lisa klopfte mit der flachen Hand auf seinen Bauch unter dem Mantel, und ihre Zunge, ein roter lachender Delphin, sprang durch seinen Mund.

Auf der Fahrt im Taxi vom Flughafen zu Mariettas nostalgischer Spelunke winkte er Lisa: Möge sie Santa Mária erreichen und gelassen oder rechthaberisch mit dem alten Arzt Diaz Grey Schnaps trinken.

»Für mich nicht«, sagte Marietta. »So früh warst du noch nie hier. Was ist passiert?«

»Wer bin ich?«, fragte Larsen.

»Trink erst mal.«

Er trank, sie schenkte nach, er trank wieder, und sie sah ihn an.

»Du?«, sagte sie.

Näher als je stand er vor ihr, in der Atmosphäre ihres Atems, und endlich lachte Marietta, stumme Komödie ihres Gesichts, und betrachtete die Flasche, die sie in der Hand hielt. Dann trank sie daraus, entgegen jeder Absicht und allen Gewohnheiten, und ließ für Sekunden den Kopf im Nacken. Als sie ihn senkte, die Flasche noch an den Lippen, gehörte ihr Blick nicht mehr dem, der vor ihr stand, sondern dem nächtlichen morgendlichen Gast. Der fläzt sich im Sessel neben dem niedrigen Tischchen, die Beine ausgestreckt, lässig und lächerlich, und winkt mit dem leeren Glas, und wenn sie ihm einen weiteren Viertelliter bringt, flüstert er ihr sein Geheimnis zu: Ich habe eine Mission, ich kundschafte die Stadt aus und nehme auf niemanden Rücksicht, niemand wird verschont, auch du nicht und deine Machenschaften und dein Fusel und deine Vergangenheit.

»Wer du bist«, sagte Marietta, »wen interessiert das? Du redest, das macht mir nichts aus, du tust mir nicht weh damit, auch wenn du das möchtest, du trinkst und rauchst und manchmal schläfst du ein oder fängst an zu spinnen. Am Ende landest du doch immer da, wo du hingehörst, in deinem Zimmer, in deinem Bett oder auf dem Fußboden. Immerhin: Du hast einen Platz, was willst du?«

8

Seit seiner Ankunft in dieser Stadt vor elf Jahren war er auf dem Sprung gewesen, bereit aufzubrechen, wegen der Liebe oder seiner Hybris, bereit, einen Weg zum letzten Mal zu gehen, ein Gasthaus zum letzten Mal zu betreten und sich die Ereignisse an den Nebentischen einzuprägen, bereit, zum letzten Mal neben einer Frau zu liegen, Betrüger einer anderen, bereit zu sagen: Dies ist mein letzter Tag, dies ist mein erster Tag einer neuen, mir zugeeigneten, auf mich eingestellten Zeitrechnung. Dies bin ich gewesen, und jener werde ich nicht länger sein, sondern der, den ihr nicht kennen werdet, der euch fremd bleiben wird und den ihr daher nicht zu vergessen braucht. Seit seiner Ankunft in dieser Stadt sehnte er sich nach einem Ort, dessen Einwohner zeit ihres Lebens Fremde bleiben und sich nichts vorzuspielen brauchen, weil sie wissen, wer sie sind: Unbehauste, die wegen eines armseligen Zufalls heimisch geworden sind oder wegen einer unbegreiflichen Fügung.

In einer solchen Stadt, südlich, laut, unendlich in ihrem täglichen Begehren, gab es ein Haus in einer engen, stimmenvollen Straße. In diesem Haus im zweiten Stock, in einer unscheinbaren Wohnung, standen ein Stuhl aus Korb für ihn, ein Tisch und eine Couch. Und da war ein offenes Fenster, das die Geräusche einließ und das Kreischen der Kinder und die Gerüche und die hungrigen Tentakel der Sonne, die über die dampfenden Schlote der Fabrik gekrochen kam, zu ihnen, zu ihr, seiner leibhaftigen Geschichte, zu ihm, dem heimlichen Erfinder, dessen Name nicht mehr Larsen war.

9

»Oliven, bitte, außerdem mariniertes Gemüse und Schafskäse, bulgarischen, Pepperoni, noch mehr Oliven, diesmal von den grünen, die mit Paprika gefüllt sind, dazu zwei Sesamringe und zwei Flaschen Rotwein, aber keinen griechischen, sondern türkischen.«

10

Und dann, an einem hohen Sommertag, sitzt er am offenen Fenster, trinkt und schwitzt vom Kauen und Verdauen der Pfefferschoten, und vis-à-vis schreit ein Junge zur Straße hinunter, und ein anderer Junge schreit von unten herauf, und Männer stehen vor einer Kneipe und sprechen ohne Unterlass, und hinter den Schloten der Fabrik und hinter der blühenden, blutenden Abendsonne versinkt eine Stadt im Abend, in Abwesenheit, Amen.

ALL DIE UNBEWOHNTEN ZIMMER

DIE Stadt trug Sommer, und Süden führte seinen Schatten spazieren. Er ging am Hochufer des Flusses entlang und atmete Gerüche von Pflanzen, Erde, Parfüm, Schweiß und Erinnerungen ein, horchte auf den Kies unter seinen Schuhen und die Stimmen aus der Ferne, von denen er nicht wusste, ob sie wirklich existierten oder bloß in seiner Vorstellung. Aber da waren sie, wie die Gerüche und die Sonne und die Wärme und dieser Tag, an dem er seit sechs Uhr morgens teilnahm.

Tabor Süden durchstreifte seine Stadt, wie früher zu Zeiten eines anderen Lebens, eines anderen Berufs und der Nähe von Freunden. Von seinem Viertel aus machte er sich zeitlos auf den Weg. Er schlenderte so wenig, wie er sich zügig ein Ziel setzte, spielend passte er den Rhythmus seiner Schritte dem wechselhaften Fluss seiner Gedanken an, vage neugierig, wo er am Ende landen würde. Nach all den Jahren intensiver Anwesenheit in dieser Stadt besaß er ein kurioses Vertrauen in jede Kreuzung oder Abzweigung, worüber er sich manchmal amüsierte, wenn er schließlich genau jenes Haus, jenen Platz, jenes Lokal erreichte, zu dem er – aus Gründen, die er nicht genau benennen konnte – schon längst wieder einmal hatte gehen wollen.

Angekommen, hielt er dann inne, legte den Kopf in den Nacken und schloss die Augen. Ein Ritual, das er in seiner Jugend erfunden und zu einem Spiel mit den Blicken von Fremden umfunktioniert hatte. Er wusste, die Leute starrten ihn an, wenn er so dastand, an eine Hausmauer gelehnt, die Hände hinter dem Rücken verschränkt, minutenlang reglos und mit verschlossenem Gesicht. Je länger sie ihn wie einen stummen Störenfried betrachteten und bald darauf aus ihrer Gegenwart ausmusterten, desto befreiender empfand er die Notwendigkeit seines Hierseins und seiner Aufgabe. Als Vierzehnjähriger ging es darum, im nächsten Moment einen Elfmeter zu parieren, als Erwachsener, eine verschwundene Person wiederzufinden oder wenigstens deren Hinterlassenschaften zu begreifen, das Schweigen, die ungeschriebenen Briefe und die oft selbstgefällige Wut der Angehörigen.

Heute aber stand Süden den Fahrradfahrern und Hundebesitzern nur so im Weg herum, ohne inneres Gebaren, aus purer Muße. Schon am Morgen waren es achtzehn Grad gewesen, jetzt mussten es mindestens dreißig sein, der Schweiß lief Süden den Rücken hinunter und verfärbte allmählich sein weißes Hemd, über dem er seine alte schwarze Lederjacke trug. Vermutlich war er der einzige Mensch in der Stadt, der einem plötzlichen Kälteeinbruch gewachsen sein würde, zumal er auch noch ein T-Shirt angezogen hatte, von dem er glaubte, es würde sein frisch gewaschenes Hemd vor Schweiß bewahren.

Über einige von Südens Gewohnheiten hatten seine Freunde und Kollegen früher den Kopf geschüttelt, sein bester Freund Martin Heuer machte sich offen lustig darüber – ausgerechnet er, dachte Süden jedes Mal.

Bei egal welchem Wetter lief Heuer in einem seiner Rollkragenpullover herum, außerdem mit einem abgeschabten, von tausend Einsätzen und privaten Nachtexpeditionen gezeichneten Parka, in dessen Taschen sich ein halber Hausstand befand: Messer, Dosen- und Flaschenöffner, Papier- und Handtücher, eine zusammenklappbare Zahnbürste samt Zahncreme, Schlüssel und Münzen, zwei zuverlässig gefüllte Fläschchen Kräuterschnaps, Kondome. Sie waren beide, Süden und er, nicht gerade Vorzeigebeamte, doch in der Arbeit zählten sie einige Jahre lang zu den besten Ermittlern im Dezernat 11, gemeinsam mit ihrer Kollegin Sonja Feyerabend aus der Vermisstenstelle der Kripo.

Die Zeiten waren vorbei. Mittlerweile arbeitete Süden in einer Detektei, und momentan arbeitete er überhaupt nicht. Sein letzter Auftrag lag zwei Monate zurück. Dank der Großzügigkeit seiner Chefin erhielt er weiterhin ein Honorar, doch wenn die Auftragslage sich nicht besserte, müsste sie ihn wahrscheinlich entlassen, was er ihr auf keinen Fall aufbürden wollte. Er würde von sich aus kündigen. Einen Plan für später hatte er noch nicht, nicht einmal für später an diesem Junitag.

Er kaufte sich ein Eis. Das hatte er ewig nicht mehr getan. Ein Erdbeereis in einer Waffel.

Nachdem er das Papier abgeschält und in einen roten Plastikpapierkorb geworfen hatte, stellte er sich in den Schatten neben dem Kiosk und begann zu schlecken, gierig wie als Junge, unaufhörlich, mit leeren Blicken, versunken in

diesen kalten, vertrauten, vermissten Genuss. Anschließend wischte er sich – wie als Junge – die Hände an seiner schwarzen Jeans ab, nestelte an seinem Gürtel, streckte seinen Bauch vor. Er schwitzte noch mehr als zuvor. Also zog er die Lederjacke aus, nahm sie von einer Hand in die andere und wusste nicht, wohin damit. Deswegen trug er sie doch die ganze Zeit: weil sie dann an ihrem angestammten Platz war und ihn nicht störte.

»Ist Ihnen nicht ein wenig warm?« Ein Mann um die sechzig in einer kurzen grünen Hose und einem weißen Unterhemd stellte sich neben ihn und trank aus einer Bierflasche. Aus den Sandalen ragten dünne Beine, und seine Arme sahen nicht so aus, als hätten sie in besseren Zeiten Gewichte gestemmt. Ein unförmiger Bauch wölbte sich unter dem ärmellosen Unterhemd, das Gesicht des Mannes war braun gebrannt, im Gegensatz zu seinem bleichen Restkörper. Wenn er den Arm nach dem Trinken senkte, steckte er den Zeigefinger in die Öffnung und hielt die Fla-

sche mit Mittelfinger und Daumen fest. In seinen grauen Brusthaaren glänzten Schweißperlen. »Das ist ein Tag«, sagte er.
»Ja«, sagte Süden.
»Wenn ich so viel Zeug anhätt wie Sie, würd ich sterben.«
»Ich sterbe nicht.«
»Das wollen wir hoffen.«
Süden überlegte, wohin er seinen Weg fortsetzen und ob er die lästige Lederjacke wieder anziehen sollte.
»Ich geb Ihnen ein Bier aus«, sagte der Mann.
»Nein, danke.«
»Sind Sie im Dienst?«
Süden sah ihn an. Der Mann trank einen Schluck und verzog den Mund. »Süden«, sagte der Mann. »Lang her. Fast zwanzig Jahr'. Meine Tochter war verschwunden, Nadine, und Sie haben sie gesucht, Sie und Ihre Kollegen, der Dünne, der so viel geraucht hat, und die schöne Frau mit dem Lederhut. Hab ich nicht vergessen, die Frau. Wie hieß sie?«
»Sonja Feyerabend.«
»Genau. Feyerabend. Und Ihr Kollege, der dünne?«
»Martin Heuer.«
»Genau. Arbeiten Sie immer noch zusammen?«
»Nein.« Süden wollte an die Vermissung nicht erinnert werden, aber es war zu spät. Als hielte jemand eine Taschenlampe mit einem grellen, bösen Schein darauf, tauchten alte Bilder aus dem Dunkel, unfassbar klar und bedrohlich, tanzten in ihm und verhöhnten sein Schauen. »Nein«, wiederholte er. »Nein.«
»Ich wollt Sie nicht stören.«
Süden schwieg. Dann sagte er: »Ich bin nicht mehr bei der Polizei. Ich habe Ihren Namen vergessen.«
»Liebig, Kurt.«
»Ja«, sagte Süden. Ein Fernzug, vom Hauptbahnhof kommend, ratterte über die Eisenbahnbrücke in der Nähe. Sü-

den horchte dem Geräusch nach, bis es verklungen war. In den vor Grün strotzenden Bäumen der Allee, durch die der Weg am Hochufer führte, sangen Hunderte Vögel. Sie sangen wie damals, als die Strecke zwischen Reichenbachbrücke und Tierpark gesperrt war, weil Polizisten nach einer verschwundenen Schülerin suchten, die Zeugen noch kurz zuvor am Braunauer Eisenbahnkiosk gesehen hatten – dort, wo Süden jetzt wegen einer Laune der Sonne den Schatten mit dem Vater jenes Mädchens teilen musste.

»Möchten Sie noch ein Bier?«, fragte er.

»Ist das eine Einladung?«

»Unbedingt.«

»Dann nehm ich noch eins.« Kurt Liebig hielt Süden die Flasche hin. Das Glas hatte sich erhitzt, und Süden fragte sich, ob der Mann in den vergangenen zehn Minuten Glühbier getrunken hatte. Er holte zwei neue, eisgekühlte Flaschen, und sie prosteten sich zu, wortlos, und sagten danach eine Zeitlang nichts.

Bier auf Eis, so ein Scheiß, dachte Süden, um etwas zu denken, das nichts mit Nadine Liebig zu tun hatte. Eine Einbildung, das war ihm sofort klar. Alles, was er seit dem Moment dachte, als der Mann ihm seinen Namen nannte, betraf diese eine Vermissung, an die er sich so lange nicht mehr erinnert hatte. Es war Juni gewesen, wie jetzt, ein glühend heißer Tag, wie jetzt, in einer Gegend voller Augen und Ohren, wie jetzt. Und niemand hatte etwas gesehen oder gehört, kein Spaziergänger, kein Eisesser, kein Radfahrer, kein Sonnenanbeter, kein Mensch weit und breit.

Nadines Freund – sein Name fiel Süden nicht ein – war mit seinem Einrad bis zum Zoo gefahren, während Nadine vom Kiosk aus zum Fluss hinunterging, um sich ins Gras zu legen und in einem Buch zu lesen. Ungefähr dreißig Minuten später kam ihr Freund zurück und fand sie nicht. Weder er noch Nadine besaßen ein Handy. In jenen Jahren setzte der Boom mit den Mobiltelefonen in der

Stadt gerade erst ein. Die Kioskbetreiberin erinnerte sich genau an das Mädchen, auch einige Spaziergänger, die an den Stehtischen unter Sonnenschirmen Wasser oder Cola tranken. Einer der Bier trinkenden Stammgäste war sich hundertprozentig sicher, dass er gesehen hatte, wie das schwarzhaarige Mädchen im gelben Kleid zur Wiese gelaufen war, mit einem Buch in der einen und ihren Sandalen in der anderen Hand.

Aber Nadine war nicht mehr da. Bis der erste Streifenwagen eintraf, waren fast siebzig Minuten vergangen. Niemand, auch nicht Nadines Freund, dachte an etwas Schlimmes. Die Sonne schien. Es war Samstag. Kirchenglocken läuteten. In regelmäßigen Abständen fuhr ein Zug über die Brücke. Ein Glückstag für Wirte und Eisverkäufer, Fahrradverleiher und Getränkehändler. An solch einem Tag verschwand kein Mensch spurlos. Alle wollten anwesend sein und draußen und dazugehören. Die Streifenbeamten forderten weitere Kollegen an, und eine der Polizeiinspektionen informierte die Vermisstenstelle der Kripo. Süden hatte Bereitschaftsdienst, und gemeinsam mit Martin Heuer machte er sich auf den Weg zum Kiosk an der Braunauer Eisenbahnbrücke.

Als die Nacht hereinbrach, fehlte von Nadine Liebig noch immer jede Spur.

»Im Sommer bin ich praktisch jeden Tag da«, sagte der Mann.

Süden schwieg. Er trank einen Schluck, überlegte, was er mit seiner Lederjacke, die er über dem Arm trug, anstellen sollte und ließ sie auf den Boden fallen. Dann trank er weiter. Liebig warf einen Blick zu dem schwarzen Haufen und schaute wieder zum Fluss, wie schon die ganze Zeit.

»Seit neunzehn Jahren«, sagte er. »Jeden Tag. Bis zum Abend. Bis die Sonne weg ist.«

»Und Ihre Frau?«

»Was ist mit der?«

»Sie begleitet Sie nicht.«
»Keine Chance.« Liebig wischte sich mit der Hand, in der er die Flasche hielt, den Schweiß von der Stirn. »Wir gehen uns aus dem Weg. Sie macht den Garten, ich mach nichts.« Süden hatte Liebigs Beruf vergessen. Er hatte den Vornamen von Liebigs Frau vergessen, den Namen von Nadines Freund mit dem Einrad. Er war kein Polizist mehr, vielleicht nicht einmal mehr ein Detektiv. Er war ein Mann, auf den ein Schatten gefallen war. »Sie arbeiten nicht mehr in Ihrem Beruf«, sagte er.
»Frührentner. Die Druckerei ist inzwischen eh geschlossen. Sind Sie verheiratet?«
»Nein.«
»Kinder?«
»Nein.« Süden trank, und die Flasche war leer. Sein Hemd war schweißnass, und er hatte einen unangenehmen Geschmack im Mund. Was, fragte er sich, hatte ihn veranlasst, heute Morgen diesen Weg einzuschlagen. Er wollte sich gerade ins Nachdenken darüber hineinsteigern, als der Mann neben ihm den Kopf drehte und ihn aus grauen, wässrigen Augen anstarrte.
»Erinnern Sie sich an das grüne Radl von dem Buben?« Liebig hörte nicht auf, Süden anzusehen, und dieser trat unwillkürlich einen Schritt zur Seite, als wollte er dem Blick des anderen mehr Platz einräumen. Beinah wäre er über seine Lederjacke gestolpert.
»Erinnern Sie sich? Das war grün mit so grünen Streifen am Sattel. Der ist da rumgekurvt, und die Nadine hat gesagt, sie will lieber dableiben. Wenn der ein normales Radl gehabt hätt. Ein ganz normales Radl mit Gepäckträger. Das ist doch der Punkt. Dann hätt der Daniel sie mitnehmen können bis zum Tierpark und wieder zurück und sonst wohin. Das war aber bloß ein Einrad. Nur für einen allein. Das hat doch keinen Sinn. Die waren doch hier verabredet, das wissen Sie alles noch, Herr Süden, hier an die-

sem Kiosk haben sie sich getroffen. An dem Tag. Die Nadine ist zu Fuß gekommen, ist ja nicht so weit von der Sommerstraße aus. Sind wir oft zu dritt spaziert, meine Frau, die Nadine und ich. Am Sonntag. An der Isar lang. Haben uns ein Eis gekauft oder ein Bier, schon als die Nadine noch klein war, ein Kind mit einem Dreirad. Aber der Daniel hat nur ein Einrad gehabt.«

Liebig nahm einen langen Schluck und sah Süden nicht mehr an, nur noch zum Fluss. Sie schauten beide über den Kiesweg zur Wiese und über den Fluss zum anderen grünen Ufer. Einer, der redete, und einer, der schwieg, so wie damals, als noch mehr Leute da waren als jetzt.

»Nur ein Einrad, und mit dem kann nur einer fahren«, sagte Liebig. »Das hab ich nie verstanden. Wieso fährt einer Einrad, der eine Freundin hat? Hat er selber nicht erklären können, und ich hab ihn gefragt, immer wieder. Corinna hat gesagt, ich soll damit aufhören. Hab ich nicht. Meine Frau hat Sie dauernd angerufen, Tag und Nacht, wissen Sie das noch? Ich hab gesagt, sie soll damit aufhören, aber sie hat mich nicht beachtet. Was soll man machen? Die eigene Tochter weg, und niemand weiß was. Auch die Polizei nicht. Was hätt die auch wissen sollen? Wer glaubt denn so was? Kein Mensch auf der Erde. Niemals. Sie ist hier, kauft sich ein Eis, mit Daniel. Sie essen das Eis. Er sagt, er fährt jetzt mit dem dämlichen Einrad, sie sagt, ich geh ans Ufer. Er fährt los, sie geht runter. Alle schauen zu, niemand sieht was. Ist das möglich? Ja, schon. Ich seh jetzt auch niemand. Steh bloß da, glotz vor mich hin. Wenn dann einer fehlt, könnt ich nicht sagen, wo der hin ist. Nach links, nach rechts, in den Fluss? Ertrunken ist sie ja nicht. Bestimmt nicht. Dann hätten wir ihre Leiche gefunden, anders wär das nicht zu erklären. Haben Sie damals auch gesagt. Wenn sie in den Fluss gestürzt wär, hätt man ihre Leiche früher oder später geborgen, und dann hätten wir sie beerdigen und Abschied nehmen können und hätten ein Grab gehabt und eine konkrete Erinnerung an was, auch wenn es schlimm wär, grausam schlimm. So ist gar nichts. Und wenn sie ins Wasser gegangen wär, hätt sie nicht ihr Buch vom Goethe mitgenommen, und ihre Sandalen, garantiert nicht. Stimmt's?«

Sein Kopf ruckte, und Süden sah ihn an.

»Ja. Und wir hätten sie gefunden.«

»Aber Sie haben niemand gefunden.«

»Nein.«

»Keine Spur.«

Süden schwieg.

»Bis heut nicht und nie und nimmer.«

»Ich möchte …«

»Sie haben keine Schuld«, sagte Liebig und wandte sich ab. »Sie haben alles versucht. Und Sie haben sich nie verleugnen lassen, Sie haben jeden Anruf meiner Frau persönlich entgegengenommen. So war's. Und Ihre Kollegin, die mit dem Lederhut, hat auch alles versucht, und Ihr dünner Kollege genauso. Meine Frau glaubt bis heut, die Polizei hat versagt. Ich glaub das nicht. Ich glaub, dass dieser Daniel versagt hat, und zwar auf der ganzen Linie. Dass er nicht aufgepasst hat. Dass er einfach weggefahren ist mit seinem egoistischen Einrad und dass er sich um die Nadine einen Dreck geschert hat. Er wollt bloß angeben und vor den Leuten herfahren und sich aufspielen. Die waren doch verabredet, die Nadine und er, und dann fährt er weg und lässt sie allein. Das verzeih ich dem nie, das weiß er auch. Hab nie wieder mit dem geredet. Wenn er jetzt hier vorbeikommen würd, mit einem Einrad oder einem normalen Radl, würd ich ihm die Flasche über den Kopf ziehen, und das wär noch viel zu gnädig. Viel zu viel Gnade für so einen. Er hätt da sein müssen, bei ihr, neben ihr, er hätt sie festhalten müssen, das wär seine Pflicht gewesen an dem Nachmittag, und sonst nichts. Und sonst gar nichts.«

Er nahm Süden die Flasche aus der Hand, ging zum Kiosk, kaufte wortlos zwei neue Flaschen und kam zurück. »Und nun reden wir nicht mehr drüber. Auf Ihr Wohl und Ihre Gesundheit.« Er hob die eine Flasche noch ein Stück höher, und Süden hatte keine Wahl, als sie zu nehmen.

»Danke.«

»Da gibt's nichts zu danken, das ist so.« Liebig setzte die Flasche an die Lippen, zögerte einen Moment, als dächte er über etwas nach, und trank. Dann wischte er sich mit dem Handrücken über den Mund und nahm einen weiteren Schluck. Er schwankte ein wenig, fand sein Gleichgewicht wieder, ließ den Arm mit der Bierflasche und dem Finger in der Öffnung baumeln und blickte weiter reglos nach Westen, zur untergehenden Sonne seiner Erinnerungen.

Das Unfassbare, dachte Süden, geschieht, und fast immer hatten sie es längst geahnt, und immer reichte ihre Macht nicht aus, das Schicksal abzuwenden.

Von den Tausenden Vermissungen, die er in seiner Zeit als Fahnder bearbeitet hatte, endeten die meisten mit einem eindeutigen Ergebnis: Der oder die Verschwundene kehrte nach wenigen Tagen, manchmal Wochen, in die alte Welt zurück; Süden und seine Kollegen spürten den Gesuchten auf, brachten ihn nach Hause oder ließen ihn, wo er war, wenn er es wünschte und kein Jugendlicher mehr war; die Leiche des Vermissten wurde gefunden, weil dieser Selbstmord begangen hatte, was häufig vorkam, oder einem Verbrechen zum Opfer gefallen war, was in der Statistik nur einen äußerst geringen Prozentsatz darstellte.

Dass ein Mensch für immer in seinem Schatten verschwand, passierte – zumindest im Zuständigkeitsbereich des Dezernats 11 – so gut wie nie. Aber es passierte. Und einmal an einem glühenden Tag im Juni vor neunzehn Jahren. Zeitungen schrieben vom Versagen der Polizei. Von der Verschleppung des Mädchens in die organisierte Kriminalität. Vom Misstrauen gegen den fünfzehnjährigen Daniel Stock, dessen Fahrtroute mit dem grünen Einrad nicht exakt geklärt werden konnte. Von der Unmöglichkeit eines solchen Falles. Vom Ende des Sommers für alle mitfühlenden Bürger der Stadt. Süden allein befragte neunundsiebzig Zeugen, stoppte wieder und wieder die Zeiten, ging alle möglichen Wege ab, die das Mädchen hätte einschlagen können, verbrachte mehrere Nachmittage in der Nähe des Kiosks und beobachtete die Leute. Es waren zu viele. Auch die Suchhunde hatten in diesem Weltall von Gerüchen keine einzige konkrete Spur gewittert.

In der Gegenwart einer Menschheit war Nadine Liebig unsichtbar geworden und nie wieder in eines der Zimmer zurückgekehrt, die sie bewohnt hatte. Die Zimmer ihrer Zukunft blieben für alle Zeit unbewohnt.

Mittlerweile galt sie offiziell als verschollen, doch die kargen Akten der Ermittlungen und das gesicherte DNA-Material lagen in den Archiven des Landeskriminalamts für das Wunder einer Identifizierung bereit.

»Ich werde jetzt gehen«, sagte Tabor Süden.

Liebig sah ihn an und nickte. Sein Gesicht war gerötet und von einer nassen Schicht bedeckt. »Viel Glück«, sagte er und streckte die Hand aus, um Süden die leere Flasche abzunehmen. Süden gab sie ihm und hob seine Lederjacke vom Boden auf. Er schüttelte sie, dann zog er sie an und drehte sich noch einmal zu dem Mann um, der am Kioskfenster schon ein neues Bier kaufte. Das Unterhemd hing Kurt Liebig über die grüne, schief sitzende kurze Hose, und seine Sandalen waren grau vom Kiesstaub. Er redete mit der Kioskbesitzerin, die eine bunte Schürze trug und geduldig zuzuhören schien.

Einer muss da sein, dachte Süden, einer muss zuhören.

Als er durch den kühlen Schatten unter der Betonbrücke ging, kam ihm eine Frau in einem gelben wehenden Kleid entgegen. Ihre dunklen Haare hatte sie hochgesteckt und an den Füßen trug sie blaue Sandalen. In der linken Hand hielt sie ein weißes Taschenbuch. Sie ging an ihm vorbei, und Süden wollte sie ansprechen. Da ratterte ein Güterzug über ihn hinweg, und das metallische Grollen dauerte eine Ewigkeit in seinen Ohren. Unfähig, sich zu bewegen, stand er da, bis er es endlich schaffte, sich umzudrehen.

ASCHENPUTTEL WEINT NICHT MEHR

1

In einer Stadt in der Mitte Europas lebte zu Beginn des einundzwanzigsten Jahrhunderts ein Mädchen, das schwarze Zähne und einen Körper voller Wunden hatte. Ihr Name war Elsa, aber sie hörte ihn selten. Ihre Mutter sprach nicht mit ihr, ihren Vater kannte sie kaum, und Freundinnen hatte sie keine. In der Wohnung, in der sie mit ihrer Mutter lebte, standen Mülltüten an jeder Wand, in der Küche stapelte sich das schmutzige Geschirr, der Boden in den drei Zimmern war übersät mit Papier und Pizzaschachteln und Plastikbechern und zerknüllten Zeitungen und Zigarettenkippen und Socken und verkrusteter Unterwäsche. Badewanne und Waschbecken hatten gelbbraune Ränder, Essensreste schimmelten auf der Anrichte in der Küche, ein breiiger, kotiger Geruch zog durch die Räume, durch deren verschlierte Fensterscheiben das Licht eines ausgebleichten Nachmittags hereinfiel. Die Wohnung lag im vierten Stock eines achtstöckigen Blocks am Rand der Stadt, die Mieter waren mit ihren eigenen Angelegenheiten beschäftigt, und heute, einen Tag vor Heiligabend, ließ sich niemand im Treppenhaus oder im Hof blicken. An manchen Fenstern blinkten rote Lichter, an einem der Balkone hing ein Weihnachsmann, als wolle er über die Brüstung klettern, vereinzelt schlängelten sich Lichterketten an Fensterkreuzen entlang. Im Fernsehen lief ein Zeichentrickfilm. Elsa lachte, und ihr Lachen klang heiser, kalt und alt.

2

Bevor der Arzt Dr. Eberhard Fink am Morgen des 23. Dezember in der Tiefgarage seiner Praxis erstochen wurde, hatte er eine lautstarke Auseinandersetzung mit einer Frau. Eine Zeugin, die auf dem Weg zum Fahrstuhl war, hörte eine weibliche Stimme, aber sie kümmerte sich nicht weiter darum. »Es klang nicht gefährlich«, sagte die siebenundfünfzigjährige Apothekerin. Die Frau habe jemanden als »verlogenes Schwein« beschimpft und geweint und geschluchzt. Erst durch die Befragung der Polizei erfuhr die Apothekerin, dass es sich bei der zweiten Person um den Allgemeinmediziner Dr. Fink aus dem Nebenhaus handelte. Nach den Ermittlungen der Kripo fiel der Arzt vermutlich einem Eifersuchtsdrama zum Opfer. Sowohl die Witwe als auch seine Geliebte verstrickten sich noch am selben Tag in derartige Widersprüche, dass Hauptkommissar Georg Ohnmus überlegte, beide Frauen für achtundvierzig Stunden in Gewahrsam nehmen zu lassen. Allerdings blieb die Tatwaffe – ein gewöhnliches Küchenmesser mit einer etwa zehn Zentimeter langen Klinge – unauffindbar, die Auswertung der Blut- und DNA-Spuren ergab keine verwertbaren Hinweise. Lediglich die Aussagen der beiden Frauen wiesen gravierende Lücken und Ungereimtheiten auf, was, wie Ohnmus aus langjähriger Erfahrung wusste, auch durch den Schock hervorgerufen sein konnte. Die Tat geschah zwischen 7.15 und 7.45 Uhr. Die Apothekerin blieb bisher die einzige Zeugin, sie hatte ihren Wagen kurz nach sieben in der Tiefgarage abgestellt und war dann zur Eisentür gegangen, die zum Fahrstuhl führte. Sie hatte niemanden gesehen, nur die Stimme der Frau gehört. Auf der Rückfahrt aus der Gegend des Tatorts tauchte im Scheinwerferkegel von Ohnmus' Dienstwagen plötzlich eine kleine Gestalt auf. Der Kommissar trat auf die Bremse und brachte das Fahrzeug im letzten Moment zum Stehen. Er stieg aus und sah ein kleines, dürres Mädchen barfuß mitten auf der Straße stehen. Sie hatte blonde, verfilzte Haare und trug einen fusseligen, schwarz-rot geringelten Pullover und eine graue Trainingshose. Ihre Augen waren groß und dunkel, ihre Lippen von Schorf überzogen, ihre Wangen gelblich und zerkratzt. Als Ohnmus auf sie zuging, starrte sie ihn an, kippte zur Seite und blieb reglos liegen.

3

An diesen Zufall, der vielleicht aus fernen, unbegreiflichen Gründen keiner war, musste der Kommissar aus der Mordkommission später noch viele Jahre denken. Nachdem er das Mädchen ins Krankenhaus gebracht hatte, schaffte er es nicht, nach Hause zu fahren, obwohl er seiner siebenjährigen Tochter versprochen hatte, nicht zu spät zu kommen. Eine Nachbarin passte auf Isabel auf, sie

las ihr im Bett vor und blieb so lange, bis Ohnmus zurückkehrte. Isabels Mutter war von einem Bankräuber erschossen worden, der Kommissar und seine Kollegen, die vor Ort waren, hatten die Tat nicht verhindern können. Manchmal weinte Ohnmus nachts ohne Unterlass, manchmal trank er, manchmal verfluchte er Gott. Der Arzt, der im Krankenhaus Nachtdienst hatte, sagte, das Mädchen sei stark unterernährt, er habe in ihrem Mund verschiedene Fasern gefunden, was darauf schließen ließ, dass sie in ihrer Not Teppichfusseln und Haare gegessen habe. Ihr Körper weise eine Unmenge von Hämatomen auf, das Kind sei verprügelt und schändlich behandelt worden. »Schändlich«, sagte der Arzt. Dieses Wort ging dem Kommissar nicht mehr aus dem Kopf. Zu diesem Zeitpunkt war das Mädchen noch nicht als vermisst gemeldet worden. Auch in den folgenden Tagen meldete sich niemand.

4

Als Georg Ohnmus die Sozialarbeiterin Silke Kargus fragte, wie es möglich sei, dass allein in dieser Stadt jedes Jahr unzählige Kinder von Angehörigen getötet oder derart vernachlässigt würden, dass sie an Auszehrung starben, erwiderte sie: »Was wollen Sie von mir? Jeder von uns muss sich um ungefähr vierzig Problemfamilien kümmern, jetzt verraten Sie mir mal, wie wir das schaffen sollen?« Ohnmus sagte: »Indem Sie mehr arbeiten.« Das Gespräch endete mit einer zugeschlagenen Tür. »Sie haben keine Ahnung«, sagte Silke Kargus noch, »bis der Verdacht einer Misshandlung oder einer Vernachlässigung zu uns durchgedrungen ist, sind die meisten Opfer schon schwer traumatisiert.« Auf der Straße fiel Schnee. Ohnmus öffnete weit den Mund und spürte die Flocken im Gaumen. Er schaute sich um. Eine Million Kinder lebten in diesem Land von der Sozialhilfe. Sie waren nirgendwo zu sehen. Der Kommissar lief durch die winterliche Stadt, die Weihnachtstage waren vorüber, und er bildete sich ein, die Menschen würden wieder langsamer gehen und geduldiger dreinschauen. An einem Imbissstand kaufte er sich eine Bratwurst im Brötchen. Dann hatte er keinen Hunger mehr. Aber wegwerfen wollte er das Brötchen nicht, also aß er es auf. Im Krankenhaus erklärte ihm der Arzt, dass es oft das jüngste Kind sei, das seelisch und körperlich gedemütigt werde. Die Eltern behaupteten, es habe an »Ernährungsstörungen« gelitten. Eltern, dachte Ohnmus, deren Wortschatz ansonsten armselig war, sprachen von Ernährungsstörungen. »Ein Baby«, sagte der Arzt, »kann fünf Tage ohne Nahrung und Flüssigkeit überleben. Die Eltern lassen es ab und zu etwas essen und trinken, so dass es schließlich an Infektionen stirbt, gegen die sich der geschwächte Körper nicht mehr wehren kann. Die Psychologen nennen dies Aschenputtelsyndrom.« In den Zeitungen erschien ein Foto des Mädchens, das immer noch nicht ansprechbar war. Jemand meldete sich bei Georg Ohnmus und meinte, er kenne das Mädchen vielleicht.

5

Jeden Tag ging sie zum Grab ihrer Mutter und weinte gottserbärmlich, und niemals verfluchte sie den lieben Gott. Denn ihre Mutter hatte sie auf dem Sterbebett ermahnt, fromm und gut zu bleiben. Nicht einmal, als ihre Stiefmutter ins Haus kam und zwei Töchter mitbrachte, die älter und schöner waren und ihr einen bösen Namen gaben, weil sie neben dem Ofen schlafen musste und deswegen staubig und schmutzig wurde, verlor sie die Hoffnung. Sie sprach mit den Vögeln, und diese halfen ihr beim Lesen der Linsen aus der Asche. Sosehr die Stiefmutter sie auch quälte und beschimpfte, niemals begehrte sie auf oder versündigte sich. Und weil sie voller Demut war, schenkte

ihr ein Vogel ein glänzendes Kleid und goldene Schuhe, damit sie zum Fest des Königs gehen konnte, wo der Königssohn mit ihr tanzte und sie keinem anderen Verehrer gönnte. Ihre Stiefschwestern brannten vor Neid und schmeichelten sich beim Königssohn ein, sie fügten sich Schmerzen zu, um in die goldenen Pantoffeln zu passen. Aber das Mädchen hatte zwei Tauben als Schutzengel, und immer, wenn der Königssohn glaubte, er habe die richtige Braut auf seinem Pferd, warnten ihn die Tauben, und er bereute seinen Irrtum. Beinah hätte er die Richtige nie gefunden, denn der Vater des Mädchens verleugnete seine Tochter fast und nannte sie ein »kleines verbuttetes Aschenputtel«. Der Königssohn erkannte sie dennoch und nahm sie mit auf sein Schloss. Und bei der Hochzeit pickten die Tauben den bösen Schwestern die Augen aus. »Und so waren sie also«, las Ohnmus dem stummen Mädchen am Krankenbett vor, »für ihre Bosheit und Falschheit auf ihr Lebtag gestraft.«

6

Im Grünen Kakadu herrschte den ganzen Tag eine königliche Stimmung. Ein Jahr ging zu Ende, ein neues begann, und was immer es bringen würde, es wäre egal. Oder nicht?, riefen die Gäste. Aber ja!, riefen andere. Tine hob ihr Proseccoglas und tanzte mit Aron, den sie am Nachmittag vor Heiligabend kennengelernt hatte und bei dem sie seither jede Nacht verbrachte. Er wohnte im selben Block wie sie, drei Stockwerke über ihr. Von seinem Fenster aus schaute sie über ein freies Feld bis zu den S-Bahn-Gleisen und der sechsspurigen Straße, die ins Zentrum führte. Ein paarmal hatte er sie geschlagen, mehr aus Versehen, wie sie fand, er war betrunken, und sie hatte vergessen, am Vormittag einkaufen zu gehen. Tine war nicht nachtragend, außerdem seit ihrer Kindheit an Schläge gewöhnt. Aron hatte ein schönes Badezimmer mit einem kleinen Fenster, und in seinem Kühlschrank lag kein einziges Lebensmittel mit abgelaufenem Verfallsdatum. So et-
was fiel ihr sofort auf. Gegen Abend an diesem 31. Dezember stand unerwartet Pit in der Tür der Kneipe, ihr Ex-Mann. Sie umarmte und küsste ihn und stellte ihm Aron vor, und als der Wirt ihm die Flasche über den Tresen reichte, fragte Pit: »Wie geht's der Kleinen?« Und Tine sagte: »Der geht's gut.« Sie stießen an und tranken, und Tine streckte den Arm in die Höhe und sang zur dröhnenden Musik aus den Lautsprechern: *Wie wird das Jahr? Scheiße hoch drei! Wie wird das Jahr? Oweia owei, ist uns doch egal! Oder nicht? Aber ja!* Eine Minute vor Mitternacht drängten die Gäste vor die Tür in die eisige Nacht. Über der Stadt explodierte der Himmel, tausend Sterne fielen herab, und Tine tanzte barfuß im gefrorenen Schnee. Eine Weile hielt sie das kreisende Blaulicht für ein magisches Silvesterlicht.

7

»Du wirst wieder tanzen und springen im neuen Jahr«, sagte er zu dem Mädchen, das in einer großen Abwesenheit vor ihm lag, angeschlossen an Maschinen, die blinkten und sirrende Geräusche machten. Bevor er das Zimmer betrat, hielt Georg Ohnmus jedes Mal für ein paar Sekunden die Luft an. Auf dem Flur saß die Mutter des Mädchens und weigerte sich, ihre Tochter anzuschauen. Ohnmus hatte sie von zwei Streifenpolizisten, die sie gestern vom Grünen Kakadu abgeholt hatten, herbringen lassen. Zum ersten Mal seit einer Woche hatte sie die Nacht wieder in ihrer verschimmelten Wohnung im vierten Stock verbracht und nicht bei ihrem Liebhaber drei Etagen darüber. Vermutlich war sie immer noch betrunken. Sie roch nach Alkohol und süßlichem Parfüm. Zu Ohnmus sagte sie nach einer Weile: »Er hat nie Zeit gehabt, mein Ex, niemand hat Zeit gehabt, sie haben alle keine Zeit.« Bettina Sandner, die alle Tine nannten, war vierunddreißig und arbeitete in einer Putzkolonne. Das ekelte sie an. »Ich komm mir vor wie ein anatolisches Kopftuch«, sagte sie zum Kommissar. Da waren sie bereits im Dezernat, und Ohnmus und seine Kollegen hatten herausgefunden, dass Tine Sandner Patientin bei Dr. Eberhard Fink war. »Der hat meine Tochter nie richtig angeschaut«, sagte sie. »Ich soll ihr was Anständiges zum Essen und Anziehen geben, hat er gemeint. Ich allein wär für das Kind zuständig.« Dann schrie sie über den Schreibtisch: »Er doch auch! Er ist der Arzt! Ich hab ihm ins Gesicht gesagt, wenn er sich nicht um die Elsa kümmert, bring ich ihn um im Namen meines Kindes. Das verlogene Schwein wollt mich einfach stehenlassen in der Tiefgarage, wo ich extra auf ihn gewartet hab, damit er sich in der Praxis nicht für mich genieren muss.« Von Elsas Vater erfuhr Ohnmus, dass Tine ihr erstes Kind, einen Sohn von einem anderen Mann, zur Adoption freigegeben hatte. Der Junge war inzwischen zehn Jahre alt und lebte an einem See im Süden der Stadt und würde im nächsten Herbst aufs Gymnasium kommen.

8

Kein Königssohn kam, und ihr Herz hatte nicht mehr die Kraft zu warten. Elsas Vater nahm an der Beerdigung seiner Tochter teil, ebenso hundert Neugierige, die die Geschichte aus den Medien kannten. Georg Ohnmus stand abseits unter einer mächtigen Buche. Er trug eine dunkle Sonnenbrille, damit man seine Augen nicht sah.

3

Alles gut
Der verzweifelte Erlöser
Lomi Lomi
Abschaffung der Landbevölkerung
Lustiger Bosniak
Job ohne Zukunft
Magisches Asien
Rauskommen ist wichtig
Morgen vielleicht

ALLES GUT

DIE SIEBZIGER

Manchmal frage ich mich, warum ich nicht mit dreizehn meine Sachen gepackt habe und abgehauen bin. Wir hatten einen Kohleofen, den fütterte Hanna, meine Großmutter, mit Briketts und Scheiten. Den Schürhaken schlug sie mir manchmal auf den Rücken. Ich war sieben, und unser Hausarzt, Dr. Brodier, schmierte mir Salbe auf die Haut und klebte Pflaster drauf. Er hatte Mundgeruch. Als ich ihm einmal ins Gesicht spuckte, sperrte mich meine Mutter in den Kohlenkeller, und zwar nackt, und redete einen Monat lang nicht mit mir. Derweil sang Ian.

Sitting on a park bench – eyeing little girls with bad intent. Snot's running down his nose – greasy fingers smearing shabby clothes. Drying in the cold sun – watching as the frilly panties run …

Nachdem die Eiszeit vorüber war, durfte ich wieder nach draußen gehen und meinen Freund Jogi treffen, mit dem ich die Tankstelle angezündet hatte. Damals starben eine Menge Leute, altehrwürdige Bewohner unseres Dorfes, die Täter wurden nie gefasst. In den Zeitungen war von feigen Mördern die Rede, aber es gehört viel Mut dazu, eine beleuchtete Tankstelle mitten im Dorf abzufackeln. Man muss die Lage auskundschaften, ohne aufzufallen, man muss die Zeiten notieren, wann der Besitzer zu- und wiederaufsperrt, man muss Benzin besorgen und sich den Geruch von den Händen waschen, man muss das Benzin sorgfältig verteilen, und man darf natürlich nicht gesehen werden, was ein fundamentales Problem ist, weil die Tank-

stelle mitten im Dorf liegt, an der Kreuzung zweier Hauptstraßen.
Ich blieb im Haus mit dem Kohleofen und dem Keller, und mein Vater zeugte einen zweiten Sohn, allerdings nicht mit meiner Mutter. Er zog dann bei uns aus und mit seiner neuen Frau zusammen, deren Sohn eines Tages im See ertrank. Jogi und ich wollten gerade mit unserem alten Kahn hinausrudern, da sahen wir ihn am Ufer stehen. Wir fragten ihn, ob er mitkommen wolle, er sagte nein, denn er könne nicht schwimmen. Wir zogen ihn in den Kahn, Jogi ruderte los, und ich hielt den Schwachkopf fest. Er wehrte sich und stürzte ins Wasser. Ich zog ihn wieder raus, er weinte und umarmte mich. Ich wischte ihm das Gesicht ab und gab ihm aus unserer Pulle zu trinken. Niemals ohne Korn im Kahn! Ich schüttete dem Verlierer die ganze Flasche in den Hals. Er schnappte nach Luft. Und weil er schlagartig volltrunken war, kippte er nach hinten und versank im See. Wir alarmierten die Wasserwacht, und sie fanden ihn am nächsten Morgen, angeschwemmt im Gesträuch. Die Kornflasche hielt er immer noch fest in der Hand. Wahrscheinlich, sagten Jogi und ich zu einer Reporterin aus der Kreisstadt, wollte er sich an der Flasche festhalten, weil er bekanntermaßen große Angst vor dem Wasser hatte. Jogi gab allen jugendlichen Lesern den Rat, niemals betrunken auf den See hinauszurudern oder zu schwimmen.

Warum ich geblieben bin, weiß ich nicht. Wenn die Lehrer sich über mein Betragen beschwerten, sperrte mich meine Mutter in den Keller, wo ich mit den Kohlen redete. Weil sie mir verboten hatte, im Dunkeln zu sprechen, schlug sie mir mit einem Bambusstock den Hintern blutig. Derweil sang Ian.

Feeling like a dead duck – spitting out pieces of his broken luck – Sun streaking cold – on an old man wandering lonely – Taking time the only way he knows …

Meine Großmutter, die den ganzen Tag zu Hause verbrachte und berühmt war für ihre Rumkugeln, schlug nur noch selten auf mich ein. Sie benutzte den Schürhaken und hörte nach drei, vier Schlägen auf. Das war angenehm. Meist ging ich anschließend in den Garten und schnitt die erstbeste Schnecke in der Mitte durch. Ich horchte, ob sie schrie. Kein Ton. Wie bei mir. Ich blieb stumm wie eine Schnecke, trotz der mörderischen Schmerzen. Das erstaunte die beiden Frauen mit ihren Schlagwerkzeugen. Ich weinte, das stimmt, das Weinen war unvermeidlich, doch geschrien habe ich nie. Ich bin nicht stolz deswegen, ich erwähne es nur, weil es zu den Fakten gehört.
Nach der Volksschule und der Realschule lebte ich immer noch bei meiner Mutter und meiner inzwischen zweiundsiebzigjährigen, bettlägerigen Großmutter. Meinen Vater traf ich gelegentlich am Sonntagnachmittag. Wir spazierten zum See oder auf den Breitkopf, einen Hügel, von wo aus wir über die Landschaft blickten. Da waren die Häuser, der See, die Berge und im Norden Ackerland und das Moor. Mein Vater rauchte und redete von seiner Frau, die nach dem Tod ihres Sohnes schwermütig geworden war und nicht mehr mit ihm schlief. Deswegen fuhr er jeden Samstag in die Kreisstadt zu einer gewissen Elvira, die angeblich allein in einem Haus lebte und alles tat, was er von ihr verlangte. Ich beglückwünschte ihn zu dieser Frau. Er wusste nicht recht, was er mit meinem Glückwunsch anfangen sollte. Und jedes Mal fragte er mich, ob meine Mutter JEMANDEN habe, und ich sagte, sie habe NIEMAND. Dann stiegen wir den Hügel wieder hinunter und kehrten im Kogelhof ein, wo Paula als Bedienung arbeitete. Paula war vierzig, und alle Jungen im Dorf wollten sie haben, aber ich war der Einzige, den sie ranließ. Sie hatte ein schönes, gut geheiztes Zimmer im zweiten Stock des Gasthauses. Beim ersten Mal schmierte sie sich eine unangenehm riechende Creme in den Hintern und forderte

mich auf, so viele Finger wie möglich in sie zu stecken. Gesagt, getan. Es gefiel ihr, und das ging fünf Jahre so weiter. Ich erzählte niemandem davon, auch Jogi nicht. Inzwischen hatte ich eine eigene Wohnung, zwei Zimmer, Küche, Bad, in der Nähe meiner Arbeitsstelle, der Polizeistation. Ich trug eine Uniform und hatte den Rang eines Polizeiobermeisters. Mein Chef hieß Herbert, wir duzten uns alle, vermutlich hatten wir den langweiligsten Job in der Milchstraße. Jogi hatte denselben Beruf gewählt. Es war unser ausdrücklicher Wunsch gewesen, den Dienst in unserem Heimatdorf zu verrichten, und da kein normaler Jungbulle auf die Idee kommt, freiwillig in so ein Kaff zu gehen, war die Bewilligung unseres Antrags reine Formsache gewesen. Herbert kannten wir, seit wir Kinder waren, und er freute sich, dass doch noch was Anständiges aus uns geworden war. Derweil sang Ian.

138 *Aqualung my friend – don't you start away uneasy – you poor old sod, you see, it's only me …*

Paula machte nie einen Mucks. Dabei behandelte ich sie nicht zimperlich, sie wollte es so. Ich drosch auf sie ein und fragte mich, wie lange sie das aushalten würde. Wenn sie mich darum bat, benutzte ich eine Gerte. Sie gab keinen Laut von sich. Wunderbar war das. Gefesselt, wie sie war, öffnete sie am Ende den Mund und ließ mich ein, und ich kam immer reichlich erschöpft aus der Mittagspause zurück in mein Büro. Einmal nahm ich Jogi mit, weil er irgendwie Verdacht geschöpft hatte und ich nicht länger Ausreden erfinden wollte. Paula empfing uns beide in ihrem geheizten Zimmer. Jogi war mehr ein Lutscher, das war alles, was ihn interessierte. Dann lernte er Ingrid kennen und heiratete sie. Beim Fest im Kogelhof tanzte er mit Paula, und sie lotste ihn unauffällig in dem ganzen Trubel in den zweiten Stock hinauf und blies ihn einmal quer durch die Milchstraße. Ihr persönliches Hochzeitsgeschenk. Ich tanzte mit Ingrid, sie fragte mich über Jogi aus, und ich erzählte ihr, wie wir einmal versucht hatten, einen Jungen zu retten, der im See ertrank, und wie wir als Ministranten bei jener traurigen Beerdigung mit dabei waren, auf der die Leichen der Brandkatastrophe zu Grabe getragen wurden, die Opfer jener feigen Mörder, die nie gefasst wurden.

Als meine Großmutter starb, schien die Sonne. Himmelblauer Mittwoch im Oktober. Ruhetag im Kogelhof. Also kehrten wir zum Leichenschmaus im Café Buschmann ein, das direkt am See lag. Bei meinem letzten Besuch im Krankenhaus hatte meine verwirrte Großmutter mich gefragt, warum ich so dick geworden sei. Ich war nicht dick. Korpulent. Wie immer. Sie verscheuchte auch die dunkelhaarigen nackten Frauen am Fenster, die außer ihr niemand sah, und also streichelte ich ihr Gesicht und flüsterte ihr zu, wie sehr die Erinnerung an den Schürhaken auf meinem Rücken mein Leben bereichert habe. Im Café waren wir zu elft, mein Vater war nicht gekommen, er war krank und am Magen operiert worden. Ich trank Bier und Cognac und rauchte drei Schachteln Zigaretten. Später wollte meine Mutter, dass ich sie nach Hause begleitete, und ich ließ sie auf offener Straße stehen. Sie weinte öffentlich. Ich ging zu Paula und prügelte sie zu Tode.

Das wollte ich nicht. Als ich aufhörte, blieb sie einfach liegen. Das Bett, der Boden, das Sofa, das Bücherregal mit den Plüschtieren, die Zimmerpalme: blutüberströmt. Aus Paulas Hals floss Blut ohne Unterlass. Offensichtlich hatte die Gerte sie aufgeschlitzt. Ich war nackt und besudelt von Blut. Ich legte mich auf sie und drückte sie an mich. Und dann bemerkte ich, dass mir Tränen übers Gesicht liefen und die Tränen sich mit dem Blut meiner Geliebten vermischten. So lag ich da, Paulas Leichnam in den Armen, und die Nacht ging vorüber, und ich hatte nicht gewusst, dass so viel Blut in einem Menschen ist und so viele Tränen in mir sind. Am Morgen wusch ich mich in ihrem Bad, rollte meine Hose und mein Hemd zusammen, zog einen ihrer Mäntel an und ging nach Hause. Kein Auto war da, kein Mensch. Ich roch die Feuchtigkeit der Erde und den Duft der Herbststräucher. Die Straßenlampen brannten noch, und über dem Breitkopf wurde der Himmel weiß. Derweil sang Ian.

Do you still remember December's foggy freeze – when the ice that clings on to your beard is screaming agony …

Drei Hauptkommissare aus der Landeshauptstadt führten die Vernehmungen durch. Sie fragten mich nach meinem Alibi, und ich sagte, ich war zu Hause, nachdem wir meine Großmutter beerdigt hatten. Abends trafen Jogi und ich uns im Bahnhofslokal. Er meinte, er habe mich gesehen, wie ich am frühen Morgen aus dem Kogelhof gekommen sei, er wollte gerade Paula wachklingeln, um sich trösten zu lassen. Er hatte die ganze Nacht mit Ingrid gestritten. Ich erzählte ihm, was passiert war, und er vertraute mir an, dass einer der Ermittler glaube, ich hätte ihn belogen. Das beunruhigte mich nicht. Als wir am nächsten Tag in unserem Dienstfahrzeug saßen, Mittagspause machten, über den See schauten, Leberkässemmeln aßen und Cola tranken, packte ich Jogis Kopf und schlug ihn mit der mir gegebenen Kraft aufs Lenkrad. Er wurde ohnmächtig. Ich wartete, bis er wieder aufwachte. Der Kioskbesitzer hatte uns vorbeifahren sehen, und ich hatte keinen Plan. Jetzt hatte Jogi Angst vor mir, was angemessen war, da ich ihm seine Dienstwaffe abgenommen hatte.

Ich bat ihn, sich zu erschießen. Er schüttelte den Kopf. Er kauerte auf dem Beifahrersitz, wohin ich ihn in seiner Bewusstlosigkeit verfrachtet hatte, die Hände mit Handschellen an seine Füße gefesselt. Also hockte er völlig gekrümmt neben mir und schaute zu mir hoch. Ich hatte die Pistole in der Hand und trug Lederhandschuhe. Die Zeit verstrich. Spaziergänger glotzten neugierig, trauten sich aber nicht an den Streifenwagen heran. Jogi blutete an der Stirn. Du Scheißkerl, röhrte er und wiederholte das Wort siebenmal. Das Telefon klingelte. Herbert fragte mich, wo ich die ganze Zeit gesteckt habe und ob Jogi bei mir sei. Nein, sagte ich und erklärte, dass ich ihn schon die ganze Zeit suchen würde, er habe sich vor der Mittagspause verabschiedet, weil er was Dringendes erledigen wollte. Soweit ich wisse, habe er schwerwiegende Eheprobleme und sei in jüngster Zeit sehr deprimiert gewesen. Jogi schwieg die ganze Zeit. Das war anständig von ihm. Ich sagte zu Herbert, ich würde noch eine Weile nach meinem Freund suchen und dann ins Büro zurückkehren.

So oder so hört das Leben für jeden von uns relativ plötzlich auf. Ich fuhr in den Wald, holte das Abschleppseil aus dem Kofferraum, machte eine Schlinge, steckte Jogis Kopf rein und zog zu. Er wehrte sich, aber das ist schwer, wenn deine Hände an deine Füße gefesselt sind. Ich warf das Seil um einen mächtigen Ast und zog Jogi hoch. Er wog bloß um die fünfundsechzig Kilo. Er strampelte mit den Beinen. Baby Jogi. Ich schwitzte. Dann fing er an zu schreien. Ich hängte mich an das andere Ende des Seils und zog, so fest ich konnte. Endlich bewegte sich sein Körper himmelwärts. Allen anatomischen Widrigkeiten zum Trotz versuchte er zu japsen, eine kurze Weile, bis er verstummte. Ich rutschte ein paar Meter einen Abhang hinunter, das Seil in der Hand, und Jogi gewann an Höhe. Ich bin kräftig.

Dann brach der Ast ab.

Das war günstig. Denn so war das Hämatom an seiner Stirn halbwegs zu erklären, zumindest aus der Sicht unseres Landarztes. Ich band das Seil um den Ast und betrachtete Jogis Leichnam. Die Zunge hing ihm raus, seine Augen waren aufgequollen, er hatte sich in die Hose gemacht. Das war ungünstig. Oder auch nicht. Ich rief Ingrid an und bat sie um einen Gefallen. Daraufhin fuhr ich zu ihr, und wir besprachen ein paar Dinge, wie schon öfter. Eine halbe Stunde später fuhr ich in den Wald und entdeckte den toten Kollegen. Außerdem stellte ich fest, dass das Abschleppseil aus unserem Dienstfahrzeug fehlte, er musste es unbemerkt entwendet haben. Ich informierte Herbert und den Arzt, die Sanitäter kamen, und ich berichtete Herbert, dass Jogi am Mittag bei Ingrid gewesen sei und gedroht habe, sich etwas anzutun, wenn sie nicht zu ihm zurückkehre. Sie hatte nein gesagt. Ich hätte ihn vorhin im Wald in der Nähe des Breitkopfs verschwinden sehen, hätte jedoch seine Spur zunächst verloren. Der Arzt stellte den Totenschein aus. Ingrid weinte. Ich legte den Arm um sie. Es kommt oft vor, dass in einer Familie jemand stirbt, und es bleiben Fragen offen. Vorsätzliche, fahrlässige Tötung, Totschlag, Totschlag im Affekt, Tod auf Verlangen, Sterbehilfe, es ist besser, die Sache auf sich beruhen zu lassen. Der Arzt stellt den Totenschein aus, die Hinterbliebenen trauern eine Zeitlang, und die Zeit heilt alle Wunden. Derweil sang Ian.

And you snatch your rattling last breaths with deep-sea-diver sounds – and the flowers bloom like madness in the spring …

DIE ZEHNER

Der Attentäter steht außerhalb des Gesetzes, er ist das Gesetz, das einzige, dem er sich unterwirft. Er ist Exekutive und Legislative in Person und sein Oberster Gerichtshof. Die Tat des Attentäters folgt der Logik eines Gottes, unbegreiflich für jeden Außenstehenden, jeden Zeugen, jeden Priester. Weil ich fähig bin, das Attentat zu planen, gelange ich in die Gefilde der Unsterblichkeit. In diesem ersten unwiederholbaren Moment begreife ich das Leben, sein Geschenk, seine Weisheit, seine Bedeutung und Erhabenheit. Das Leben ist mehr als Am-Leben-Sein, mehr als die Summe aller Atemzüge. Nicht mit meiner Geburt begann das Leben und nicht mit der Geburt meines Vaters oder meiner Mutter, es begann außerhalb der Zeit, außerhalb unserer Vorstellung. Es begann. Und von da an sind wir verpflichtet, ihm zu dienen, ohne zu fragen, untertänig, dankbar und mit aller Macht, die wir besitzen. Und der Tod ist nur ein Schatten, den wir überspringen müssen. Furcht existiert nicht. Die Furcht ist die hurende Schwester des Aberglaubens. Aber ich glaube nicht. Ich bin das handelnde Wort. Was ich tue, tue ich nicht für mich, im Stillen, abseits jener, denen meine Tat gewidmet ist, denen ich vorausgehe, in deren Dienst ich stehe. Nur vor den Augen aller Sehenden und auch der Nichtsehenden, die abgeschottet im Dunkeln hausen – für diese sogar ganz besonders –, entfaltet meine Tat ihre Größe und Schönheit, um in der Erinnerung aller weiter zu leuchten als Vermächtnis und Auftrag.

Ein Attentat zu verüben heißt, einen Beitrag zu leisten zum Gedächtnis der Menschheit. Es ist etwas Unauslöschliches in dem, was ich vollbringe, wie ein ewiges Licht, jedes Kind, das auf die Welt kommt, trägt es schon in sich und muss lernen, dieses Licht zu erkennen und ihm zu folgen. So wie ich einem Licht aus früheren Zeiten folge, im Bewusstsein, es nicht erlöschen lassen zu dürfen, es zu bewahren, zu schützen, weiterzureichen. Ich bin ein Krieger des Lichts, meine Waffe ist der Wille und mein Sieg überragend.

Ein Jahr lang bereite ich mich vor. Ich konzentriere mich auf nichts anderes, jede Minute gilt dem Augenblick meines Triumphs. Es ist ein steiniger, grausamer Weg bis dorthin, und ich weiß, die Versuchung umzukehren, aufzugeben, zu warten, länger zu warten, ist groß. Denn ich bin eine niedere Kreatur, ich bin voller Schmutz, ich trage die Abfälle von hundert Generationen in mir, ich bin nicht frei. Dass ich etwas will, sagt nichts über die Konsistenz meines Willens. Womöglich verliere ich nach einer Woche jede Zuversicht, und die Hämmer des Zweifels schlagen auf mein Herz ein und machen es klein und martern es, bis es wehleidig kapituliert.

Ich kenne solche Herzen, sie sind überall, ich kann sie sehen. Männer und Frauen, junge Männer, junge Frauen kriechen durch die Straßen, zurück zu den Hütten ihrer armseligen Herkunft und verbarrikadieren sich. Bemitleidenswert. Nein, hassenswert sind sie, verabscheuungswürdig, wertlos. Wer seinen Auftrag verleugnet, verwirkt sein Recht auf die Zukunft. Möge er verenden wie eine nutzlose Pflanze.

Ich will keine nutzlose Pflanze sein.

Ich bin keine nutzlose Pflanze.

Morgen trete ich den Beweis dafür an.

Schon während der Schulzeit hatte ich die Angewohnheit, Menschen, die mir zu nah kamen und nicht begriffen, wie sie mich anwiderten, durch willkürlich gewählte Worte auf Distanz zu halten und so zumindest ihre Stimmen und Gesten auf ein Minimum zu reduzieren. Seit ich denken kann, verachte ich die Aufdringlichkeit scheinbar an mir interessierter Leute. Die meisten von ihnen – vermutlich alle – haben nichts weiter im Sinn als sich von ihrem stumpfsinnigen, inhaltslosen, ziellosen Existieren abzulenken. Und zu allem Überfluss sind sie dabei voller Angst und Kleinmütigkeit, sie halten ihre Sorgen für wesentlich und bilden sich ein, mit ihrer Arbeit oder ihrer bloßen Anwesenheit einen Beitrag zur Zukunft zu leisten. Doch die Zukunft wird für diese Leute nie beginnen. Was sie für Zukunft halten, ist nur ausgemusterte Gegenwart, eine Schrotthalde verrosteter Träume. Ich durchschaue ihr ganzes Leben, ich will mich dagegen wehren, aber ich kann nicht, ich höre, wie sie atmen, ich sehe, wie sie den Blick senken, ich erkenne ihr verkommenes Wesen an der Art, wie sie auf mich zutreten und mich vereinnahmen und ersticken wollen. Und ich stellte mir immer vor, wie ich sie einlade, jeden von ihnen unter einem anderen Vorwand, wie ich sie mit den Waffen ihrer eigenen Eitelkeit dazu bringe, mir einen Gefallen zu erweisen und sich noch dazu geehrt zu fühlen und herausgehoben aus der Masse der Nichteingeladenen. Ich heiße sie willkommen, sie ergötzen sich an meinen Worten wie an besonderen Speisen, weil sie in all ihrer Selbstgefälligkeit unfähig sind, über ihre eigenen Echos hinaus zu hören und über die Verliese ihrer Seelen hinaus zu empfinden. Am Ende applaudieren sie mir und bedanken sich für meine Großzügigkeit. Und dann sterben sie und haben nicht einmal Zeit, sich zu wundern und mein Werk zu bewundern.

In den Zeitungen war damals nach der Explosion der Tankstelle von feigen Mördern die Rede, aber wir waren nicht feige, wir waren mutig. Abgesehen davon, dass ich zu feige war, die Tat allein durchzuführen. Ich war erst vierzehn, ich hatte meinen Auftrag gerade erst begriffen, und ich wollte nicht warten, unter keinen Umständen wollte ich den ersten Beweis meiner wahren Bestimmung zurückhalten. Ich hatte erkannt, und die Welt sollte an meiner Erkenntnis teilhaben. Dazu brauchte ich einen Freund, meinen einzigen, Johann Gebauer, genannt Jogi. Er stellte keine Fragen, seine Neugier überwältigte ihn, er war, obwohl wir gleich alt waren, ein kleiner Junge und hatte fürsorgliche, solide verheiratete Eltern, die ihm alle Wünsche erfüllten und ihn mit Aberglauben fütterten, denn davon zehrten sie selbst am liebsten. In Gegenwart nackter Frauen war er ein Sauger, ein Lutscher. Seine Sache. Dass bei der Aktion im Dorf acht Personen starben, hätte ihn dann beinah ins Verrätertum getrieben, aber es

gelang mir, ihn zur Vernunft zu bringen. Danach verlief sein Leben weitgehend in geordneten Bahnen, bis zu seinem Selbstmord im Wald.
Das Leben seiner Witwe ist erst morgen zu Ende. So wie meines.
Natürlich bin ich jetzt allein. Diesmal stand mir niemand bei den Vorbereitungen zur Seite, niemand weiß von meinem Plan, niemand ist eingeweiht, ich bin geweiht. Was ich tue, tue ich im Namen der Schöpfung, dafür stehe ich ein, endlich.
Ich bin vollkommen allein.
Da ist niemand, der mir Geld gab.
Niemand, der mich trainierte und mir Kniffs verriet.
Niemand, auf dessen Alibis ich vertraue.
Es gibt niemanden außer mir.
Schicksalhaft fährt meine Lebensgefährtin Ingrid seit einem Jahr den Bus der Linie 32. Ich kenne jeden Halt, die Abfahrts- und Ankunfts- und vor allem die Verzögerungszeiten. Ich kenne die Launen sämtlicher Fahrer, ich weiß, wo wie viele Personen im Durchschnitt zu- und aussteigen und wann der Linienbus garantiert voll besetzt ist.
Vor fünf Jahren quittierte ich den Dienst bei der Polizei und bewarb mich für den niedersten aller Jobs, den ich schließlich – vermutlich nicht zuletzt durch Ingrids Fürsprache bei ihrem Arbeitgeber – auch bekommen habe. Meine Aufgabe ist das Kontrollieren von Fahrscheinen in den Straßenbahnen und Bussen der Städtischen Verkehrsbetriebe. Diese lächerliche Beschäftigung nahm ich an, nachdem ich mich entschlossen hatte, den Weg, der mir vorgegeben ist, zu Ende zu gehen, und an dessen Ziel ich noch vor meinem fünfzigsten Lebensjahr gelangen muss. So steht es in meinem Blut.
Vorhin war ich erfüllt von Hass. Dafür habe ich mich minutenlang verabscheut.
Jetzt kein Hass mehr.

Es war Mitternacht vorhin, und mein fünfzigster Geburtstag begann, das war die Ursache meines Hasses. Ich verachte mich für meine Schwäche.
Nun bin ich wieder ruhig und konzentriert. Ich lösche aus, indem ich die Fahrerin des Busses, die zufällig meine Lebensgefährtin ist, erschieße und mich selbst ans Steuer setze und Kurs auf die Ausfallstraße nehme. Dort steht eine neue Tankstelle. Ich lenke den vollgetankten Bus in den Tanklastzug, der zu diesem Zeitpunkt auf dem Gelände parken wird. Von der Haltestelle, an der ich zusteige, bis zur Tankstelle sind es nur ein paar hundert Meter.
Ich lösche aus, weil ich die Gleichgültigkeit in dieser Stadt nicht mehr ertrage. Ich bin kein Fundamentalist, ich glaube nicht an einen Gott, ich glaube an die Lehre des reinen Menschen und seine Fähigkeit zur Selbstreinigung. Ich ertrage diese verschmutzten Gesichter und Seelen nicht mehr, die auf mich zukommen, wo immer ich mich hinbegebe, sie belagern meine Nähe.
Keine Nähe mehr.
Alles Gute zum Geburtstag, Ludwig Dragomir.
Alles gut.

Sitting on a park bench – eyeing little girls with bad intent – Snot's running down his nose – greasy fingers smearing shabby clothes. Drying in the cold sun …

DER VERZWEIFELTE ERLÖSER

AN einem Abend im Winter beschloss Gabriel Hofherr, Monika Gruber zu stalken. Er hatte nicht die geringste Absicht, sie sexuell zu belästigen oder sonst wie psychologisch zu bedrängen. An solche Dinge dachte er überhaupt nicht. Das Einzige, was er von ihr erfahren wollte, war, warum sie nicht mehr dieselbe war. Wohin ihre Pointen verschwunden waren. Und wieso sie so komische Sachen sagte und machte. Und wieso sie in jeder Vorabendkrimiserie mitspielte und immer so mager in der Gegend herumstand oder in der BUNTEN oder in der GALA oder in beiden Illustrierten gleichzeitig. Und wieso sie keine Kabarettistin mehr, sondern eine Art ferngesteuerte Carolin Reiber geworden war, bloß ohne das R und nur noch blond.

Für Gabriel Hofherr gerieten seit einiger Zeit die Dinge insgesamt mehr und mehr in Unordnung. Er kannte sich nicht mehr aus, und zwar auf allen möglichen Ebenen, er fühlte sich ausgeschlossen oder glaubte, eine höhere Macht habe sich gegen ihn und die Menschheit um ihn herum verschworen. Brutal.

Da stimmte einfach nichts mehr. Da tauchten Parteien im Fernsehen auf, deren Mitglieder alles umsonst haben wollten, aber wenn einer von ihnen ein Buch schrieb, wollte er Geld dafür und untersagte eine Veröffentlichung im Internet, weil die Leute sich das Buch ja umsonst runterladen könnten. Solche Parteien wurden zeitweise sogar gewählt.

Jeden Tag drehte Gabriel Hofherr komplett durch, weil es draußen immer schon dunkelte, bis er den Medienteil der Süddeutschen Zeitung gefunden hatte, um dann festzustellen, dass Sachen drinstanden, die weder die mazedonische Supermarktkassiererin beim Tengelmann noch einen

Medienprofessor der Yale University interessierten. Geschweige denn ihn, den Fernsehliebhaber Gabriel Hofherr. Er mochte das Fernsehen, vor allem Krimis, er hatte gar nichts gegen Werbung oder Talkshows, er zappte dann einfach weiter. Aber wenn er nicht ein derart in sich geerdeter Bürger und Steuerzahler wäre, bräuchte er jeden zweiten Tag einen neuen Fernseher, weil er angesichts von Vorabendserien, deren Spannungsgehalt weit, weit, weit unter dem einer Büroklammer lag, und angesichts gewisser Tatort-Folgen, die nichts anderes waren als HD-gewordenes Valium, die Axt aus der Abstellkammer geholt und so lange auf den Kasten eingeschlagen hätte, dass die Erschütterungen noch in Rosenheim und am Bodensee zu spüren gewesen wären.

Aaarrrrg. Und immer und überall der tägliche Nervenvernichter. Markus Lanz. Aaarrrg. Gabriel Hofherr plünderte bereits sein Sparbuch, um sich ständig neues Crystal Meth leisten zu können, weil er dem Lanz nicht entkam. Egal, wohin er zappte, der Lanz war schon da.

Aaarrrrg. Für Gabriel Hofherr geriet die Welt aus dem Lot, und er wollte sie heilen. Aber wie? Seit sogar Woody Allen eine neue Synchronstimme hatte, schien alles verloren. Kein Sinn mehr, nirgends. Keine Verlässlichkeit, nur noch Entsetzen und Wahnsinn. Er wollte zur Kanzlerin und ihr mitteilen, dass die Mauer gefallen war und es deshalb keinen Grund mehr gab, die eigenen Leute wie verblödete Sklaven zu behandeln. Und wenn er schon mal da war, wollte er sie auch gleich fragen, warum es so viele Nazis im Land gab und das Bundesamt für den Verfassungsschutz die so gern hatte?

Überhaupt, die Nazis. Warum, fragte sich Gabriel Hofherr und schrie seine Wände an, waren die Nazis in Fernsehfilmen plötzlich alle so gute Menschen, lauter Widerstandskämpfer und die Deutschen allesamt Opfer von Bösewichten, die irgendwo im Dunkeln hockten? Warum das? Warum? Warum? Weil der Programmdirektor des ZDF Himmler heißt? Das kann doch nicht sein. Das darf doch nicht wahr sein. Und warum hat die ARD noch keinen Goebbels oder so einen. Das gibt's doch nicht. Das kann doch nicht so schwer sein. Nicht mal für die ARD. Mann! Der Goebbels war Intendant der Ruhr-Triennale, ein weltbekannter Musiker, Regisseur, alles Mögliche, der in Frankfurt wohnt. Frankfurt am Main, nicht mal an der Oder. Den kann man doch anrufen und sagen: Komm, wir brauchen dich! Dringend brauchen wir dich. Wir wollen dich, Goebbels. Goebbels, wir wollen dich, total und radikal. Wenn eine junge nationalsozialistisch gesinnte Frau, eine von der Bundesrepublik Deutschland und seinen Organen jahrelang märchenhaft ignorierte Terroristin für ihren Prozess in der ehemaligen Hauptstadt der Bewegung drei Anwälte verpflichtet, die Heer, Stahl und Sturm heißen, und das ZDF einen Programmdirektor Himmler hat,

dann steht es uns, der ARD, tausendmal und aber tausendmal zu, einen Chef namens Goebbels zu kriegen.
Aaarrrrg. Wenn Gabriel Hofherr über all das nachdachte, übergab sich sein Verstand im Kopfesinnern, und er trank zur Strafe fünf Flaschen ätzendes Spatenbier, das jeder Körper, dem es eingeflößt wird, so irrsinnig schnell wieder loswerden will, dass keine zehn Pfund Granufink den Vorgang stoppen könnten. Meist brauchte Gabriel Hofherr danach noch drei Flaschen von delirierenden Braumeistern erzeugtes Löwenbräubier, und bevor er anfing zu schwanken, wankte er in der Nähe des Marienplatzes in den Imbiss eines Metzgermeisters, von dem er überzeugt war, dass dieser die Meisterprüfung im Fleischerhandwerk niemals aus eigener Kraft bestanden haben konnte. Vermutlich – und eigentlich war Gabriel Hofherr sich ziemlich sicher – hatte der damalige Geselle jedem einzelnen Mitglied des Deutschen Fleischerverbandes einen geblasen, und zwar auf Wunsch mehrfach. Eine andere, für Ga-

briel Hofherr gerade in Bayern durchaus vorstellbare Möglichkeit wäre, dass er ihnen eine geladene SIG Sauer an den Kopf gehalten und in edelster Mafiamanier erklärt hatte, entweder käme ihre Unterschrift auf die Meisterprüfung oder ihr Gehirn. Anders war die Qualität des Essens jedenfalls nicht zu erklären. Sogar wenn man nicht den Inhalt, nämlich die Gulaschsuppe, sondern nur die Dose allein essen würde, wäre der Genuss ein höherer.
Gabriel Hofherr hoffte, dass dieser Metzgermeister das Catering für sämtliche Vorabendkrimiserien besorgte.
Aaarrrrg. Das half ja alles nichts. Auch wenn Speer zurückkäme und den Berliner Flughafen zu Ende baute, würde sich am Gesamtzustand des Gabriel Hofherr nichts ändern. Er war traurig und erschöpft. Einsam und unverstanden durchquerte er seine Heimatstadt München, diesen so ruhmreichen Flecken Erde, wo an jeder Ecke die Kunst blüht, Araber und Russen flanieren, Studenten lustig auf Fahrrädern sitzen und klingeln, alte Menschen Arm
in Arm mit noch älteren Menschen die Straßen überqueren, Einheimische und Touristen einander das Leben leichter machen. Wo in den Küchen der innerstädtischen Traditionsgaststätten jeden Morgen die Dosenöffner erneuert werden, wo fünf Tageszeitungen die Bürger präzise informieren und den Fischhändlern am Viktualienmarkt altbewährte Dienste leisten, wo das Oktoberfest den Völkern der Welt jedes Jahr klarmacht, wo der Bartl den Most holt. Wo die Wirte als die letzten wahren Samariter gelten und der Oberbürgermeister unangefochten seine Heterosexualität ausleben darf.
München, dachte Gabriel Hofherr so oft, war der letzte Anker in einem vollkommen aus den Scharnieren gesprungenen Universum. Ohne München hätte er sich schon längst in Unterzeismering erhängt. Es gab das Glück, tatsächlich – doch leider nicht für ihn.
Er nahm den ganzen Irrsinn zu persönlich und konnte

nicht raus aus seiner Haut. Ihn regte das auf, dass Friseure Monsterstars waren, obwohl sie einfach nur Haare schnitten, und dass Köche Superhelden waren und einer von denen sogar bei McDonalds arbeitete, ohne dass er sich aus lauter Scham eigenhändig frittierte. Und dass Don Corleone im Vergleich zu Sepp Blatter Robin Hood war. Und dass 29-jährige Redakteurinnen alte Männer beleidigen durften und das für Journalismus hielten und die Retourkutschen der alten Männer für Sexismus. Das regte Gabriel Hofherr alles so auf, so unglaublich auf, er wusste überhaupt nicht, wohin mit seinem Zorn.

Also trank er wieder fünf Flaschen Spaten und anschließend noch drei Flaschen Löwenbräu, dann ging er zu McDonalds und kaufte sich einen Burger vom Sternekoch. Und weil das noch nicht reichte, ging er zum Bahnhof, wo ein Sylter Fischmogul eine Imbissbude betrieb, und aß dort eine Krabben- und eine Matjessemmel, in denen mehr

Geschmacksverstärker und Konservierungsstoffe waren als in den künstlichen Brüsten mancher Schauspielerinnen. Das regte ihn auf, dass alle bloß noch unecht rumliefen und unecht redeten und unecht schauten und morgens um fünf beim Media-Markt anstanden, weil's da einen billigen Computer und einen noch billigeren Fernseher gab.

Und am liebsten wäre er nach Niederbayern gefahren und hätte dem Kerl, der das Rauchverbot angezettelt hatte, die Mistgabel in die Lungen gestoßen und ihn gefragt, was er davon hat, dass reihenweise Stüberln schließen müssen, weil die vielen Familien mit ihren Babys und Kleinkindern nicht mehr kommen, die früher ihre Nachmittage in diesen runtergerissenen, verhunzten Stüberln verbracht haben. Hä, Blödsack?

Aaaaber so was tat Gabriel Hofherr nicht. Er griff niemanden an. Er schluckte alles runter und spülte mit Spatenbier nach und wunderte sich, dass er sich noch nicht von Perlach bis nach Milbertshofen erbrochen hatte.

Es passte so viel rein in Gabriel Hofherr, so viel, so viel und noch viel mehr. Er ging durch die Fußgängerzone, wich Hunderten Polizisten aus, die die Fußgängerzone bewachten und die Musikanten verscheuchten, weil München eine No-go-Area für Straßenmusikanten war, aber eine Come-in-Area für rechtsradikale Stadträte. Gabriel Hofherr ging immer weiter bis zum Viktualienmarkt, und da stellte er sich beim Hochreiter an einen Stehtisch und trank ein Augustinerbier und hernach ein zweites, drittes, viertes, und die Sonne schien so dermaßen in die Bierkrüge, als wäre sie brutal am Verdursten.
Und in diesem Moment kam Monika Gruber daher. Gabriel Hofherr erkannte sie zuerst gar nicht, weil sie so blond war wie die Sonne und ihn genauso blendete. Dann bemerkte er den Tross hinter ihr: vier Kameramänner, zwei Tonmänner, elf Visagistinnen und Kostümbildnerinnen, ein Regisseur, drei Regieassistenten und ein junger Mann, der auf einem Teller unter einer Plexiglashaube eine drei Zentimeter dicke Sushirolle trug. Gabriel Hofherr zählte die Personen genau, damit er hinterher keine falsche Erinnerung mit sich herumschleppte.
Vor einem Brunnen blieben alle stehen, und Frau Gruber sagte etwas. Dann applaudierten alle, und Frau Gruber wurde der Schweiß von der Stirn getupft. Sie lachte aber sofort wieder in die Menge, und da dachte sich Gabriel Hofherr, er sollte hingehen und ihr die Meinung sagen.
Und das machte er dann auch. Unauffällig schob er sich am Filmteam vorbei und blieb direkt vor Frau Gruber stehen. Sie überlegte gerade, ob sie die Hälfte der Sushirolle essen sollte, die ihr der junge Mann hinhielt. »Entschuldigen Sie«, sagte Gabriel Hofherr, »ich möchte Ihnen etwas sagen.«
Frau Gruber drehte ihm das Gesicht zu. Das berühmte Gruber-Gesicht. Das Grubersche Antlitz. Die Sonne von Tittenkofen. »Ich möchte Ihnen sagen«, sagte Gabriel

Hofherr mit versagender Stimme. »Sie sind die Größte. Bleiben Sie so für alle Zeit.« Und als er sich schon abwenden und davonlaufen wollte, besann er sich noch einmal, nahm seinen gesammelten Mut zusammen und fügte hinzu: »Ich gratuliere Ihnen, dass Sie sich von diesem Geschäftsführer getrennt haben. Paulaner-Bier schmeckt keinesfalls besser als Spaten, manchmal sogar noch grausamer. Ich bewundere Sie.«

Dann machte Gabriel Hofherr kehrt und rannte quer über den Viktualienmarkt, durchs Tal, über die Maximilianstraße in den Englischen Garten bis nach Unterföhring, ohne innezuhalten. Seine Verzweiflung über sich selbst war kosmisch, geradezu intergalaktisch. Aber Monika Gruber … Monika Gruber … Die Gottgleiche … Ach, Monika …

Gabriel Hofherr war besessen von ihr. Aus jeder Pore seines Körpers schrie es: Monika! Monika! Monika! Es hörte nicht mehr auf zu schreien. Monika! Monika! Moni!

Und an diesem späten Nachmittag im Mai, unweit des Bayerischen Rundfunks in Unterföhring, beschloss Gabriel Hofherr erneut, Monika Gruber zu stalken. Diesmal aber richtig, aber so dermaßen richtig …

LOMI LOMI

DIESES Panorama hätte er nicht für möglich gehalten. Er war lange nicht mehr in der Stadt gewesen, und er konnte sich nicht erinnern, wann er sie zum letzten Mal aus einer solchen Höhe betrachtet hatte. Möglicherweise noch nie. Irgendwann, in seiner Jugend, musste er auf dem Olympiaturm gewesen sein. Er wusste es nicht mehr. Er verschwendete seine Zeit nicht mit Erinnerungen. Wenn sie ihn heimsuchten, unerwartet und in den unmöglichsten Momenten, kam er sich vor wie ein Schatten ohne Jugend. Er ahnte, da war etwas gewesen, etwas war passiert mit ihm, doch die Bilder ergaben keine Konturen, sie blieben unfassbar wie Träume, wie Ahnungen von Träumen. Dafür wurde er nicht bezahlt. Sondern für die Gegenwart und für das, was wirklich geschah. Und zwar durch ihn.

Er stand am Fenster seines Zimmers im neunzehnten Stock und schaute ins diesige, bläuliche Licht – ein Licht, das vollkommen anders war, als er es aus Kindertagen in der Adventszeit in Erinnerung hatte. Dieses Licht löste in ihm eher eine Vorstellung von Frühling aus. Er schaute über Dächer, Kräne und Parks bis zur Frauenkirche und zu den Schloten des Heizkraftwerks im Süden. Unter ihm der Mittlere Ring, auf dem sich die Fahrzeuge stauten. Ein unerschütterlicher Frieden ging von diesem Anblick aus. Er verschränkte die Hände hinter dem Rücken und lächelte. Er lächelte oft, wenn er allein war. Und da er die meiste Zeit seines Lebens für sich verbracht hatte, habe er, so vermutete er, absolut kein Lächeldefizit gegenüber denen, die bei jeder Gelegenheit auf offener Straße oder in Gaststätten ihren Mund verzogen und so taten, als wären sie beschwingt und dankbar über die Anwesenheit ihres Gegenübers.

Über seine Anwesenheit war nie jemand dankbar.
Deswegen blieb er zwangsläufig lieber allein.
Lieber war das falsche Wort. Zwangsläufig war richtig. Und er …
Worüber dachte er eigentlich nach an diesem Morgen des dreiundzwanzigsten Dezember im Grand Hotel, wo er für zwei Nächte ein Zimmer gemietet hatte, um seinen Auftrag zu erfüllen?
Willkommen, Herr Dragomir, wir wünschen Ihnen frohe Weihnachten und einen schönen Aufenthalt und freuen uns, dass Sie die Feiertage bei uns verbringen.
Er wurde gern begrüßt. Er sagte dann: Danke, ich bin zum ersten Mal bei Ihnen und bedauere schon jetzt, nicht länger bleiben zu können.
Sofort erntete er ein Lächeln, das er nicht erwiderte. Er war ein seriöser Unternehmensberater, spezialisiert auf mittelständische Betriebe. Er trug einen grauen Anzug, ein

weißes Hemd und eine blaue Krawatte und zog einen grauen Rollkoffer hinter sich her. Er fiel nicht weiter auf. Manchmal wurde er an der Rezeption gefragt, ob seine Firma oder er das Zimmer bezahle, worauf er erwiderte: Kein Thema, ich bezahle selbst.
Er bevorzugte die großen Hotels. Er saß in der Lobby, mit übereinandergeschlagenen Beinen und einer Zeitung auf den Knien, er beobachtete die Gäste, deren Unbeholfenheit oder Arroganz ihn zum Lachen brachten, innerlich, lautlos. Nachts stand er oft zwei Stunden an der Bar, hörte dem Pianisten zu, trank Wodka-Lemon, begegnete den Blicken der unauffällig gekleideten Prostituierten mit sachlicher Neugier und verschwendete keinen Gedanken an die Tat, die hinter ihm lag und die er – wie immer – zur Zufriedenheit seines Auftraggebers ausgeführt hatte.
Und jetzt München. Ausgerechnet zur Weihnachtszeit. Der Marienplatz voller geschmückter Buden und Menschen mit stressverzerrten Gesichtern, die teuren Bouti-

quen noch greller beleuchtet als sonst, Polizisten an allen Ecken und Enden, Liebfrauendom, Kupferkuppeln. Theatinerkirche, ockerfarben. Ludwigskirche, alles unverändert.
Hilfst du mir?, hatte Gretchen gefragt. Und er hatte ja gesagt. Sie wusste nicht, dass er inzwischen auf solche Dinge spezialisiert war, sie hatte ihn aus alter Freundschaft angerufen. Vor allem aus Verzweiflung, aus tiefer Not. Davon verstand er etwas: von der Not der Menschen, an der ein anderer schuld war.
Hilfst du mir?
Ja.
Nachdem er den Hörer aufgelegt hatte, hatte er gelächelt, allein in seiner Kölner Wohnung in der Nähe des ehemaligen Chemiewerks. Seit fünfzehn Jahren tat er, was er tat, aber er hätte nie gedacht, dass ihn einmal jemand engagieren würde, der nicht wusste, dass er ein Profi war. Der nur wegen der alten Zeiten anrief, in der absurden Hoffnung, die Vergangenheit besäße noch Zauber.
Gretchen Hopf.
Vor einiger Zeit, so hatte sie am Telefon zu ihm gesagt, habe sie wieder ihren Mädchennamen angenommen. Salina. Wie schön, hatte er gesagt. Und sie, zum vierten Mal, fast weinend: Hilfst du mir? Und dann hatte er tatsächlich die Frage gestellt: Wie soll ich dir helfen? Daraufhin hatte sie eine Weile geschluchzt, und er hatte den Hörer neben sich gelegt und, wie jetzt im neunzehnten Stock, aus dem Fenster gesehen, in den Hinterhof, zum Fahrradständer und der Wäschestange, an der nie Wäsche hing. Er hat mich zerstört und meinen Sohn, hatte Gretchen gesagt, ich weiß mir nicht mehr zu helfen, du bist meine letzte Hoffnung.
Den Satz kannte er in verschiedenen Variationen. Sehr beliebt: *Sie sind meine letzte Rettung.* Und er hatte Gretchen gefragt: Warum ich? Und sie: Du warst meine große Liebe

mit fünfzehn und hast dafür gesorgt, dass der Matthias mich nicht mehr belästigt hat.

Ich habe doch nur mit ihm geredet.

Du hast ihn dazu gebracht, runterzuspringen.

Er ist freiwillig gesprungen.

Das hätt er nie getan, dazu war er viel zu feige.

Er ist freiwillig gesprungen.

Du hast zu ihm gesagt, wenn er nicht springt, dann sperrst du ihn im Kohlenkeller ein, bis er vor lauter Hunger eine lebendige Maus essen muss. Da hat er so viel Angst gekriegt, dass er vom Fünfmeterbrett gesprungen ist, obwohl er nicht schwimmen konnte. Ich hab dir nie vorgeworfen, dass du an seinem Tod schuld bist, und ich hab auch nie jemandem davon erzählt.

Er ist freiwillig gesprungen, ich hab ihm nur gesagt, er soll dich in Ruhe lassen, weil du nicht ihn magst, sondern mich.

Das hast du nicht gesagt, ich hab euch nämlich belauscht.

Ihre Stimme, hatte er gedacht und sich vom Innenhof abgewandt, wo eine Nachbarin ihre Mülltüten zum Container brachte und schon begonnen hatte, ihn anzuglotzen, ihre Stimme klingt wie die einer Fünfzehnjährigen. Du kannst uns nicht belauscht haben, sagte er und dachte, dass er genauso klang wie sie.

Ich bin dir nachgegangen und hab mich in die Nebenkabine geschlichen, ich hab jedes Wort gehört. Und jetzt musst du mir helfen, Luggi, ich bitt dich drum.

Mein Name ist Ludwig, hätte er beinah gesagt. Aber er wollte das Gespräch endlich beenden. Außerdem hatte sie ihm keine Neuigkeit verraten. Natürlich hatte er sie damals in der Kabine bemerkt, er hatte extra lauter gesprochen, damit sie jedes Wort verstand. Dass sie ihn jemals hinhängen würde, hielt er für absolut unwahrscheinlich, und nachdem er ein paarmal mit ihr geschlafen hatte, sprachen sie nie wieder über den tragischen Unfall.

Das war mehr als dreißig Jahre her.
Und schon damals hatte sie sich gern fesseln und andere Dinge mit sich machen lassen. Und sie fand den idealen Ehemann dafür. Und sie lebte mit ihm und bekam ein Kind von ihm. Der Junge hieß Zacko. Mit zweiundzwanzig überfiel Zacko eine achtundsechzigjährige Frau in ihrer Wohnung, erschlug sie und raubte sie aus, und als zwei Polizisten ihn bei einer Routinekontrolle anhielten, erschoss er einen von ihnen und verletzte den anderen so schwer, dass der Mann gelähmt blieb. Zacko – er hieß eigentlich Sebastian – wurde zu zwölf Jahren Gefängnis verurteilt. Sein Vater besuchte ihn nicht, seine Mutter einmal im Monat, obwohl sie kaum ein Wort wechselten, weil Zacko über nichts reden wollte. Vor drei Wochen erhängte er sich auf der Krankenstation, wohin er wegen schwerer innerer Verletzungen gebracht worden war, die ihm zwei Mithäftlinge zugefügt hatten. Angeblich hatten diese ihn in der Nacht schwer misshandelt. Nach Aussage der Gefangenen wollten sie »sehen, wie es ist, wenn einer krepiert«. Allerdings, sagte Gretchen am Telefon, habe merkwürdigerweise ihr Mann ein paar Tage zuvor zum ersten Mal seinen Sohn im Straubinger Gefängnis besucht und dabei auch die beiden Männer kennengelernt, die mit Zacko die Zelle teilten.
Eine Stunde lang hatte sie Dragomir am Telefon ihr Leben erzählt.
Nepomuk würde sie quälen und misshandeln. Und er habe den Mord an seinem eigenen Sohn in Auftrag gegeben, ganz sicher, sagte Gretchen. Und nun müsse Dragomir ihr helfen, wie damals bei Matthias, der sie genauso schlecht behandelt und an einen Baum gebunden und mit einem Stock geschlagen habe.
Hilf mir, Luggi, bitte.
Was soll ich tun?
Mach ihn weg.

Ich bin kein Mörder, hatte er gesagt und gelächelt, aber nur kurz.
Mach ihn weg, ich bezahl dich dafür, ich geb dir zwanzigtausend, bitte.
Das war wesentlich weniger, als er normalerweise erhielt.
Ja, hatte er gesagt, wegen uns, wegen dir, wegen uns beiden von damals.
Das war ihm so rausgerutscht, und sie fing wieder an zu weinen. Er hatte nicht weiter darüber nachgedacht. In der Nacht, hatte sie hinzugefügt, würde sie noch einmal anrufen und ihm Details nennen.
Nachdem er aufgelegt hatte, fuhr er mit seinem Peugeot über die Rheinbrücke, um Claudius zu treffen, seinen Schattenmann. Seit seinem ersten Auftrag begleitete ihn Claudius, unsichtbar im Hintergrund, für den Fall, es gäbe Probleme mit dem Objekt oder mit dem Auftraggeber. Das war noch nie vorgekommen. Claudius erhielt zehn Prozent vom Gesamthonorar. Sie kannten sich seit der Schulzeit, Claudius war nach der Realschule aufs Gymnasium gewechselt und hatte das Abitur bestanden. Anschließend arbeitete er zum Entsetzen seiner Eltern, einem Architektenehepaar, bei einer Sicherheitsfirma und später als Leibwächter. Sie hatten nie den Kontakt verloren, und als Dragomir sein Leben neu plante, weihte er seinen Freund ein, und sie wurden sich einig. Claudius behielt seine Festanstellung beim Sicherheitsdienst und Dragomir die seine in der Beraterfirma.
Als er das Ende der Severinsbrücke erreicht hatte, hatte er überlegt, ob er vor seinem allerersten Auftrag auf die Idee mit Claudius gekommen war, weil er nie wieder einen Mitwisser gebrauchen konnte, wie in der Kabine des Schwimmbads. Hätte er Claudius an seiner Seite gehabt, unsichtbar im Hintergrund, wäre Gretchen vermutlich ebenfalls einem tragischen Badeunfall zum Opfer gefallen. Zwei Verliebte, in Chlor vereint.

Bei ihrem Gespräch in einem Café in Chorweiler, wo Claudius wohnte, hatten sie jedoch beschlossen, dass Dragomir diesmal aufgrund der besonderen Umstände den Auftrag allein ausführen sollte, zumal von Gretchen keine Gefahr ausging. Ich habe sie ins Hotel bestellt, hatte Dragomir gesagt, in mein Zimmer, nachts, sie wird mir das Geld geben und mit mir schlafen wollen.
Und du?, hatte Claudius gefragt.

Leblos, dachte Ludwig Dragomir am Fenster seines Zimmers im neunzehnten Stock. Sogar die Straßenbahnen am Petuelring standen still. Wie kann man es ein Leben lang in einer so leblosen Stadt aushalten?
Er wollte jetzt zwanzig Bahnen schwimmen, anschließend in der Lobby ein Clubsandwich essen und so wenig wie möglich an den Weg nach nebenan denken, an die hundert Meter bis zur Bank, in der Nepomuk Hopf als stellvertretender Direktor arbeitete.
»Romantisches Weihnachtsfest mit Familie im Hotel?«, fragte die Frau, die neben ihm schwamm und einen gelben Badeanzug und eine gelbe Badekappe trug.
»Nein«, sagte er, ohne ihr den Kopf zuzuwenden, »ich bin geschäftlich in der Stadt, trotz der Feiertage.«
»Das ist natürlich bedauerlich.« Sie tauchte unter, kam wieder hoch, schüttelte mehrmals den Kopf und stieg aus dem Wasser. Wie alle Besucher des *Altiraspa* benutzte sie ein hellbraunes Handtuch, das sie nach dem Abrubbeln in einen Bastkorb warf. Sie war Mitte dreißig, sehr schlank und hatte eine bleiche Haut. Dragomir fand sie zu dürr, zu jung, zu geschwätzig.
»Ich arbeite um die Ecke, mittags komm ich oft schnell rüber und entspann mich ein bisschen. Im Moment hab ich Urlaub bis dritten Januar. Ich bin gern hier, das Wasser ist nur einen Meter fünfunddreißig tief, sehr praktisch für mich, ich kann nämlich nicht besonders gut schwimmen.«

Es schien, als würde sie auf eine Reaktion von ihm warten. Er schwieg. Er hielt sich am Rand des chlorgrünen Beckens fest und ruderte mit den Beinen.
Sie schlüpfte in ihre weißen Schlappen. »Dann wünsch ich gute Geschäfte und ein frohes Fest, auf Wiedersehen.«
»Wiedersehen«, sagte er, beugte sich nach hinten und schwamm zwei letzte Runden auf dem Rücken.
Von Gretchen wusste er, dass Nepomuk Hopf die Bankfiliale nicht vor neunzehn Uhr verließ, eine Stunde nach Schalterschluss, auch am Tag vor Heiligabend. Hopf benutzte den Seitenausgang, von wo aus er direkt zum Grand Hotel ging. Jeden Dienstag traf er sich dort in der Paulaner-Gaststätte im Untergeschoss mit drei Freunden zum Stammtisch, sie aßen und tranken, und wenn sie in der richtigen Stimmung waren, nahmen sie zu später Stunde noch einen Drink in der *Ducktails Bar.* Auch am dreiundzwanzigsten Dezember würden sie keine Ausnahme machen.

»Schlechte Nachrichten, Herr Hopf«, sagte Dragomir und drängte den Mann im braunkarierten Sakko zurück in den Büroraum. »Ihre Frau möchte Sie weghaben.«
»Bitte?« Hopf starrte die Waffe an, aber nicht lange.
Der Schuss war leise und dumpf und warf den stämmigen Mann einen Meter nach hinten. Sein Kopf schlug auf der Tischkante auf. Dann plumpste sein Körper auf den Teppich und blieb gekrümmt liegen.
Dragomir steckte den Revolver in das Holster unter dem Sakko und verließ das Büro. Er schloss die Tür von außen und schlenderte über die Arabellastraße, die Hände in den Hosentaschen, mit bedächtigen Schritten. Zwischen zwei geparkten Autos bückte er sich, streifte die Handschuhe ab und steckte sie in die Jackentaschen. Mit einem unauffälligen Lächeln nickte er dem dunkelhäutigen Portier vor der Drehtür zu. Ein junger Mann an der Rezeption grüßte

ihn freundlich, und Dragomir nickte ein zweites Mal, diesmal ohne zu lächeln. In seinem Zimmer verstaute er die Handschuhe und den siebenschüssigen Smith & Wesson in seinem Rollkoffer, stellte sich zehn Minuten unter die kalte Dusche, zog eine frisch gewaschene graue Stoffhose an, ein schwarzes T-Shirt mit V-Ausschnitt und ein schwarzes Armani-Jackett.
Inzwischen war es neun Uhr geworden. Durch das gekippte Fenster drangen die Geräusche des gleichmäßig fließenden Ringverkehrs herein.
Wie am Mittag stand Dragomir eine Weile am Fenster. Er wunderte sich über die spärliche Beleuchtung in den Straßen. Dann wandte er sich um und sah auf die Uhr. Bis Gretchen kam, hatte er noch Zeit.
Als er an dem großen Spiegel gegenüber dem Schrank vorüberkam, lächelte er sich zu. Er sah attraktiv aus, aber nicht auffällig attraktiv, er war schlank, mittelgroß, graue Strähnen in den schwarzen, kurzen Haaren, ovales, freundliches Gesicht, ein Mann von neunundvierzig Jahren, dem man zutraute, sein Leben im Griff zu haben. Vielleicht, weil er nie über sein Erscheinungsbild nachgedacht hatte, war er unscheinbar geblieben, dachte er vage.
In der *Ducktails Bar* saßen zwei Männer an einem hohen Tisch und aßen Pizza, aus der eine Unmenge von Rucola zu wachsen schien.
An der Bar saß nur eine Frau. Sie trug eine braune Jacke, einen dunklen Pullover und schwarze Jeans. Er setzte sich zwei Plätze von ihr entfernt auf einen der viereckigen Hocker. Als er einen Wodka-Lemon bestellte, drehte die Frau den Kopf, und er erkannte sie wieder.
»Guten Abend«, sagte er.
»Hatten Sie einen erfolgreichen Tag?«, fragte sie.
»Sehr erfolgreich.«
Er wollte nicht reden, er nickte ihr zu und sah den Barkeeper an, der seinen Drink auf einem Tablett brachte und die

Bitterlemonflasche neben das mit Eis gefüllte Wodkaglas stellte.

»Zum Wohl, der Herr.«

Widerwillig hob Dragomir das Glas in Richtung der Frau.

»Ich heiß Lilo«, sagte sie und nahm ihr Weinglas. »Zum Wohl.«

»Ludwig«, sagte er und trank. Danach redete er kein Wort mehr.

Lilo trank, ebenfalls schweigend, ein weiteres Glas Weißwein und bezahlte.

»Auf Wiedersehen«, sagte sie im Vorbeigehen, und er roch ihr Parfüm. Ein kräftiger Duft, den er unwillkürlich einsog.

Fünf vor elf verließ Dragomir die Bar und fuhr zurück in den neunzehnten Stock. Er hängte das schwarze Schild »Bitte nicht stören« an die Klinke und ließ die Tür zufallen. In seiner Abwesenheit war sein Bett aufgedeckt worden, auf der schwarzen Marmorplatte des Nachtkästchens lag ein in rotes Papier eingewickeltes Bonbon und ein Zettel mit der Zimmertemperatur. Neunzehn Grad. Die beiden goldfarbenen Lampen neben dem Bett gaben gedämpftes Licht.

Ich hätte die Frau mitnehmen sollen, dachte er, sie hat darauf gewartet. Und er hätte sie rechtzeitig wieder weggeschickt.

Er zog die schwarzen Lederschuhe aus und stellte sie neben den Schrank mit dem drehbaren Fernseher.

Früher hatte er – nach der Tat – keine Nacht ohne eine fremde Frau verbracht.

Vielleicht stumpfte er allmählich ab. Er lächelte, als es an der Tür klopfte. Er schaute durch das Guckloch. Gretchen hob die Hand und winkte. Während er die Tür aufzog, roch er ihr Parfüm, aber er kam nicht dazu, sich zu wundern. Bevor er noch überlegen konnte, wieso Gretchen auf einmal verschwunden war, stürzte jemand von rechts auf ihn zu, wickelte ein Drahtseil um seinen Hals und zog zu. Als er in seinem Zimmer aufs Bett fiel, bekam er schon keine Luft mehr. Die Zunge hing ihm aus dem Mund, Speichel tropfte von seinem Kinn und vermischte sich mit dem Blut aus dem aufgeschlitzten Hals. Jemand kniete auf seiner Brust, so lange, bis er aufhörte zu zucken, zu keuchen, zu atmen.

Vermutlich hätte er solche Kraft und Geschicklichkeit der dürren bleichen Frau nie zugetraut.

Aber es war nicht Lilo, die sich, kurz bevor er starb, über ihn beugte. Lilo war bereits damit beschäftigt, im Badezimmer die Drahtschlinge zu säubern. Wie üblich, hatte sich die Schlinge tief in die Haut eingegraben.

»Du hast Matthias in den Tod getrieben«, sagte Gretchen neben dem Bett und schniefte. »Das hab ich dir nie verziehen. Auch wenn er mich gefesselt hat, er hat mich nie so niederträchtig behandelt wie du. Du hast mich verachtet und in den Dreck getreten. Du hast gedacht, mir gefällt so was. Seit dem Tag, an dem Matthias vom Fünfmeterbrett gesprungen und jämmerlich ertrunken ist, hab ich mir gewünscht, du wärst tot. Heut ist mein Wunsch in Erfüllung gegangen. Lilo ist eine Meisterin ihres Fachs, stimmt's? Aber danke, dass du Nepomuk beseitigt hast. Vielleicht wär aus dir ein brauchbarer Auftragskiller geworden. Zu spät, amigo mio.«

»Lass uns verschwinden«, sagte Lilo.

»Sieht aus, als würd er grinsen«, sagte Gretchen.

Sie küssten sich, dann horchte Lilo an der Tür, wartete einige Sekunden und huschte hinaus. Sie würde, wie auch Gretchen kurz darauf, mit dem Lift ins Tiefparterre fahren, vorbei am bayerischen Wirtshaus und dem Spa-Bereich hinaus zum Biergarten gehen und von dort zur Straße, wo sie ihr Fahrrad abgestellt hatte. Gretchen dagegen würde zur Straßenbahnhaltestelle spazieren und mit der Linie 18 in die Innenstadt fahren.

Ohne noch einmal zum Bett zu sehen, wartete Gretchen Salina zwischen Schrank und Badezimmer. Zehn Minuten lang, wie vereinbart. Dann öffnete sie die Tür zum Flur.
Vor ihr stand ein breitschultriger Mann in einer Lederjacke.
»Kennst mich noch?«, sagte er und schlug zu.
Etwas krachte, das spürte sie, in ihrem Gesicht, dann spürte sie nicht einmal mehr, wie er ihren Kopf in beide Hände nahm und herumdrehte.
Als er den toten Körper aufs Bett neben den seines Freundes legte, sagte der Mann: »Ich bin der Claudius Balsen. Ist alles lang her, Gretchen. Macht nix.« Er schwieg einen Moment und betrachtete das seltsam aufgedunsene Gesicht von Ludwig Dragomir. »Ich hab geahnt, dass das nicht gutgehen kann mit dieser Frau aus der Vergangenheit. Aber ich wollt mich nicht aufdrängen, ich bin dir nachgefahren. Zehn Prozent sind auf die Dauer einfach zu wenig, das leuchtet doch ein, oder nicht? Mach dir keine Sorgen, ich erledige deine Aufträge in Zukunft so perfekt wie du. Happy Christmas, old rabbit.«
Worauf Claudius sich am meisten freute, war die hawaiianische Tempelmassage morgen früh, für die er sich unten im Spa angemeldet hatte. »Lomi Lomi, zur Sprengung der inneren Ketten, verstehst?«, sagte er zum Abschied zu seinem Freund.
Beim Verlassen von Zimmer 1912 achtete er darauf, dass das schwarze Schild nicht von der Klinke rutschte.

ABSCHAFFUNG DER LANDBEVÖLKERUNG

AUF die Johannisbeeren aus dem eigenen Garten war Evelin Schwaighofer jedes Jahr besonders stolz. Ihr selbstgemachter Johannisbeerkuchen galt als eine Spezialität in ganz Bad Rainach, und in dem kleinen Café, das zu ihrer Konditorei gehörte, drängten sich die Gäste, vor allem an den Wochenenden.

Doch ihr Geschäft lief auch im Winter gut, wie seit jeher. Nachdem sie den Betrieb nach dem tragischen Unfalltod ihrer Eltern vor zehn Jahren übernommen hatte, steigerte sie den Umsatz sogar noch um mehr als vierzig Prozent. Vermutlich nicht nur wegen der schmackhaften Kuchen, sondern auch wegen ihrer stets zuvorkommenden Kellnerinnen und der gleichbleibend hohen Qualität der Speisen, besonders bei den von Jugendlichen heißgeliebten Toasts und frischen Pizzen. Manchmal kam sogar ihr Mann in der Mittagspause vorbei.

Er betrieb eine Tankstelle am Südrand der Siebzehntausend-Einwohner-Stadt und war extra wegen Evelin von seiner Geburtsstadt München ins bayerische Oberland gezogen. In der Stadt hatte er als Taxifahrer und Touristenführer gearbeitet. Dass er einmal aufs Land ziehen würde, hätte er nie für möglich gehalten. Wenn er ein Dorf oder einen Berg bloß von ferne sah, erfasste ihn ein Gefühl lebensbedrohlicher Klaustrophobie.

Um sich trotzdem zu amüsieren und den Kopf frei zu kriegen, lauerte der Dreiundfünfzigjährige gelegentlich einsamen Spaziergängern auf, Männern wie Frauen, und erdrosselte sie mit einem Eisendraht aus seiner Werkstatt. Inzwischen hatte er sehr viel Übung darin. Und wenn er neulich den Artikel im Bad Rainacher Kurier richtig verstanden hatte, war die Einwohnerzahl in den vergangenen zehn Jahren um 758 Personen zurückgegangen. Natürlich, und das bedauerte Rupert Schwaighofer ein wenig, waren die nicht alle sein Verdienst.

LUSTIGER BOSNIAK

WIE an jedem Freitag nach 22 Uhr schenkte Peter Billa eine Runde Slivovica aus, stieß mit seinen drei Stammgästen am Tresen an und warf einen schnellen Blick zu dem Gast, der am Tisch bei der Tür stand. Billa war der Wirt des »Humpen«, eines Stehimbisses an der Lindwurmstraße, in dem das Stehen nach Meinung sämtlicher Testesser wesentlich ungefährlicher war als das Verzehren jeglichen Imbisses.

So blieben auch an diesem Abend alle beim Spatenbier, das gewöhnlich nur die Totengräber der Stadt tranken, trösteten ihren Magen mit Schnaps und staunten über den guten Hunger des Gastes an der Tür. Mit unübersehbarem Genuss verzehrte er eines von Billas berüchtigtsten Gerichten, ein mit Käse von Ausschussschafen und gekochtem Supermarktschinken gefülltes Steak, garniert mit Salatblättern in zweifelhaftem Grün und brutalstmöglich verölten Pommes frites, dazu eine Sauce, deren Herkunft niemand wissen wollte. Topok, einer der Stammgäste, hatte den Esser wegen dessen Bestellung sofort den »lustigen Bosnier« getauft.

Und tatsächlich lächelte der Mann ununterbrochen vor sich hin – bis zu dem Moment, als Billas Handy klingelte und die österreichische Nationalhymne ertönte. Während der Wirt das Handy ans Ohr drückte und zuhörte, begann der lustige Bosnier zu röcheln, immer lauter und mit zunehmend verzerrter Stimme. Sein Körper vibrierte, seine Hände flatterten, sein Gesicht verwandelte sich in eine aberwitzige Grimasse. Dann kippte er vom Stuhl, von Krämpfen geschüttelt, und sein Kopf trommelte auf den Boden, bis er reglos liegen blieb und, aus einem irren Grund abermals lächelnd, verstummte.

Billa beendete sein einseitiges Telefongespräch – er hatte nichts außer »Ja, jetzt« gesagt – und schenkte noch eine Runde Slivovica aus. Anschließend bat er seinen stämmigen Stammgast Topok, ihm zu helfen, den Toten in den Hinterhof zu tragen und in einen Mercedes zu verfrachten. Die Sache war damit aus der Welt.
Die dreißig Milligramm des praktischen Giftes, die noch übrig waren, bewahrte Billa für Notfälle auf.

JOB OHNE ZUKUNFT

FÜR den Gelegenheitsdieb Boskop begann das Wochenende gewöhnlich mit einem Umtrunk im Partykeller seines Freundes Heinemann. Manchmal kam Manuela Gerke dazu, dann hingen sie gemeinsam in den ausgeleierten Sesseln herum und überlegten, wen sie mal wieder ordentlich ausziehen sollten.

Jemanden auszuziehen war wichtig, weil weder Ronald »Ronsen« Boskop noch Richard »Rich« Heinemann und Manuela »Botscha« Gerke über fundierte und beständige Einnahmequellen verfügten, was ihr seelisches Befinden arg ramponierte. »Wir trinken, um das Elend zu vergessen«, sagte Botscha ab und zu.

Als sie noch Angestellte in der Steuerkanzlei Nieberg am St.-Anna-Platz gewesen war, gehörte der Satz zu ihrem Abendrepertoire, wenn sie mit Dr. Claus Nieberg am Fenstertisch im La Perla über die aberwitzigen Tücken der neuen Steuergesetzgebung philosophierte und er sie derweil relativ unauffällig befingerte. »Trinken wir, um das Elend zu vergessen«, flüsterte sie dann und hob ihr Glas und er das seine. Im Gegensatz zu ihm trank sie tatsächlich, um das Elend zu vergessen, das sie in seinem Schlafzimmer unweigerlich erwartete.

Nachdem sie und Rich den Anwalt ordentlich ausgezogen hatten – Manuela zweigte illegale Gelder ab, weswegen Nieberg sie nicht anzeigen konnte, bloß entlassen -, teilte sie eine Weile die Nähe mit einem Autohändler, der eine Schwäche für Bargeld im Tresor hatte. Außerdem hatte er eine Schwäche für Manuelas Mund, vor allem, seit sie ihm erklärt hatte, ihr Spitzname stamme noch aus ihrer Jugend und sei eine »Verballhornung von Blowjob«. Allein das

Wort Verballhornung versetzte Roger Pelikan, den Autohändler, in eine Form von Ekstase, die Manuela verblüffte. Als Roger jetzt, an diesem eher schwermütigen Freitagabend, nach mehr als einem Jahr wieder vor ihr stand und ihr eine Pistole vors Gesicht hielt – Ronsen und Rich bluteten bereits auf dem Kellerboden aus –, kniete sie sich wie selbstverständlich hin und machte sich an die Arbeit. Das Leben rettete ihr dieser Job nicht direkt.

MAGISCHES ASIEN

NUMMER 23, vorher Nummer zwei und dazu ein Weizen. Tao Liu kannte die Bestellung seines Gastes inzwischen auswendig (Huhn mit Ingwer und als Vorspeise eine scharf-saure Suppe). Freitags kam er zweimal, mittags um halb eins und um zwanzig Uhr, pünktlich wie die chinesische U-Bahn. Am Freitag hatte Liu noch einen zweiten Stammgast, Mao, seinen Bruder, der einmal in der Woche seine Runde bei den Kollegen machte und von ihnen sein Honorar für allerlei Dienste in Empfang nahm. Heute war es wieder so weit.

Frieder »Rossi« Burgdorfer saß an seinem Platz am Fenster, hatte, weil heute der entscheidende Tag war, ausnahmsweise ein anderes Gericht bestellt (Nummer neun) und las in der Abendzeitung. Natürlich las er keine Zeile, das tat er nie. Er beobachtete die Abläufe. Vor allem beobachtete er Mao Liu, den Drecksack. Dieser Mann hatte seinen besten Freund Hannes um eine Viertelmillion Euro erpresst und dessen Frau Ines dazu gebracht, mit einem türkischen Gastwirt abzuhauen, weil sie die Bedrohung durch diesen Chinesen und seiner Bande nicht länger ertrug. Hannes Jordan stand kurz vor dem Selbstmord.

Deswegen war Rossi vor einem halben Jahr zum ersten Mal in dieser Kloake namens Hongkong Palace aufgetaucht: um die Abläufe zu studieren. Und um im richtigen Moment die geschmeidige P99 zu ziehen und die Brüder zu erledigen.

Ein ihm unbekannter Geruch nach verbrannten Knochen oder Gedärmen zog aus der Küche in den Gastraum. Rossi schüttelte sich. Der beißende, unheimlich anmutende Gestank gehörte garantiert zu Nummer neun. Da sah Rossi, wie Mao von seinem Tisch aufstand, mit den Armen

ruderte, ein Messer aus der Jacke zog, laut röchelte und zustach. Er bohrte sich das Messer bis zum Griff in den Bauch, taumelte und kippte mit einem dumpfen Schrei zu Boden. Als die Sanitäter eintrafen, war Mao schon verblutet. Sein Bruder Tao hatte keine Erklärung für die Tat seines Bruders, aber Rossi vermutete, die apokalyptischen Ausdünstungen der gebratenen Nudeln mit Ente in der Pfanne hatten in Mao so grässliche Erinnerungen entfacht, dass ihm keine andere Wahl blieb, als sich ohne jede Vorankündigung aus der Welt zu schaffen.
Rossi bezahlte, fuhr zu seinem Freund Hannes und erklärte ihm, er brauche sich in Zukunft keine Sorgen mehr zu machen.

RAUSKOMMEN IST WICHTIG

REINGEHEN war leicht. Reingehen war jedes Mal leicht gewesen. Zwei von ihnen zogen die Wollmützen, in die sie Löcher geschnitten hatten, vors Gesicht, richteten ihre Pistolen, alte »Smith & Wesson«-Revolver, nichts Spektakuläres, auf die Kassiererin, und im Grunde war die Sache damit gelaufen.

Die Frauen in dem Drogeriemarkt verdienten zu wenig, um auch nur eine Schramme zu riskieren. Sie holten das Geld aus der Kasse und begleiteten einen der Räuber ins Büro, wo die restlichen Einnahmen in einer Stahlkassette lagen. Währenddessen blieb ein Mann an der Tür, der dritte, unmaskierte, stand auf dem Bürgersteig, für alle Fälle.

Drogeriemärkte, kleinere Supermärkte, gutgehende Bäckereien, Cafés – die Leute gingen seit jeher davon aus, dass ihnen »so etwas« nie passieren würde.

Manchmal überfielen sie einen Laden, in dem einer von ihnen Kunde war, dieser übernahm dann die Wache auf der Straße. Beim letzten Mal war es Dirk Lohahn gewesen, beim vorletzten Mal Arnold Greve und heute war es Justus Baum, der Älteste. Dirk und Arnold kannte er aus einem Spielclub im Westend, die beiden hatten früher Autos ins Ausland überführt, und auch wenn das nicht die korrekte Bezeichnung für ihre Tätigkeit war, so waren sie bisher nie mit dem Gesetz in Konflikt geraten. Sie waren unbescholtene Bürger und ehemalige Steuerzahler, Dirk sogar ein mehrfacher Familienvater, obwohl er nie genau wusste, wo seine Kinder sich im Moment aufhielten. »Bei der zuständigen Mutter, hoff ich«, lautete seine Standardantwort. Abgesehen davon konnte er Fragen grundsätzlich nicht leiden.

»Was machst du da?«, fragte der Mann in der braunen

Wildlederjacke. Er war durch eine Hintertür reingekommen, die Lohahn nicht bemerkt hatte. »Du bist das also, dem meine Frau hörig ist.«

Die Kassiererin lag auf dem Boden. Lohahn hatte sie geohrfeigt, weil sie sich mit dem Schlüssel für die Geldkassette dermaßen dämlich anstellte. Dabei war die schusselige Nuss über einen Karton gestürzt und der Länge nach hingeknallt. Im selben Moment flog die Tür auf, und der Kerl stürzte herein. »Du Sau!«, schrie er und drückte ab. Die Kugel stammte aus einer üblen Beretta und traf Lohahn in die Stirn. Als die Polizei am Tatort eintraf, waren Greve und Baum schon wieder im Westend.

»Verdammt«, sagte Greve und trank sein Bier.

»Reingehen ist leicht«, sagte Baum und trank seine Johannisbeerschorle. »Rauskommen ist wichtig.«

MORGEN VIELLEICHT

SÜDEN saß in unmittelbarer Nähe eines Bieres. Seit einer halben Stunde beobachtete er ein sich bekauendes Ehepaar. Ob die beiden tatsächlich verheiratet waren, wusste er nicht. Allerdings brachten sie gute Voraussetzungen dafür mit. Er versenkte Gabeln voller Sauerkraut und abwechselnd Kartoffelsalat in seinem Rachen, dazu Schweinswürstel, wortlos und hingebungsvoll. Sie hatte ihren Blick vermutlich in der Betrachtung des unendlichen Gottes fest verankert, zerkaute nebenher die geheimnisumwitterten Bestandteile ihrer gerösteten Knödel und rührte hin und wieder mit der Gabel im Kartoffel-Gurken-Salat, aufrecht und genüsslich. Zwischendurch sahen sie einander an.

Wie es sich für Eheleute gehört, dachte Süden. Er war beim fünften Hellen, manche seiner Gedanken führten bereits ein leicht abseitiges Eigenleben. Die Leute gingen ihn nicht das Geringste an, er saß nicht wegen ihnen in der Gaststube. Sondern wegen des alten Mannes mit den schwarz gefärbten Haaren am Tisch vor der Theke.

Der Mann war von seiner Schwester als vermisst gemeldet worden, nachdem er sich eine Woche lang nicht bei ihr gemeldet und sie ihn nicht in seiner Einzimmerwohnung in der Bergstraße angetroffen hatte. Corbinian Ostler war siebenundsechzig und nach Aussage von Josefa Ostler, seiner Schwester, »gsund wia a Hund«.

Zu Süden hatte sie gesagt: »Der könnt ermordet worden sein.« Die Kripo hatte die aktive Suche nach drei Monaten eingestellt, da sie keine Beweise für einen Unglücksfall, eine Suizidabsicht oder ein Verbrechen und zudem keinerlei Spuren fand, dass der ehemalige Malermeister sich eventuell ins Ausland abgesetzt haben könnte. Die Umstände seines Verschwindens blieben dubios.

Nachbarn erklärten, sie hätten Ostler in den letzten Monaten seltener als zuvor gesehen, ohne dass sie ihn bei Gelegenheit auf die Gründe angesprochen hätten. Enge Freunde schien Ostler nicht zu haben. Jedenfalls betonte seine Schwester mehrmals, Corbinian sei »von jeher a Einzelner« gewesen. Süden fragte sie, was sie unter einem »Einzelnen« verstehe, und sie erwiderte: »Einer ohne die andern alle halt.«

In der aufgeräumten und sauberen Wohnung, so stellte Süden fest, deutete nichts auf einen überstürzten Aufbruch hin. Auch hatte Ostler offensichtlich weder sein Rasierzeug noch andere Utensilien aus dem Bad mitgenommen. Alles lag an seinem Platz. Die Balkontür war gekippt, das Bett zugedeckt, das Geschirr gespült, der Küchentisch so leer wie die bordeauxrote Ledercouch gegenüber dem Fernseher.

»Die Couch ist noch vom Vorbesitzer«, sagte Josefa Ostler und ließ sich mit einem Seufzer aufs Polster fallen. Sie streckte die Beine aus – sie trug flache, dunkelblaue Schuhe –, zupfte an ihrem schwarzen Rock und schüttelte wie resigniert eine Weile den Kopf. Süden stand an der Tür und wartete ab.

Vornübergebeugt, seufzte Josefa Ostler erneut, betrachtete Süden mit gerunzelter Stirn, gab sich einen Ruck und stand auf. »Sie können mir auch nicht helfen«, sagte sie.

Dann sah sie sich um, als suche sie nach einem letzten, wahrhaftigen Hinweis, griff in ihre lederne Umhängetasche und holte ihr Portemonnaie hervor. »Fünfzig die Stund', stimmt's? Macht wie viel insg'samt?«

»Ich bin erst seit zwei Stunden mit Ihnen unterwegs.«

»Also ein Hunderter.«

»Nein.«

»Wieso nein? Fünfzig und fünfzig sind hundert.«

»Ich habe noch gar nicht nach Ihrem Bruder gesucht.«

»Passt schon.« Sie hielt ihm zwei Scheine hin. Als Süden keine Anstalten machte, das Geld zu nehmen, steckte sie ihm die Scheine in die Brusttasche seines weißen Hemdes. »Und jetzt ist a Ruh'.«
»Das kann ich nicht annehmen«, sagte Süden.
»Schon passiert. Und jetzt wird 'gangen.«
Im Treppenhaus blieb Süden stehen. »Ihr Bruder war nie verheiratet, wie Sie. Er lebt allein, wie Sie. Er hier, Sie unten an der Isar, nicht weit entfernt. Sie stehen sich nah, näher als jedem anderen Menschen.«
»Von jeher«, sagte Josefa Ostler, die fünf Jahre jünger war als ihr Bruder.
»Obwohl Sie es für möglich halten, dass er ermordet worden sein könnte, wollen Sie nicht weiter nach ihm suchen lassen.« Süden bekam keine Antwort. Die kleine, schmale, schwarz gekleidete Frau – über ihrem Rock und der dunklen Bluse trug sie einen schwarzen Mantel und dazu einen schwarzen Hut – ging weiter die Stufen hinunter, die Hand am Treppenlauf, mit einem Anflug von Zielstrebigkeit und Hast. Auf der Straße musste Süden sich ihr in den Weg stellen, um sie zum Stehenbleiben zu zwingen.
»Ja?«, sagte sie.
»Was ist passiert, Frau Ostler?«
»Das weiß ich doch nicht.«
In Südens Ohren klang ihre Stimme verschoben und verkehrt, viel zu laut. Die Geräusche der nahen, vierspurigen Ausfallstraße waren hinter den Wohnblocks kaum zu hören.
»Wer könnte Ihren Bruder ermordet haben?«
»Niemand.«
Süden schwieg. Die Frau, die älter wirkte, als sie war, nestelte an den Knöpfen ihres Mantels, schaute an Süden vorbei zu den Sträuchern und Bäumen oberhalb des Hangs. Hinter einem Fahrradfahrer lief hechelnd ein grauer, zotteliger Hund. Vögel sangen. Aus einem offenen Fenster

erklang ein Lied von Johnny Cash. Unwillkürlich hörte Süden hin. Die Version eines Songs von Nick Cave. Süden hielt Ausschau nach dem Fenster, aber es waren mehrere geöffnet, und er konnte nicht feststellen, woher die Melodie kam. Josefa Ostler bemerkte seinen Blick.

»Sie sind ganz woanders«, sagte sie. »Wie der Corbinian immer.«

Süden machte einen Schritt auf sie zu. Sie legte den Kopf schief und kniff die Augen zusammen. Das war Süden seit dem Moment, als er sie an ihrer Wohnungstür begrüßt hatte, schon ein paarmal aufgefallen: Josefa Ostler beherrschte es, innerhalb einer Sekunde ihre Stimmung zu ändern, ihren Gesichtsausdruck, ihr gesamtes Auftreten zu kontrollieren und ihr Gegenüber auf eine kühle, abweisende Art auf Distanz zu halten.

»Corbinian hat seinen eigenen Kopf«, sagte Süden. »Er lässt sich von niemandem dreinreden, auch nicht von Ihnen.«

»Wenn Sie das sagen.«

»Den Schlüssel zu seiner Wohnung hat nicht er Ihnen gegeben.«

Wieder schüttelte sie den Kopf und stieß einen gelangweilt klingenden Seufzer aus – wie auf der Ledercouch im Zimmer.

»Sie haben den Schlüssel nachmachen lassen, ohne sein Wissen.«

»Hab ich nicht, Sie lügen.«

»Dann haben Sie den Zweitschlüssel einfach eingesteckt, ohne Ihren Bruder zu fragen.«

Die alte Frau sah sich um, wie schon einmal, und diesmal hielt Süden ihr Schauen für einen Ausdruck von Verachtung. Sie wollte, dass er aus ihrem Gesichtsfeld verschwand und sich in Luft auflöste.

Süden begriff, dass Corbinian Ostler genau das getan hatte.

»Er hat auch einen Schlüssel von mir«, sagte Josefa Ostler und sah an Süden vorbei.
»Er macht nie Gebrauch davon.«
»Dann kennen Sie sich ja aus.«
»Wie oft waren Sie nach seinem Verschwinden hier?«
»Zweimal.« Josefa Ostler nickte. »Einmal, weil er sich nicht mehr gemeldet hat, dann noch mal mit der Polizei. Einmal und einmal sind zweimal.«
»Heute ein drittes Mal«, sagte Süden.
Sie nickte, blickte zur Biegung der Straße hinter den Parkplätzen, streckte die Hand aus. »Wiederschaun, Herr Süden. Entschuldigen Sie, dass ich Ihre Zeit in Anspruch g'nommen hab. Wenn er auftaucht, sag ich Ihnen Bescheid. Ich muss jetzt nach Haus und schlafen, und wenn ich morgen aufwach, schlaf ich weiter. Hier, nehmen Sie den.«
Sie griff nach Südens Handgelenk und drückte ihm Ostlers Wohnungsschlüssel in die Hand. »Brauch ich nicht mehr. Er hat seinen eigenen. Falls er noch lebt. Wiederschaun.« Mit einer eckigen Bewegung wandte sie sich um und ging an den geparkten Autos vorbei, mit schnellen, trippelnden Schritten, die Hand am Riemen ihrer Umhängetasche, nach vorn gebeugt, gegen den Widerstand der Luft und der Umstände. Süden sah ihr hinterher, bis sie verschwunden war, und rührte sich noch Minuten lang nicht von der Stelle, als hielte er ihre Rückkehr für möglich.
Dann ging er noch einmal in die Wohnung im zweiten Stock.

Von diesem Tag an saß er Abend für Abend in einer bestimmten Gaststätte in der Innenstadt und beobachtete den Mann mit den schwarz gefärbten Haaren am Tisch beim Tresen. Der Mann trank naturtrübes Kellerbier, still und unaufgeregt drei bis vier Gläser. Gelegentlich gönnte er sich einen Schnaps, den er auf ex trank. Er vermittelte den Eindruck eines unbedingt zufriedenen Gastes. Alle Stunden wechselte er einige Sätze mit dem Kellner oder der Bedienung am Zapfhahn, bevor er weiter in den Zeitungen blätterte, die der indische Verkäufer ihm jeden Abend hinlegte. Süden bezweifelte, dass der Mann tatsächlich las, vermutlich benötigte er nur Sätze und Bilder auf Papier, um seine Blicke zu unterhalten und die Zeit zu überbrücken, von der er ansonsten keinen Gebrauch mehr machte.

Heute war Montag, und Süden hatte beschlossen, den Mann anzusprechen. Das Ehepaar am Nebentisch küsste sich, nachdem der Mann bezahlt hatte, in wortloser Vertrautheit auf den Mund. Dann standen beide gleichzeitig auf. Beim Gehen nickten sie Süden zu, und er erwiderte den Gruß. Als der Kellner ihm das sechste Helle brachte, nahm Süden sein Glas und ging zum Tisch am Tresen.

Er wartete, bis der Mann den Kopf hob. »Sie sind Corbinian Ostler«, sagte Süden. »Darf ich mich zu Ihnen setzen?«

Ostlers blaue, klare Augen ruhten auf Südens Gesicht.

»Süden.«

»Bitte?«

»Mein Name ist Tabor Süden.«

»Ist mir gleich, wie Sie heißen.« Ostler faltete die Zeitung zusammen und legte sie zu der anderen auf die Bank neben sich. »Bittschön.«

Süden nahm an der Schmalseite Platz. Er berichtete von seinem Auftrag, der nur zwei Stunden gedauert hatte, und erklärte Ostler, dass er in dessen Wohnung einen Ordner mit Quittungen gefunden habe, die alle aus dieser einen Gaststätte stammten, belanglose Rechnungen mit überschaubaren Beträgen, meist von Getränken.

»Die sammel ich«, sagte Ostler. »Manchmal blätter ich die durch und denk mir, sauber was weggesoffen all die Jahr' über. Ich heb auch Zettel aus dem Supermarkt auf.«

Süden legte den Wohnungsschlüssel auf den Tisch. »Den hat mir Ihre Schwester gegeben.«
»Die hat gedacht, ich merk das nicht, wenn sie mir den Zweitschlüssel klaut.« Er betrachtete den Schlüssel wie ein erstaunliches Ding.
Süden sagte: »Die Polizei, die Ihre Schwester alarmiert hat, muss die Zettel ebenfalls entdeckt haben. Hat niemand hier nach Ihnen gesucht?«
»Doch.« Ostler trank sein Glas aus. »Doch, schon. Aber die haben mich nicht erkannt. Ich bin ja jetzt schwarz am Schopf, eine Brille hab ich auch keine mehr. Haben Sie in meiner Wohnung ein Foto von mir gesehen?«
»Kein einziges.«
»Genau. Die Josefa hat mich beschreiben müssen. Da hat die gesagt, grauhaarig und Brille, grauer Pullover und immer dieselbe ausgeleierte Hose. Und? Rotweiß kariertes Hemd, Superjeans, keine Brille. Ich seh auch so genug. Das Hemd hab ich noch in Weiß-Blau und in Schwarz-Weiß. Und eine Ersatzjeans besitz ich auch. Doch, die Polizisten waren da und haben uns alle gefragt. Die hatten ein uraltes Foto von mir dabei, das hat ihnen anscheinend die Josefa gegeben. Ich hab zu denen gesagt, den Mann hab ich noch nie gesehen. Stimmt ja auch.« Er sah zum Tresen. »Karla, ich nehm noch einen Schnaps, für den Herrn auch einen.« Er wandte sich an Süden. »Obstler für den Herrn Ostler. Aber sagen S' das nicht weiter, dass ich das bin.«
»Sie schlafen in Ihrer Wohnung.«
»Wo denn sonst?«
»Und wenn Ihre Schwester in den letzten Monaten aufgetaucht wäre?«
»Ist doch klar, dass die nicht kommt. Sie spielt sich auf, macht die Polizei wepsig, die schnüffeln dann rum und fertig. Find ich gut, dass sie Ihnen den Schlüssel gegeben hat, Sie können ihn behalten, wenn Sie wollen.«
Karla brachte die Schnäpse. »Der ist vom Fass«, sagte Ostler.

Sie tranken. Süden bestellte die nächste Runde. »Sie müssen der Polizei mitteilen, dass Sie nicht verschwunden sind, sonst bleibt Ihr Name gespeichert.«

»Mein Name ...« Mit einer fast unbeholfenen Geste steckte Ostler den Schlüssel ein. »Mein Name, der ist schon überall gespeichert, da kommt's auf die Polizei nicht an. Kann ich ja nichts dafür, wenn meine Schwester meint, sie müsst' ein Staatsorgan auf mich ansetzen. Zum Wohl.«

»Möge es nützen!« Süden trank den Fassobstler auf ex. »Ihre Schwester hat sich um Sie gesorgt.«

»Im Witzeerzählen sind Sie ja ganz schlecht.«

»Sie sind wegen ihr abgetaucht.«

»Ja. Und wieder aufgetaucht.« Ostler breitete die Arme aus und zeigte auf sein Hemd und seine Hose. »Übrigens: Turnschuh' hab ich mir auch welche gekauft. Schnittig.« Er warf einen Blick unter den Tisch.

»Erzählen Sie mir von sich und Ihrer Schwester«, sagte Süden.

»Heut nicht. Morgen vielleicht.«

Süden zog seine Lederjacke aus, hängte sie über die Stuhllehne und bestellte ein weiteres Bier. Sie tranken, bis der Kellner im Nebenraum anfing, die Stühle auf die Tische zu stellen. Dann bezahlten sie, jeder für sich, abgesehen von den vier Runden Schnaps, von denen jeder zwei übernahm, und Ostler stopfte die Gesamtrechnung in seine Hosentasche. Vor der Tür gaben sie sich die Hand. Keiner sagte ein Wort. Ostler machte sich auf den Weg zur U-Bahn, während Süden zu schwach war, um keinen Blick mehr ins Heiliggeist-Stüberl zu werfen. Dort blieb er bis zur Sperrstunde. Als er Jahre später die Tür zu seiner Wohnung aufsperrte, sagte Janina, die ihm im Schlepptau seines Rausches gefolgt war: »Ich hoff, das hat was zu bedeuten, dass du in der Scharfreiterstraß' wohnst.«

Süden hoffte es auch.

4

Hausverbot
An den Fremdmünchner
an sich
Die verunglückte
Fahrzeugkontrolle
Kann ich jetzt gehen?
Das plötzliche Zweifeln des
Bierdeckels Holger
an sich selbst
Der verwirrte Trainer
Was getan werden muss

HAUSVERBOT

1

Am ersten Mai, dem Tag der Arbeit, erteilte Joseph Sirk sich selbst Hausverbot in seinem Stammlokal Zum Graben. Er war gegen zehn Uhr an diesem Mittwoch in die Kneipe gekommen, weil an Feiertagen zwischen neun und dreizehn Uhr Happy Hour war und die Halbe Bier nur zwei Euro kostete. Er trank vier Gläser, wechselte die üblichen Sätze mit dem Wirt und drei Stammgästen, warf zwischendurch einen Blick zum Fernseher, wo ohne Ton internationale Fußballspiele liefen, tat seine Meinung kund und verhielt sich vollkommen unauffällig, wie immer. Zu diesem Zeitpunkt glaubte er noch an die Fortsetzung der Vergangenheit bis in alle Ewigkeit.

Als er jedoch gegen halb zwei auf die Straße trat, blendete ihn die Sonne dermaßen, dass sein Herz zu rasen anfing und er sich an der Hausmauer abstützte, aus blanker Furcht, er würde sonst zusammenklappen. Er hatte keine Vorstellung, was mit ihm los war. Zuerst ärgerte er sich sogar über sein Verhalten, dann fing er an, sich zu verfluchen, weil er in der Früh außer einer bitter schmeckenden Tasse Kaffee nichts zu sich genommen und wieder einmal auf nüchternen Magen Alkohol getrunken hatte. Aus lauter Geiz, dachte er, ich bin ein erbärmlicher Geizhals geworden.

Nachdem er sich ein wenig beruhigt hatte, atmete er tief durch und stemmte die Hände in die Hüften, streckte den Rücken und hob den Kopf, wie jemand, der etwas Wichtiges vorhatte. Aber Joseph Sirk hatte nichts vor, er stand bloß da, auf dem Bürgersteig neben der vierspurigen, vielbefahrenen Ausfallstraße, gegenüber der Tankstelle, an der er sich manchmal nachts ein Sandwich holte, wenn er aus dem »Graben« kam und ein Beruhigungsmittel für den Magen benötigte. Weißbrot mit Käse und Schinken war dafür ideal, hatte er festgestellt, und er hatte schon Abende erlebt, während deren er sich insgeheim auf seinen Gute-Nacht-Snack freute.

Kindisch bin ich auch, dachte er und drehte sich um. Die Kneipe lag am Ende eines Flachbaus, etwas zurückgesetzt und verschattet und mit einer schwarzen Eingangstür und Milchglasscheiben in den zwei viereckigen Fenstern. Auf einem weißen Schild über der Tür stand in blauer Schrift »Zum Graben«. Das Schild sah immer so aus, als würde Kolbe, der Wirt, es jeden Monat abwaschen und polieren. Im Innern roch es nach Schweiß und Bier und altem Gemäuer. Keiner der Gäste war unter fünfzig. Joseph Sirk war sechsundfünfzig. Bis vor ein paar Jahren arbeitete er auf dem Bau, sommers wie winters, er hatte Maurer gelernt, verstand aber auch viel von Elektronik und Technik im Allgemeinen und hatte immer wieder private Aufträge angenommen, weil er Geld für die Automaten brauchte. Wenn er spielte, vergaß er die Welt, und wenn er verlor, dachte er keine Minute darüber nach.

Vor genau zwei Monaten, am ersten März, hatte er mit der Spielerei aufgehört, von einem Tag auf den anderen, und jedem, der wissen wollte, wieso, antwortete er, die Sache habe sich erledigt. Und so war es auch.

Die Spielerei hatte angefangen, ihn zu langweilen. Wie so vieles. Schlagartig war Sirk bewusst geworden, dass seine Existenz, nicht erst seit er arbeitslos war, dahinplätscherte wie der Kalmbach in seiner Kindheit, ohne Überraschungen, ohne Feuer oder Übermut. Doch im Gegensatz zum Kalmbach, der irgendwann in die Loisach mündete und diese in die Isar, die sich schließlich mit der Donau vereinigte, welche am Ende ihres langen Weges das Schwarze Meer erreichte, plätscherte er auf der Stelle, jahraus, jahr-

ein. Ein vor sich hin plätschernder Mann, von der Natur vergessen und von den Leuten hingenommen wie ein Tümpel, in dem jeder, der vorbeikam, seinen Müll entsorgte.
So empfand er seit einigen Wochen seine Anwesenheit im Graben: Die Gäste entleerten ihre blechernen Hirne in seines, und er nahm alles geduldig und genügsam auf, mit geradezu idiotischer Hingabe. Das stimmte doch alles nicht mehr, dachte er und betrachtete aus der Entfernung weiter die schwarze Tür und fragte sich, wie es so weit kommen konnte.
Wieso, dachte er, hatte er nicht längst kapiert, dass er da nicht hingehörte? Dass er nirgendwo hingehörte? Dass es völlig logisch war, dass er seine Arbeit verloren und sein letzter privater Auftraggeber ihn nicht bezahlt hatte, weil er angeblich schuld an einem gigantischen Stromausfall war, der einen ganzen Tag lang das so wichtige Büro lahmgelegt hatte. Natürlich, davon war Sirk überzeugt, hatte er die elektrischen Leitungen professionell gelegt, jemand anders hatte Mist gebaut und wollte es nicht zugeben. Für Joseph Sirk passte ein Puzzleteil zum anderen, und er hatte keine Wahl, als endlich einige wesentliche Entscheidungen zu treffen.
Das war mit der Spielerei so gewesen, und nun war der ganze »Graben« dran. Die Drähte passten nicht mehr, dachte er, und bevor es zu einer möglicherweise tragischen Kurzschlussreaktion kam, musste er den Stecker ziehen. Und zwar schnell, und zwar heute. Sirk streckte die Arme zum blauen, von weißen Wolken verzierten Himmel.
Eine Weile verharrte er, dann wandte er sich um und ging davon. Langsam, beinah bedächtig, nicht in Richtung seiner Wohnung, obwohl er das eigentlich vorgehabt hatte. Er wollte einfach gehen, trotz der leichten Trunkenheit, die er verspürte, und des Hungergefühls. Keine Sandwichzeit jetzt. Er wollte den Hunger aushalten, wie seinen Zu-

stand insgesamt. Wie hatte das passieren können?, überlegte er in der schmalen Zehentbauernstraße, durch die er ging, ohne die geparkten Autos und den Müll am Straßenrand wahrzunehmen, die mit roten Plastikbeuteln voller Hundekot überfüllten Abfalleimer. Wie hatte er so lange in immer dieselbe Kneipe gehen können, ohne von sich selbst angeödet zu sein?

Einen Moment lang blieb er stehen, weil er sich vorkam wie ein Fremder. War ich das all die Jahre?, dachte er. War ich dieser Stammgast, dieser Schwarzarbeiter, dieser geschiedene Mann, dessen Frau ihn fast drei Jahre lang betrogen hatte, bevor er eine Ahnung bekam und sie zur Rede stellte?

Hinterher, nach der Scheidung, war ihm klargeworden, wie egal ihm der Treuebruch seiner Frau war. Sie war mit ihm, Joseph, verheiratet gewesen, was hätte sie tun sollen, außer sich anderswo eine erfüllte Anwesenheit zu suchen? In seiner Gegenwart gingen sogar Gummibäume vor Langeweile ein. Noch nie in seinem Leben, dachte er und hörte das Klingeln einer sich nähernden Straßenbahn, hatte er eine Oper besucht, ein klassisches Konzert oder eine der modernen Galerien in der Stadt.

Der Wind der Straßenbahn fegte über sein Gesicht, und er schloss die Augen. Er war Maurer, dachte er, aber er war kein Depp, er hatte die Realschule beendet und Rockmusik gehört und ein paar Bücher gelesen, Kriminalromane und Science-Fiction, er war mit seinen Freunden ins Kino gegangen. Er hatte also etwas erlebt. Es hatte also eine Zeit gegeben, in der er weniger stumpfsinnig die Tage und Nächte verbracht hatte. Eine Zeit, in der er unter den Lebenden hauste.

Von seinen Freunden hatte er seit Jahren keinen einzigen mehr getroffen. Er vermisste keinen. Das erschien ihm heute unverständlich, da er zwei von ihnen seit der Kinderzeit kannte und mit ihnen Geheimnisse geteilt hatte, und die Not auch und die Zweifel und die Angst vorm Großwerden.

Das war alles wahr, und was sein würde, wusste niemand. Joseph Sirk ging neben den Trambahnschienen her und spürte, wie sein Kopf an Gewicht verlor. Seine Gedanken fühlten sich weniger bleiern an, seine Schritte zeigten keine Spur von Trunkenheit oder Ziellosigkeit. Wenn man kein Ziel hatte, dachte Sirk, kam man überall an. Seit er den Graben verlassen hatte, bewegte er sich, wie er fand, in neuer Luft. Und die Sonne war tatsächlich da, sie wärmte seinen Nacken und leuchtete das Viertel aus, als würde sie das extra für ihn tun.

In einem Zustand vollkommen unerwarteter Zufriedenheit erreichte Joseph Sirk ein unscheinbares Lokal mit einem Garten nebenan, der von einer Mauer umschlossen wurde. Die Gartentür war zu, und er sah die runden verlassenen Tische, die Holzbänke, die Sträucher und einen mächtigen Baum, dessen Krone das Haus überragte. Sirk hatte Durst, nicht notgedrungen auf Bier, eher auf eine Radlermass, wie früher im Biergarten, als er noch unterwegs war und Freude am bloßen Dasitzen empfand, am Reden, am Dabeisein.

Warum nicht?, dachte er. Durstig sein am ersten Mai muss erlaubt sein, noch dazu für einen Arbeiter und freien Menschen. Er drückte die Klinke, doch die Kneipe war geschlossen. Neben der mit Plakaten beklebten Tür war ein breites Fenster. Hinter dem Tresen stand reglos eine Frau. Sirk klopfte ans Fenster, zweimal und ohne aufdringlich wirken zu wollen. Dann kniff er die Augen zusammen und lehnte die Stirn gegen die Scheibe. Der Gastraum wirkte dunkel, wie eine Abstellkammer für Schatten. Sirk klopfte noch einmal mit dem Knöchel seines Zeigefingers ans Fenster. Lange Zeit tat die Frau nichts. Dann schüttelte sie den Kopf.

2

In der Nacht zum ersten Mai, vierzehn Minuten nach Mitternacht, erteilte die Wirtin Hermine Solfrank allen ihren Gästen Hausverbot, und zwar auf unbestimmte Zeit. Auf Diskussionen ließ sie sich nicht ein. Sie erklärte, sie habe so entschieden und bitte um Respekt. Fünf Gäste bezahlten daraufhin mürrisch ihre Zeche und verließen mit einem knappen Gruß das Lokal, einer wollte ein Gespräch beginnen, indem er so tat, als wäre er rundum nüchtern und auf der Höhe seines Gehirns. Nach Meinung von Hermine war er dies nicht einmal in nüchternem Zustand, aber das hatte für sie nie eine Rolle gespielt, und so blieb sie auch jetzt höflich und dirigierte ihn nach einigem Geplänkel auf die Straße hinaus.

Den siebten und letzten Gast musste sie mehrmals an der Schulter berühren, bevor er den Kopf hob und halbwegs auf ihre Anweisung reagierte. Er war nicht übermäßig betrunken, vielmehr schränkte sein ständiger Tablettenkonsum seine Bewegungsfähigkeit enorm ein. Jeder kannte seine Marotten und sein an Feindseligkeit grenzendes Verhalten auch gegenüber Freunden, die seine Nähe teilten und großes Verständnis für seinen krankheitsbedingten Zustand aufbrachten. Zu ihnen zählte auch Hermine, jetzt jedoch nicht mehr. Sie öffnete die Tür und befahl ihm zu verschwinden. Nach mehreren Minuten nahm er die Hände vom Stehtisch, murmelte etwas, tastete nach seinem Geldbeutel in der Hose, blickte wirr durch den Raum. Hermine versicherte ihm, er brauche nichts zu bezahlen, er solle einfach gehen, auf Wiedersehen. Das schaffte er schließlich auch, und er war kaum über die Türschwelle getreten, da schlug Hermine die Tür hinter ihm zu und schloss ab.

Endlich Ruhe und Frieden, dachte sie und wunderte sich zuerst ein wenig über den pathetischen Unterton in ihrem Kopf. Bald wunderte sie sich nicht mehr. Sie hatte eine

Vorstellung in die Tat umgesetzt, die ihr Herz seit Monaten beschwert und gleichzeitig aufgewühlt hatte.
So wie bisher, das war ihr klargeworden, durfte es nicht weitergehen. Und jedes Mal hatte sie sofort überlegt, was sie mit »es« eigentlich meinte. Ihr Leben? Was genau für ein Leben? Als Wirtin im Café Wiesengrund? Als Mutter zweier erwachsener Söhne, die das Haus längst verlassen hatten und in amerikanischen Städten wohnten, deren Namen sie immer wieder vergaß?
Was, fragte sie sich gegen ein Uhr nachts allein in ihrem Lokal, durfte nicht so weitergehen? Das Leben an sich konnte es nicht sein. Denn wer so ein Leben führte wie sie, war allenfalls äußerlich am Leben, dachte sie. Er befriedigte das Anwesenheitsbedürfnis anderer, er war ein Gegenüber-Darsteller, eine Zuhör- und Bierverteilungsmaschine, eine auf Knopfdruck funktionierende Steh-auf-Gestalt. Gestalt ohne Gestaltungsmöglichkeiten.
Und das in meinem Alter, dachte Hermine Solfrank am Nachmittag, als sie durch ihr Viertel schlenderte wie jemand, der zum Schlendern geboren war. Sie dagegen war geboren zum Ausschenken, vorher zum Gebären und Ernähren von Kindern, davor zum Gehorchen und Buckeln. In der Wäscherei ihrer Eltern hatte sie die Hälfte ihrer Kindheit verbracht, und wenn sie intensiv darüber nachdachte, im Grunde ihre gesamte Kindheit. Falls jene Zeit eine Kindheit war und nicht bloß ein Kleinsein.
Hermine war vierundsechzig und betrieb ihr Lokal seit neunzehn Jahren. Als sie das Café Wiesengrund eröffnete, zog ihr ältester Sohn gerade aus und der jüngere feierte seinen achtzehnten Geburtstag, wild entschlossen, seinem Bruder nach Amerika zu folgen. Was er dort arbeiten würde, wusste er nicht, er wollte einfach in diesem weiten, magischen Land Erfolg haben, wie er sagte, und gemeinsam mit seinem Bruder würde er es schon schaffen, wie Hunderttausende vor ihm in Amerika. Offensichtlich hatten

sich seine Träume mittlerweile erfüllt. Hermine freute sich für ihn, auch wenn sie bis heute nicht begriffen hatte, woher er seine Träume überhaupt hatte.

Ihr selbst nämlich fehlte seit jeher ein innerer Garten von Träumen. Sie war auf die Welt gekommen, hatte laufen, essen und sprechen gelernt, dann, wie man Hemden bügelte und Bettwäsche mangelte. Später traf sie ihren ersten Freund und irgendwann den zweiten, mit dem sie durchaus schwungvollen Sex hatte. Mit zwanzig heiratete sie, und keine vier Jahre später brachte sie ihren ersten Sohn auf dieselbe traumlose Welt, in der sie hauste. Irrtum! Offensichtlich existierten in diesem Gehege tatsächlich Träume, sie hatte sie bloß nicht wahrgenommen. Blind, taub und jetzt alt, dachte sie in der Untersbergstraße und blieb stehen. Die Sonne schien, Leute gingen mit ihren Hunden spazieren, Kinder hüpften über den Bürgersteig, sonst passierte nichts. Oder doch? Ich bin hier, sagte Hermine lautlos, und das ist ein Ereignis.

Eigentlich hätte sie an diesem Tag und zu dieser Zeit in ihrem Lokal sein müssen, sie hatte jeden Tag außer Sonntag geöffnet, auch an Feiertagen während der Woche. Stattdessen stand sie in einer Straße, die fünfzehn Minuten von ihrem Café entfernt lag, und hatte nicht einmal ein Schild an die Tür gehängt. Was hätte sie auch draufschreiben sollen? »Geschlossen wegen kollektiven Hausverbots?« Nichts anderes wäre die Wahrheit gewesen. Aber sie wollte niemanden verwirren oder auf falsche Gedanken bringen. Das wollte sie noch nie.

Ihren Mann, den Vater ihrer Söhne, hatte sie ziehen lassen, als er sich in eine andere Frau verliebte, obwohl ihr klar war, dass die Beziehung kein Jahr halten würde. Er brauchte eben Auslauf, hatte sie sich damals gesagt. Früher hatte sie gedacht, dass ihre Eltern sich krumm schufteten, um ihrer Tochter irgendwann ein Studium finanzieren zu können, und dass sie deshalb keine Fragen stellen oder

sich gegen all die Schikanen wehren sollte. So verging das Leben.
Das was?, dachte sie und schaute sich um und überlegte, wann sie zum letzten Mal einen Spaziergang durch ihr Viertel gemacht hatte, in dem sie aufgewachsen war.
Was genau war vergangen? Das Leben als gescheiterte Studentin? Als Wirtin und alleinstehende Frau? Als Übergangsgeliebte von Fremden? Als alternder Single mit gefärbten Haaren und Lesebrille? Als Bewohnerin einer Kulisse, vor der jeden Tag dasselbe Schauspiel stattfand, mit mehr oder weniger denselben Akteuren und Dilettanten? Als Mutter erwachsener Männer und Frauen, die am Ende jeder Aufführung kaum noch gehen konnten und sabberten und manchmal greinten und wehleidig waren wie verzogene Kinder?
Wenn hier etwas verging, dann, weil das Vergehen logisch war und angemessen.
Aber Hermine hatte beschlossen, einzugreifen und die Sache zu verkürzen. Endlich. Heute. Jetzt.
Ungewohnt aufrecht und mit munteren Schritten kehrte sie in ihr Lokal zurück, um den Abschied zu vollenden. Sie sperrte die Tür ab, ging in die kleine Küche, holte die angebrochene Flasche Prosecco aus dem Kühlschrank, schenkte sich ein Glas ein und trank es in einem Zug aus. Besser, dachte sie, hat das Zeug nie geschmeckt. Sie goss das Glas noch einmal voll und nahm es hinter den Tresen mit, wo sie sich hinstellte, wie immer, und aus dem Fenster schaute. Minutenlang stand sie so da, in der Stille der vertrauten, von keinem Scheinwerfer beachteten Welt, und kam sich plötzlich vor wie in einer Abstellkammer für Schatten.
Hermine Solfrank wollte kein Schatten sein, sie wollte noch einen werfen, trotz ihrer manipulierten Haare, ihrer ausgeleierten Augen und ihrer abgetragenen Einsamkeit, die sie wie ein Mantel umgab, sommers wie winters.

In diesem Augenblick rüttelte jemand an der Türklinke. Sie erschrak ein wenig, ihre rechte Hand umklammerte das Proseccoglas, die linke streckte sie nach der Kaffeemaschine aus, als müsste sie sich festhalten. Hinter der staubigen Fensterscheibe erkannte sie das Gesicht eines Mannes, den sie noch nie gesehen hatte. Jetzt klopfte er ein zweites Mal und hörte nicht auf zu glotzen. Sie überlegte, ihr Glas gegen das Fenster zu schleudern, damit auch er sich erschrak. Sie schüttelte nur den Kopf. Vielleicht, dachte sie dann, war er einfach nur betrunken, vielleicht war irgendwo in der Stadt ein Maibaum aufgestellt worden, und er hatte mitgefeiert, was auch immer es bei so einer Zeremonie zu feiern geben mochte.

So vieles in dieser Stadt war Hermine Solfrank über all die Jahrzehnte ein Rätsel geblieben. Das spielte alles keine Rolle mehr. Sie trank ihr Glas leer, stellte es in den Ausguss hinter ihr und sah noch einmal zum Fenster. Der Mann stand immer noch da. Winkte er ihr etwa? Sie konnte es nicht genau sehen.

Und weil es keine Bedeutung hatte, winkte sie zurück. Das war schön, dachte sie. Ewig her, dass sie jemandem gewinkt hatte. Sie konnte es noch, dachte sie, vielleicht war sie sogar noch fähig, jemanden zu umarmen, denn auch das hatte sie lange nicht mehr getan. Doch dieser Gedanke kam ihr sofort pathetisch vor, und sie scheuchte ihn aus dem Kopf.

Hau ab!, rief sie zum Fenster, ohne dass ihre Stimme zu hören war. Der Mann bewegte sich nicht von der Stelle, was Hermine allmählich immer weniger störte.

Nach etwa zwanzig Minuten verschwand sie durch den Hinterausgang. Sie fuhr mit dem Linienbus zum Hauptbahnhof, setzte sich in ein Restaurant in der Halle und wartete auf den Nachtzug nach Venedig. Sie würde nicht einsteigen, aber das Warten bereitete ihr eine unbändige Freude.

AN DEN FREMDMÜNCHNER AN SICH

VALENTIN lesen ist wie eine Heimat haben. Das ist womöglich ein Schmarrn, wer hat schon eine Heimat? Ein Bundesland vielleicht, ein Elternhaus, ein eigenes Haus, eine Wohnung in Giesing oder Milbertshofen, ein Zimmer in Sendling oder Ramersdorf – aber eine Heimat? Ich weiß nicht. München ist eine seltsame Stadt, sehr viele Bewohner, Mieter, Mietwohnungsbesitzer, Mietwohnungsbesitzersgattinnen, Obdachlose, Zu- und Durchreisende. Lauter Leute jeden Tag und nachts auch. Und alle drehen die ganze Zeit den Kopf, schicken ihre Blicke los wie Suchhunde und suchen – den Einheimischen. Wo ist denn der? Wie schaut der aus? So wie Sie? Wie ich? Wie der Obude im Rathaus?

Es ist natürlich so, dass der Einheimische an sich in der Form gar nicht existiert, egal, seit wie vielen Generationen sich seine München-Existenz zurückverfolgen lässt, weit über die Wittelsbacher und solche hinaus.

Für den Zu- und Durchreisenden ist der Hiesige wahrscheinlich eher diesig. Man weiß nicht so genau: Ist er's oder ist er's eher nicht? Und den Valentin zum Beispiel kann ja niemand mehr treffen, der ist seit mehr als sechzig Jahren ein Verstorbener, noch dazu in Planegg, wohin etwa der durchaus an der Volkskunst narrisch interessierte Ham- oder Flensburger niemals gelangen würde. Entweder weil er die richtige S-Bahn nicht heraus- oder überhaupt nicht findet oder weil er nach dem Besuch des Hofbräuhauses die Orientierung verloren hat oder lieber auf dem Marienplatz das Glockenspiel abknipst wie ein leibhaftiger Japaner.

Dem gemeinen Touristen wäre der Valentin ein Original,

aus Gründen der Statur schon und aufgrund seiner Ausdrucks-, Denk-, Geh-, Schau- und Schweigeweise. Der Fremde könnte um ihn herumscharwenzeln, ihn von allen möglichen Seiten betrachten und sich ein Bild machen. Auch ohne Fotoapparat. Ausschließlich im Innern seiner Vorstellung. Und wenn er dann nach Ham- oder Lüneburg zurückkäme, könnte er am dortigen Stammtisch erzählen, wie sehr ihn dieser original Münchner Mensch beeindruckt, ja geradezu verblüfft und verwirrt habe. Weil der Mann doch so ärmlich gewirkt habe, so antimaximilianstraßenmäßig, geschweige denn theatinerstraßenmäßig, nicht einmal lehelhaft oder schwabingerisch. Sofern der Ham- oder Oldenburger überhaupt eine Ahnung von Stadtteilen wie dem Lehel oder Schwabing hätte und schon einmal im letzten Moment einer Tram am Rand der Theatinerstraße ausgewichen wäre, oder einem dieser immigrierten schwäbischen Fahrradfahrer.

Bestimmt staunt der Auswärtige darüber, dass so einer tatsächlich in diesem München gelebt hat. Nicht in ganz München natürlich, das wäre ja schwierig gewesen, wo der Mann doch so dünn war. Er hat in der Au und Umgebung gelebt. Stimmt, für kurze Zeit sogar in Berlin, also sehr weit entfernt. Das konnte nicht gutgehen. Eine Entfernung hat den Nachteil, dass sie nicht nah ist, deshalb ist er auch immer wieder zurückgekommen. Weil er halt München lieber näher sein wollte als ferner. Er hat also die Entfernung ent-fernt – wie man einen Apfel ent-kernt, damit dieser ein Apfel ist und nicht bloß ein Kernobst.

Auch ich verspüre, wenn ich gezwungenermaßen weg sein muss, baldmöglichst das Bedürfnis nach einer Ent-Fernung der Ferne, also nach einer Be-Nahung Münchens.

Das ist jetzt nebensächlich bzw. nebenmenschlich.

Der Valentin jedenfalls wäre ein Ereignis im Kopf des Fremdmünchners auch im Nachhinein noch da oben.

Das passiert aber alles nicht. Der Valentin liegt gestorben

in Planegg. Allerdings: Wenn er nicht praktisch verhungert wäre, könnte er heute noch leben, auch wenn er dann schon ungefähr einhundertdreißig Jahre alt wäre. Dann jedoch, ja dann würde ihn aus nah und fern und ferner und ganznah jedermann und jedefrau und jedeskind erkennen als den letzten wahren Einheimischen und ihn berühren wie eine Semmel im Gasthaus. Und alle hätten augenblicklich ein heimatliches Empfinden, und zwar durch und durch und immerzu. Mei, wär das schön.

DIE VERUNGLÜCKTE FAHRZEUGKONTROLLE

(AUTOFAHRER) Und … äh … was wollen Sie jetzt von mir?

(Polizist, sehr betrunken) Ham Sie … Ham Sie Babiere dabei, Babiere?

Bitte?

Babiere?

Ob ich ein paar Biere dabeihabe?

Naa, Babiere, Babiere!

Barbiere? Friseure?

Jetza wollen S' mich verarschen. Babiere, Fahrzeugschein, Führer… Führerschein …schein …

Natürlich. Sagen Sie mal: Ihr Kollege, der da am Boden liegt, geht's dem nicht gut?

Da Werner. (ruft) Werner! Ja, des … Der schafft des scho wieder, der is hoit no a bissl miad, des wird scho wieder. Wo sind die Babiere? Ah, da, genau!

Ihr Kollege ist müde? Aber es ist erst zwanzig nach acht in der Früh.

Schon, schon. Aber mia ham ja, der Benno, Polizeiobermeister, hat heit Geburtstag, und da ham mia natürlich noch schnell ein Glas erhoben … Glaserl … Ein Glas, der Benno hat ja Nachtschicht g'habt, der woit hoam, und mia waren eingeteilt wegen der Fahrzeugkontrolle hier auf der Kreillerstraß', da hats natürlich pressiert wegen dem Umtrunk.

Ich hab noch nicht mal einen Kaffee getrunken.

Mia aa net! Ham Sie was getrunken?

Nein.

Sicher?

Ich hab nichts getrunken. Ihr Kollege …

(ruft) Werner! Jetzt bleib hoit da. Jetzt kriacht er wieder ums Auto rum, des is immer dessoibe mit dem. Es ist ja so … Hab ich Sie schon gefragt, ob Sie was getrunken haben?
Sie haben mich schon gefragt.
Und?
Ich hab nichts getrunken. Ist das nicht gefährlich jetzt? Ihr Kollege kriecht ja direkt auf die Straße zu.
Werner! Ja, genau, draa wieder um. Es ist ja so: nach dem Polizeiaufgabengesetz, dem PAG, dem PAG, dem PAG, ist so, dass … man darf nicht im Dienstwagen schlafen. Verboten. Sie müssen … Verdammter Schnaps … Darf ich mich mal kurz an Ihr Auto lehnen, dankschön … leck mich am Arsch … Also, Sie müssen mindestens fünf Meter weg sein, zum Schlafen, oder Ausruhen einfach. Fünf Meter, sonst: Verwarnung, Anzeige, je nachdem … Was NICHT geregelt ist, ist, ist … ist: unterm Auto. Die Frage, ob der diensthabende Beamte aus … aus … aus Gründen der Müdigkeit etcetera, ob der sich eventuell auch unter das Fahrzeug legen darf. Zum Beispiel bei starker Hitzeeinstrahlung und …
Kann ich bitte meine Papiere wiederhaben?
Freilich, Tschuldigung …
Ich heb sie schon auf.
Na, na, das mach ich schon, hier, bitte. Hab ich Sie schon gefragt, ob Sie was getrunken haben?
Ja.
Gut. (ruft) Werner, jetzt steh halt wieder auf. In letzter Zeit vertragt er wenig, zwei doppelte Obstler, ein Bier, und Sie sehen ja, was passiert.
Ich müsste los, ich hab in zwanzig Minuten einen Termin.
Freilich. Was … was … wenn ich fragen darf, was machen Sie so?
Ich bin beim Fernsehen.
Ah was. Und als was da so? Beim Fernsehen?

Ich bin Redakteur.

Werner, mia ham an Redakteur dawischt! Unansprechbar, der Werner grad. Gut, dass Sommer ist, wenns regnet, ist des alles net so gut. Ja, und als Redakteur, für wen san Sie da zuständig, so im Allgemeinen?

Für … für Krimiserien.

Für Krimiserien. Werner! Er ist für Krimiserien zuständig! Sie, mia schauen oft Krimis … da kommt er dann vorbei, und wir hauen uns vor die Glotze … Ja … Krimis … Woaßt du, was da Wahnsinn ist? Woaßt du, was da Wahnsinn ist bei euern Krimiserien? Woaßt du des? I sags dir. Da sigt man dann jedsmal, was für beschissene Uniformen wir eigentlich ham. Wie scheiße die eigentlich ausschaun. Des is die Hölle. Und woaßt du, was wir uns scho amoi überlegt ham …

Ich müsste jetzt wirklich los.

Ja, freilich. Hör zu: Woaßt, was ihr da mal machen miassats, ihr miassats amoi da beim Bayerischen Rumpfung denen Polizisten a andere Uniform geben …

Bitte?

Einfach net das beschissene Grün und das beschissene Braun und die ganze Scheißuniform, sondern a andere Farbe. Schwarz, wie die in Hamburg und da oben. Oder blau. Des schaut dann auch viel marzalischer aus. Verstehst du des? Hörst du zu?

Ja, sicher …

Genau. Und wenn dann der Innenminister des sieht, sagt er sich: Des schaut ja viel besser aus als unsere Scheißuniformen, des denkt der dann, und dann gibt der den Auftrag raus, und einen Monat später ists vorbei mit denen Kackuniformen. Oder, Werner?

Ich fahr jetzt weiter.

Frage: Sie fahren doch Richtung Bayerischer Rumpfung, kannten S' mich da nicht mitnehmen? Ich müsst zurück in die Inspektion und so …

Und Ihr Kollege? Der bewegt sich gar nicht mehr.
Gutes Zeichen, auf jeden Fall. Der packt des schon wieder. Sie schmeißen mich am Petuelring raus, passt schon.
Aber Sie können doch Ihren Kollegen nicht einfach hier liegen lassen.
Na guat. Dann nehmen wir ihn mit, wir legen ihn in den Kofferraum, da kann er nichts verschmutzen. Da ist ja viel Platz in so einem Volvo-Kofferraum. Sie ham recht, nehmen wir ihn mit, den Werner. (ruft) Hey, Werner, ich hab eine Idee … (zum Autofahrer) Sie! Wir könnten doch mitfahren zu Ihnen in die Redaktion, das wär doch super. Und dann … und dann – zeigen mia euch moi, wie echte Polizeiarbeit geht, und des können S' dann in Ihren Serien weiterverwenden. Wegen dem Realismus. Des machen wir, oder? Oder? Ja, freilich. Auf geht's, Werner. Jetzt speibt der den frisch gewaschenen Dienstwagen an, des gibt's doch net!

KANN ICH JETZT GEHEN?

JA, schon, aber was hätt i machen sollen? Sie verstehen das nicht. Nein, ich will Sie nicht beleidigen, Herr … Sie haben mich gefragt, und i sag: Naa, so war des net. Das ist ein einziges Missverständnis, echt. Mir egal, was die anderen sagen. Was? Die Eltern, ja klar. SEINE Eltern, nicht meine, ist ja klar. Klar, dass die sagen, ich hätt den beleidigt. Was? Bitte? Ja, den Herrn Hefele. Dauernd unterstellen Sie mir was, das fällt schon auf. Ich bin freiwillig hier, vergessen? Wie, was sonst? Das ist doch Lug und Trug. Schwere Körperverletzung, Freiheitsberaubung, was? Üble Nachrede. Was für a üble Nachrede? Da sind überhaupt keine echten Zeugen da, lauter Vorpräparierte. Die sind doch gekauft. Ja, ist in Ordnung, Herr … Richter. Also, ich sage ausdrücklich: Die Zeugen sind nicht gekauft, des war a Versprecher. Okay? Ich hab doch die Freiheit von der Schwuchtel net beraubt.

Soll ich jetzt was aussagen oder net? Schwuchtel ist doch koa juristische Beleidigung. Hey! Jeder in der Schui, jeder in der Schule, damals, hat zu dem Ernie Schwuchtel g'sagt. Sogar die Lehrer. Fragen S' die doch! Gehen Sie hin und fragen Sie die Lehrer vom Schiller-Gymnasium, ob die den Ernie Schwuchtel g'nannt haben. Wieso nicht? Wieso? Was? Wieso sollen die nicht mehr leben, das ist doch eine Unterstellung, schon wieder. Die leben alle noch, die sind zäh, das sind Lehrer, die leben ewig, die ham ihr ganzes Leben lang Ferien, von was soin die denn sterbn? Ha?

Ja, ja. Mea culpa, Doktor pulpa. Sie fragen mich was, und ich geb Ihnen eine Antwort, und dann sagen Sie, ich beleidige Sie die ganze Zeit, und den Zeugen. Hey, Ernie! Schon gut, ich wende mich wieder Ihnen zu, Herr Richter. Ja. Ich bin hier. Noch mal: Ich hab den nicht eingesperrt. Der ist

freiwillig nausgangen, nach draußen auf den Parkplatz, aus freien Stücken. Ist das nicht zu verstehen? Ich hab gesagt, klar komm ich mit, wir gehen also raus und reden weiter über die alten Zeiten, da hat er mich beschimpft und wollt mir sein Glas übern Schädel ziehen. Und? Soll ich mir das gefallen lassen? Schwuchtel! Mir stinkt des, dass ich hier wie ein Schwerkrimineller behandelt werd, das ist eine Ungerechtigkeit. Schwere Körperverletzung! Was hab ich? Ich hab den getreten? Wirklich nicht. Wer sagt das? Er? Er hat das nicht gesagt, seine Eltern haben das ausgesagt bei der Polizei, die konnten das auch nicht glauben, die Bullen, die Polizei. Die sind zu mir gekommen und haben gefragt: Was war da, was ist passiert? Und da hab ich denen die Situation geschildert. Basta.
Da redet ja auch niemand davon, dass ich da in meiner Kneipe steh, und dann kommen da vier uniformierte Polizisten herein und fangen ein Verhör an. Mitten unter meinen Freunden. Wie sieht des aus? Scheiße sieht des aus. Bin i a Krimineller? Freilich haben die mich unter Druck gesetzt, die ham g'sagt, der Ernie hat g'sagt, ich hätt ihn misshandelt und dann hätt ich ihn im Kofferraum eing'sperrt. Das ist doch lächerlich. Er ruft mich an … Moment, jetzt bin ich dran …, er ruft mich an, sagt, er ist in der Stadt, kemma uns treffen? Sag i: Ja, okay, wo? Und er: Ja, in seim Hotel an der Ungererstraß. Sag i: Dann komm i. Dann fahr i hi, er sitzt auf der Terrasse, sauft Prosecco, jetzt mal ehrlich … Gut, ist sei Sach. Ich sag, ich will a Bier, also bestellt er mia a Bier und fängt an, mir von seiner Karriere als Architekt zu erzählen. Sehr gut. Drei Bier später fragt er mich, ob ich mal mit rauskomm, ich sag, von mir aus, und dann zeigt er mir seinen gelben Porsche auf'm Parkplatz. Der Porsche ist gelb, das ist kein Schmarrn, ist mir egal, ob Sie des glauben. Wir stehen rum, er red irgendwas, da sag ich, gib ma moi den Schlüssel von dem Wagen, und er gibt mir den Schlüssel, und ich mach den

Kofferraum auf und denk mir, na ja, a Handtascherl passt da schon nei, und er red immer weiter, dann sag i, mir langts jetzt. Er schaut mich an, sagt: Du bist immer noch desselbe Arschloch wie damals, und i sag zu ihm: Was genau? Er hat sein Proseccoglas in der Hand, und ich denk mir nix dabei, da holt er aus und schüttet mir den Prosecco ins G'sicht und will mir des Glasl übern Schädel ziehen. So wars. Stimmts, Schwuchtel?

Ja, Entschuldigung. Jedenfalls hab ich ihn an der Schulter gepackt und in den Kofferraum gestopft wie a Handtascherl und fertig. Der war dann da drin. Jammerjammer. Der Mann ist fünfundfünfzig Jahre alt, und sein Humor ist schon verwest, oder was? Aber des war immer schon so. Mit fünfzehn hat der auch schon keinen Spaß verstanden, fragen S' die anderen. Die andern halt! Unsere Mitschüler. Was weiß ich, wo die heut sind, ich hab keinen Kontakt zu niemand. Glauben Sie, das ist wichtig? Kontakt zu Arsch-

geigen? Ich hab dem seine Freiheit nicht geraubt, ich hab den auch nicht schwer am Körper verletzt, und was soll des mit der üblen Nachrede? Nur weil ich zu dem Portier gesagt hab, keine Ahnung, wo die feige Schwuchtel ist? Soll er doch selber nach der suchen, der Portier. Rezeptionist, von mir aus. Kann ich Ihnen sagen: Ein Rezept, um den Ernie zu finden, hatte der keins. Null. Ich steh hier am Pranger.

Ja, so seh ich das, und das ist auch so. Wer hat den aus dem Wagen wieder rausgeholt? Wer hat dem ein frisches Glas Wasser gebracht? Wer hat dem ein Bier ausgegeben? Wer? Wer? Ich natürlich. Aber dann kommen die Bullen in mein Lokal und machen mich fertig vor allen Leuten. So geht das nicht in diesem Rechtsstaat. Was? Bitte? Nein, ich bekenne mich nicht schuldig. Auf keinen Fall, verdammt. Zieh die Anzeige zurück, Schwuchtel, sonst mach ich dich kaputt!

Sehen Sie? Sehen Sie das, Herr … Richter? Ja? Jetzt heult

er wieder. So geht das seit vierzig Jahren. Er heult und rennt zu seiner Mama und sagt: Uhh, der Simon hat mir weh getan, uhh, der Simon hat mich im Schweinestall eingesperrt, uhh, der Simon hat mich geküsst, uhh, uhh. Seit vierzig Jahren. Und dann gehen seine Eltern her und machen meine Eltern fertig – Gott hab sie selig –, oder sie rennen zur Polizei und behaupten, ich hätt ihren Burschi gehauen und eingesperrt und beleidigt. Uhh. So läuft des, und deswegen steh ich jetzt hier wie ein Verbrecher und bin überhaupt keiner. Dass so was überhaupt vor Gericht kommt, ham Sie nix anderes zum Tun? Ich hab doch erzählt, wies war. Und der wär schon nicht erstickt, der Burschi. Oder? Oder, Ernie?
Da hören Sie's. Was meinen Sie mit der Frage, ob ich auch homosexuell bin? Geht Sie das was an? Was hat mein Geschlechtsleben damit zu tun, dass ich hier vor Gericht als Gangster behandelt werd, obwohl ich niemand was getan hab. Was? Bitte? Also, jetzt mal zum Mitschreiben. Ist mir egal, was Sie denken, Herr … Richter. Wenn Sie das brauchen, irgendwie, von mir aus. Wer, glauben Sie, hat den Ernie entjungfert? Ha? Wer? Damals. Im Schiller-Gymnasium auf'm Klo. Und auf eigenen Wunsch, ja? Dass das ganz klar ist: Es war der Wunsch des Ernst Hefele, von mir entjungfert zu werden. Also hab ich's gemacht. Hat ihm gefallen. Mir auch. Später, nachm Abi, hat er studiert und Karriere gemacht, hab ich mich gefreut für ihn. Ehrlich. Bei mir liefs halt anders, egal. Ich hab arbeiten müssen, war koa Geld da von dahoam, egal. Geht auch so. Aber früher, in der Schui, war der Ernie anders, unberechenbar und hinterfotzig. Stimmts, Ernie? Eine richtige Drecksau, wenn man sichs genau überlegt. Einer, der ganz hart sein wollte. War natürlich bloß Show, und die andern ham ihm das aa net lang abg'nommen. Die Arschgeigen ham schnell kapiert, dass der Ernstl vom andern Ufer ist, und ham ihn natürlich beschimpft. Schwuchtel und so. Und ich? Ich

hab ihn verteidigt, weil ich war wirklich hart, mit mir hat sie koana angelegt, das steht fest. Ich war der Chef, und der Ernie war mein Knecht. Manchmal hat er versucht, mich zu ficken, nicht auf die erotische Art, damit Sie da nix missverstehen, er hat versucht, mich auszuspielen und bei den andern hinzuhängen. Das war schlecht für ihn. Schweinestall. Kohlenkeller. Kopf unter Wasser im Schwimmbad. Mal so richtig innerlich reinigen, mit dem ganzen Chlor und so. Harte Zeiten für Weicheier.

Ist schon irre: Seine Eltern wollten den mit der Wiedemann Evelin verheiraten, allen Ernstes. Die ham gedacht, ihr Bub ist a echter Hetereo. So was passiert, was erzähl ich Ihnen das? Sie kennen die Menschheit, Herr Richter. Also, ich bin unschuldig, und die Eltern von dem Ernie ziehen die Anzeige zurück. Und Sie lassen von Gerichts wegen die Anklage fallen, und alles ist gut. Hinterher geh ich mit dem Ernie was essen, dann verschwinden wir aufs Klo und lassens noch mal krachen, wegen der alten Zeiten. Oder? Oder, du alte Schwuchtel? Scheiße, Mann, ein gelber Porsche! Ich hätt mit dir im Kofferraum zum Deininger Weiher fahren sollen und dich mitsamt der Kiste versenken. Das ist doch peinlich. Jetzt mal ehrlich, Herr Richter, bei aller Liebe: Wer einen gelben Porsche fährt, ist a Schwuchtel. Oder? Oder? Kann ich jetzt gehen?

DAS PLÖTZLICHE ZWEIFELN DES BIERDECKELS HOLGER AN SICH SELBST

WIE aus dem Nichts heraus fragte der Bierdeckel Holger den Trinker Norbert, den er seit vierzehn Jahren kannte: »Hältst du mich eigentlich für gescheit?« Norbert, ein erfahrener Bierdeckelbegleiter seit Jugendtagen, erschrak vorübergehend und bestellte erst einmal ein frisches Helles. Mit so einer Frage hätte er niemals gerechnet. Nicht, dass er Bierdeckeln gegenüber jemals herablassend oder gleichgültig gewesen wäre, im Gegenteil: Norbert zählte zu jenen Männern, denen ihr Bier heilig war und das sie verehrten wie eine Mutter. Noch nie hatte Norbert schlecht von Holger gesprochen, noch nie hatte er ihn missachtet oder verleugnet, wenn andere Leute blöd daherredeten und sich lustig über den alternden, ausgefransten Deckel machten. Immer stand Norbert zu ihm, Abend um Abend, fast eineinhalb Jahrzehnte lang.

Und nun: »Hältst du mich eigentlich für gescheit?«

Was hätte er darauf erwidern sollen? »Ja«? Schwierig. Die Tatsache, dass Norbert eine halbe Trinkerewigkeit lang das Ansehen und die Ehre seines Bierdeckels verteidigt und hochgehalten hatte, bedeutete nicht unbedingt, dass er ihn für überdurchschnittlich begabt hielt.

Er dachte nach. Möglichst unauffällig, damit Holger keinen Verdacht schöpfte. Er sah aus dem Fenster, vor dem im Sommerwind die Kinder Ball spielten und Passanten einander frohgemut begrüßten. Das stellte Norbert sich natürlich bloß so vor, da Ewald, der Wirt, die Fenster niemals putzte, allein aus Familientradition, denn Norbert war überzeugt, auch Ewalds Vater und Großvater und Urgroßvater hatten diese Fenster niemals geputzt oder putzen lassen. Mittlerweile sahen sie aus, als würden sie sich allmählich in Mauerwerk zurückverwandeln und sich eines Tages vor der Welt für immer verschließen. Aber an diesem frühen Montagabend schaute Norbert trotzdem hinaus.

Er schaute ins Nichts. Und wenn er ehrlich war, erkannte er darin die Antwort auf die Frage seines Bierdeckels. Er hatte sie auf den ersten Blick erkannt, sie sprang ihm fast von der belegten Zunge. Doch er zögerte noch. Die Antwort kam ihm schäbig vor, vorschnell, unangemessen, erschreckend kalt. Wie zufällig warf er einen Blick auf sein halbvolles Bierglas. Von dessen Rand schweifte sein Blick schamhaft zum unteren Teil, über das Emblem der Biersorte hinweg zum Deckel, der wie immer entspannt und durchaus selbstzufrieden dalag. Er schien Norberts Unruhe so unberührt über sich ergehen zu lassen wie Ewalds vermutlich in grauenhaften Speisekammern gefütterten Atem.

Hältst du mich eigentlich für gescheit?

Nach und nach empfand Norbert die Frage als eine einzige Belästigung. Wie konnte der Bierdeckel nur eine solche Frage stellen? Gerade jetzt? In dieser angespannten Situation? In der Arbeit loderte die Luft, sein Chef plante Entlassungen, die Konkurrenz arbeitete mit immer härteren Bandagen und gewährte großen Firmen unfassbare Nachlässe. Norbert fuhr seit dreißig Jahren Taxi, er hatte nichts anderes gelernt und schon eine Menge Krisen erlebt. Aber zur Zeit herrschte Krieg auf den Straßen, und sogar die Polizei führte neuerdings Kontrollen durch. Die Polizei! Kontrollierte Taxler! So was hätte es früher nicht gegeben. Früher waren Taxifahrer die heiligen Kühe der Stadt, unberührbar, nur ihrem eigenen Gesetz unterworfen, von jedermann anzubetende Objekte. Und heute mandelten sich die Bullen auf, wollten wissen, ob man was getrunken und einen Erste-Hilfe-Set dabeihatte, einen nicht abgelaufenen.

Norbert trank einen Schluck und dachte: Ob ich dich für gescheit halte? Ja, spinnst du? Gescheit? Du? Er sah zum Fenster. Draußen krachten zwei Streifenwagen ineinander, sieben Tote auf einen Schlag. Man hörte nichts, das war durch den Dreck an den Fenstern auch nicht zu erwarten. Norbert trank noch einen Schluck, atmete tief ein, trank den Rest aus und stellte das Glas neben den Deckel. Gescheit, dachte er. Was für eine Idee? Wie selbstgefällig musste ein Bierdeckel sein, der die Möglichkeit in Betracht zog, gescheit zu sein? Würde der Papst Norbert fragen, ob dieser ihn für katholisch halte, würde er sagen: »Ja, Eminenz, du bist katholisch«, und er würde es so meinen. Seinen Bierdeckel dagegen … Seinen Bierdeckel dagegen … Seinen Bierdeckel dagegen hielt Norbert für brunzblöder als einen Kuhfladen auf dem Brauneck, für bescheuerter als den Wasserhahn von Ewald, für unintelligenter als einen Long-Chicken-Burger von Burger-King. Norbert hielt seinen Bierdeckel für so dämlich, dass der Tresen eigentlich Dämlichkeitssteuer von ihm verlangen müsste, bloß, damit er da rumliegen durfte.

So schaut's aus, dachte er und sagte: »Ja. Selbstverständlich.«
»Sei ehrlich«, sagte Holger. »Schwindel mich nicht an.«
»Ich schwindel dich nicht an. Du bist gescheit, wie kommst du denn auf diese Frage?«
»Ich wollte sie dir halt stellen.«
»Wenn du meinst«, sagte Norbert und fragte sich, ob der Wirt schlafwandelte, während er das Bier ins Glas laufen ließ.
»Du hältst mich also für gescheit?«, fragte Holger.
»Ja, klar.«
Von da an schwieg Holger. Norbert trank noch zwei Biere und machte sich dann auf den Weg zu seiner Nachtschicht. Den Bierdeckel schob er ein, wie immer, und als er auf dem Altstadtring von einer Polizeistreife angehalten und

gefragt wurde, ob er was getrunken hätte, nahm er die SIG Sauer aus dem Handschuhfach, die er aus Sicherheitsgründen immer mit sich führte, und schoss den beiden Bullen die Birne weg. Die Dinge fingen an, aus dem Ruder zu laufen, aber das Wichtigste war, dachte Norbert, sich nicht von Selbstzweifeln zerfressen zu lassen.

Dann gab er Gas und kehrte erst einmal beim Burger King auf ein Long-Chicken-Menü ein.

»Wohin?«, fragte er den Mann, der auf der Sonnenstraße in sein Taxi stieg.

»Hilton Hotel am Flughafen.«

»Geht doch«, sagte Norbert und fuhr los.

DER VERWIRRTE TRAINER

(Der Trainer ist vollkommen betrunken. Er redet auf einen TV-Reporter ein)

WIE gesagt, wenn wir vor der Halbzeit ...unmill... direkt vor der Halbzeit, wenn wir vor der Halbzeit ...

... Wenn du so kurz vor der Halbzeit ein Tor kassierst, das ist dann schwierig. Wie gesagt, wir haben ham ja ... wir haben ja gut begonnen, also gut begonnen, also, wenn man sich die ersten ... also die ersten ... wenn man schaut ... bitte?
Ja, sicher, sicherlich ... Aber um noch mal auf das Tor in der ... in der ... fünfnviersigsten Minute ... also wemma ... wenn wir noch mal auf das Tor inner ...

... Ja, siebenunddreißigste Minute, ja gut ... Des is hoit so ... das ist halt so, wenn du ... wenn du am Anfang kompakt stehst ... und da mach ich den Jungs keinen Vorwurf ... das wär ... auch der ... der ... Wir waren auch links, wo sonst unsre eher schwache Seite ist ... wir waren auch links waren wir ... Das ist natürlich immer leicht, unmilll... unmilll... direkt nach dem Affiff, dass man da die Analyse direkt, bitte?
Ja, es ist jetzt achtzehn Uhr dreißig, freilich, trotzdem, nach so einem Spiel, jetzt gefühlt direkt, das müssen Sie schon verstehen, wir sind olle, also olle ... wir sind alle natürlich noch ... stehen unter dem Eindruck von dem Spiel, also des Spiels heut Nammittag, also am Nammittag. Es ist ja so ...
... Nomoi ... noch mal: Wir haben kurz vor der Halb... Halbzeit noch das Tor bekommen, das war für unser Spiel

nicht gut. Das war schlecht. Da ist die Mannschaft erschüttert gewesen, haben Sie den … Also, unsere beiden Sechser und rechts die Abwehr … Wenn wir das Tor nicht bekommen hätten … ja, gut, es war das fünf zu null. Aber des is was anderes, als wenn du mit einem vier zu null in die Kabine gehst. Was?
Ja, klar. Wissen Sie, das muss ich jetzt mal sagen: Das hängt mir so zum Hals raus, diese Fragen dann immer: Was war da los? Was ist da mit der Mannschaft bassiert? Was? Was? Was soi da bassiert sein? Da ist gar nix bassiert, da ist gar nichts passiert, die Mannschaft hat von Anfang an gekämpft und war entschlossen, entschlossen und entschlossen war die Mannschaft, die Mannschaft war entschlossen, die war nicht unkonsntriert, die Mannschaft war nicht unkonsntriert, die Mannschaft war entschlossen war die, die Mannschaft war auf dem Platz war die, die Mannschaft ist doch nicht da rausgekommen, um

zu verlieren, das ist doch … Diese Unterstellungen immer von euch Journalisten immer, so nach dem Motto: Der Gegner ist übermächtig, da konzentrieren wir uns gleich mal aufs nächste Spiel am nächsten Samstag. Da ist doch … Ist doch … ist doch … so was denkt kein Fußballspieler, kein Mahagoni … kein Messi … kein Mensch denkt so. Nur Journalisten denken, dass Fußballspieler oder Trainer so denken, niemand denkt so, kein Mensch denkt so, nur Journalisten denken so, lassen S' mich ausreden … Nur Journalisten denken, dass wir auf den Platz gehen und denken, das Spiel ist nicht wichtig, das nächste Spiel ist wichtiger, so was denkt niemand, niemand denkt so was, was denken Sie sich überhaupt? Niemand denkt so, niemand spielt so … Und wir …
… Und wir sind da raus und wollten gewinnen. Verstehen Sie das? Wir wollen gewinnen, immer. Was? Ja. Heut hats nicht geklappt, freilich nicht, wir haben verloren. Wenn du verlierst, hast du nicht gewonnen. Da kanns du noch so oft

auf die Tabelle schauen, da kommen keine drei Punkte dazu, die fehlen dir dann, die drei Punkte, Kruzifix …

… Wir haben das Tor kurz vor der Halbzeit gekriegt, durch eine Fehlentscheidung des Schiedsrichters, das muss man auch mal sagen … Klare Fehlentscheidung, ganz klar kein Foul vom Ebers … vom Ebers … von unserem Stürmer da auf der linken Seite, ganz klar hat der den Ball gespielt, der Ebers … ganz klar hat der den Ball gespielt, hat der, hat der, ganz klar … Und der Linienrichter steht daneben und sieht nichts. Das wär viel wichtiger, darüber müsst ihr mal nachdenken bei der Presse und nicht immer alles glauben, was euch der Schweizer da ins Ohr neiblast, der Schweizer da, der Mafioso, was kriegst du von dem so im Moment? Spucks mal aus, Beckmann? Was kriegst du von dem, dass du dem seine Verlautbarungen da andauernd ins Fernsehen neihängst, vollkommen unkritisch. Ha? Was springt da raus? Jetzt mal ehrlich, jetzt mal ehrlich, Beckmann. Ist ja, ist ja klar …

… Dann flankt der Gegner direkt aufs Tor, der Paul, der Paul, der Matthias läuft raus, muss er ja, ist klar, ist ja klar, der bleibt ja in so einer Situation net auf der Linie stehen, also rennt er raus, ist ja klar. Der andere rempelt ihn weg, der Schiedsrichter sieht nix, und das wars. Dann kriegst du das Tor so kurz vor der Halbzeit, und so was kann eine Mannschaft treffen, verstehst du? Das trifft die Jungs …

… Darüber schreibt natürlich niemand, und bei euch im Fernsehen sowieso net, nicht, dass da nämlich … dass das nämlich … dass das doch ein Witz ist, ein Witz ist, ein Witz, dass der Schweizer jetzt, dass der jetzt die Torkamera einführt … Der Schweizer jetzt, der Mafioso. Das sagt ja auch niemand, das sagt ja niemand, das traut sich ja niemand zum Sagen, dass der gefährlich ist, der Mann, für uns alle, für euch auch, Beckmann, aber das ist euch ja wurscht, weil ihr saugts ja das Geld aus uns raus, aus die Vereine, aus uns ... Hintertorkamera! Torlinie ... Dorlinie ... Dorn... Da, ja? Torlinienkamera, spinnst denn du? Weißt du, wo die ihre Kameras aufhängen sollten, die Spezln von dem Mafioso, die jetzt die Dinger bauen, weil ... Meinst du, die baut irgendwer, oder? Glaubst du des? Ja, du wahrscheinlich schon. Du glaubst, dass da eine Ausschreibung stattfindet, und das ist alles legal, und das bassiert hoit einfach ois so, wegen der Gerechtigkeit und wegam Fuaßboi. Wegen dem Fußball. Das denkst du so in deinem Beckmannhirn. Aber das ist falsch! Falsch ist das! Die Kameras bauen die Spezln von dem Mafioso, weltweit. Und jetzt pass auf: Weißt du, wo die ihre Kameras hinstellen müssen, eigentlich? Eigentlich, ja? Eigentlich! An die Seitenauslinien. Wohin denn sonst? An den Seitenauslinien brauchst du die Kameras, weil da bassiert am meisten, die meisten Fehlentscheidungen finden da statt, net im Door, nicht im Tor, an der Seitn, an der Seite von dem Spielfeld ...

... Noch mal zurück zu unserem Spiel. Was?
Sie hören mir nicht zu. So ein 1:9 hätts niemals geben müssen, wenn wir nach dem Gegentor vor der Pause unseren Rhythmus wiedergefunden hätten. Den Rhythmus wiedergefunden hätten. Den Rhythmus wiedergefunnen hätten, hätten, wie am Anfang vom Spiel. Das hat uns zermürbt, und das war schlecht, das war nicht gut, da haben die Jungs auch einen Schlendrian hineingebracht, der da nicht hingehört ...

... Das 1:6 war ja dann fast schon wieder ... Wir waren fast ... Als das 1:6 fiel, hab ich gedacht, da kann noch was gehen, das hat die Mannschaft auch gespürt, das war ganz klar. Hat grade der Ebers ... der Ebers ... da ham wir grade im Mittelfeld, im zentralen Mittelfeld, da haben wir nochmal … Da hab ich meine Jungs auch bewundert, wie sie da noch mal … Das war schon noch mal ein Ruck, eine Aufbruchsstimmung …

… Ja, gut, das war ein Eigentor, das 1:6, aber psychologisch ist das ja egal. Wenn dann in so einer Situation ein Tor für dich und deine Mannschaft fällt, dann sagst du ja nicht: Das hat ja der Gegner selber geschossen, des ist nix wert, das sagst du ja nicht. Du sagst: Jetzt pack ma's noch mal. Da sagst du doch als Spieler nicht, das Tor taugt nix, nur weil wir das nicht selber geschossen haben. Das wär doch komplette Scheiße, so was zu denken. So was denken nur Journalisten, nur Journalisten denken so was, sonst niemand im Universum … Das ist doch …

… Und dann muss man sich immer hinstellen und die Niederlagen schönreden. Fragen Sie mich halt mal was Vernünftiges. Was mit Vernunft. Machen S' nicht, weil Sie's nicht können. Im Grunde genommen sind diese Interviews jeden Samstag und jeden Sonntag und nach jedem Spiel eine Beleidigung. Eine einzige Scheißbeleidigung. Sie bauen sich hier auf und machen sich wichtig und kassieren Gebühren von Millionen Fernsehzuschauern und Millionen von den Vereinen und stellen diese scheißblöden, superscheißblöden Fragen und duun so, als wär da was dahinter! Da ist aba nix dahinter! Da is nur Scheiße dahinter! Scheiße …

… Langen S' mich bloß nicht an. Obacht, ja? Sonst hau ich Ihnen dermaßen oane in die Fotzn, da moanen Sie hinterher, Sie san da Waldi Hartmann, des garantier i dir, du Superarsch. Meine Jungs ham 1:9 verloren, und die haben immer noch einen Anstand und eine Aufrichtigkeit im Leib und du nicht …

… Und du hast überhaupts nix …

Wo bin ich überhaupts hier?

Scheiße.
Woaßt, was ich jetzt mach? Obacht: Alle mal herhören da draußen an den Bildschirmen. Ja? Ja?
(er lallt laut)
»Hier kommt die Sonne … zwei, drei … Hier kommt die Sonne … vier, fünf …«
Und morgen eröffne ich mit Till Lindemann eine Boutique in Ramstein, und du kannst mich mal am Arsch lecken mit deinem Fuaßboi!

WAS GETAN WERDEN MUSS

MEIN Name ist Bruno Bossi, ich baue Altersheime.
Haha.
Ich sage das jedes Mal, weil ich so gern die Gesichter sehe, die die Leute dann aufsetzen. Pikiert. Einige sind schlagartig pikiert. Andere bloß leicht verdutzt, das sind die Todlangweiligen. Leicht verdutzt: Was soll das sein? Was ist das für eine Regung? Welche Form des Sexuallebens praktizieren Menschen, die leicht verdutzt sind? Meine liebsten Gesprächspartner sind die, die mich fassungslos ansehen und sofort etwas erwidern. Voll aus ihrer Fassungslosigkeit heraus feuern sie eine Entgegnung ab. Peng. Treffen mich aber nicht.
Haha.
Ich tu nur so. Ich kann dann auch verdutzt gucken. Wollen Sie mal sehen? Mein Name ist Bruno Bossi, ich baue Altersheime.
Natürlich baue ich keine Altersheime. Wer baut schon Heime fürs Alter? Vielleicht der Kollege Kranzli, aber das ist ein betonierter Schweizer. Ich baue keine Heime fürs Alter, ich baue nicht einmal Heime für alte Menschen, keine Altemenschenheime. Wie das schon klänge!
Übrigens baue ich auch keine Seniorenheime wie das in der Jahnstraße. Unter einem Seniorenheim kann ich mir nämlich nichts vorstellen, bitte, was ist ein Senior? Erinnern Sie sich an diesen Song? *Senior, Senior, do you know, where we're headin', Lincoln County Road or Armageddon …* Armageddon?
Haha.
Ich baue keine Heime für Leute, die apokalyptische Liedlein trällern. Ich baue überhaupt keine Heime. ICH ENTWERFE. Begreifen Sie das nicht? Ich baue nichts, Sie ah-

nungsloser Ordnungshüter, ich entwerfe. ICH SKIZZIERE. ICH ZEICHNE, ich bin Künstler und Handwerker in einem, Visionär und Realist, pragmatisch und utopisch. Von meinem Kopf geht die Zukunft aus. Aber das kapieren die wenigsten. Sie etwa? Ohne mich würden wir eines Tages wieder in Höhlen leben wie vor siebzigtausend Jahren. Wollen Sie das? Ich will das nicht.

Ich will die Errungenschaften des menschlichen Geistes nutzen, vollständig, und ich will, dass alle anderen das auch tun. Das war immer mein Wunsch, schon als ich ein Kind war, und ich war ein schüchternes Kind, das können Sie sich vielleicht jetzt nicht vorstellen, ich saß am liebsten allein in meinem Zimmer und dachte nach. Worüber denkt so ein kleiner Junge nach, wenn er allein in seinem Zimmer sitzt?

Was denken Sie? Sie haben vielleicht über Ihre Eltern nachgedacht oder über Ihren Bruder, Ihre Schwester oder über eine Blume, oder Sie haben gar nichts gedacht, bloß: Wieso sitze ich jetzt hier und bin nicht draußen, wo die Sonne scheint?

Nicht so ich. Ich dachte daran, wie ich dazu beitragen könnte, dass sich alle meine Freunde wohl fühlen, wenn sie allein in ihrem Zimmer sitzen.

Begreifen Sie das, Sie Bürohengst? Ich zerbrach mir den Kopf über die Möglichkeiten, ein Zimmer so zu gestalten, dass derjenige, der darin sitzt, nicht möglichst schnell wieder flüchten will, abhauen, weit weg, raus da und nie mehr zurück.

Das Zimmer.

Wir verbringen unser Leben in Zimmern, in geformten Zimmern, in GESTALTETEN Zimmern, in Zimmern, die sich jemand erdacht hat, der dazu in der Lage war. Und wir verbringen unser verdammtes Leben nicht mehr in verdammten Höhlen, kapiert?

Glauben Sie etwa, ein Meister wie Senmut oder von mir

aus wie Vetruv haben umsonst ihr Genie geopfert, damit ihre Mitmenschen endlich in Räumen existieren können und damit sie nicht länger in gottverfluchten Höhlen hausen müssen oder in so was wie dem Fuchsbau an der Münchner Freiheit oder in Neuperlach? Glauben Sie das denn?

Gar nichts glauben Sie. Sie sind einer von denen, die nicht einmal den Unterschied zwischen Bauhaus und Baumarkt kennen!

Haha.

Haha.

Ich weiß, ich sehe es Ihnen an, sie gehören zu diesen Ignoranten, die einen wie Hundertwasser für einen Architekten halten. Mein Gott. Zehn Biere sind mir lieber als Hundertwasser.

Haha.

Bunte Häuser sind schon in Ordnung, pinselpinsel pinkelpinkel, das muss erlaubt sein, nicht wahr, ist schrill, das mögen die jungen Leute vom Gärtnerplatz, und Sie auch, weil: Sie wollen auch jung sein. Sie ziehen sich entsprechende Hosen und T-Shirts und Turnschuhe an und klemmen sich Ringe in die Ohren und denken: Jetzt bin ich jung.

Aber Sie sind alt, amigo, sie rasen auf den Gottesacker zu, egal, ob Sie Turnschuhe von Nike oder Puma tragen oder bei H&M einkaufen oder beim Wormland Theo. Egal. Sie rasen vorwärts und nicht zurück. Und peng: Arteriosklerose, Alzheimer, Grauer Star, kaputt. So geht das, Senior. *Senior do you know where we're headin'*? Sehen Sie?

Schon als Kind in Benediktbeuern habe ich mich als Rivalen des Schöpfers empfunden, mit ihm wollte ich mich messen. Immerhin war ich katholisch, es muss erlaubt sein, mit dem Vereinsvorstand zu wetteifern. Das ist kein Hochmut, das ist Selbstbewusstsein. Ich habe nichts übrig für Leute, die innerlich ihr Leben lang dahinkriechen wie

Schnecken. Oder wie Urtrottel vor siebzigtausend Jahren. Aufrecht sein, in allem, das ist meine Devise. Ich bin ein Mensch, ich kann denken, ich kann bestimmen, ich bin selbstbestimmt, auch wenn Sie jetzt leicht verdutzt glotzen. Erreicht mich nicht. Ihr Gegucke geht an mir vorbei. Anders als Senmut – Sie erinnern sich an den Namen? – möchte ich nicht behaupten, ich wäre der Größte der Großen im Land, das kann ich nämlich nicht beurteilen, aber der Kleinste bin ich nicht. Beileibe nicht. Auch klein bin ich nicht.

Wer sich zum Rivalen des Schöpfers berufen fühlt, kann nicht anfangen, auf allen vieren durch die Gegend zu tigern. Ich liebe meine Bestimmung, tun Sie das auch? Sie haben doch keine Wahl, zum Beispiel werden Sie alt, und dagegen sind Sie machtlos. Ich nicht. Ich füge mich nicht dem Vergehen der Zeit, ich erweitere es.

WAS ICH SCHAFFE, IST ZUKUNFT INNERHALB DER ENDLICHKEIT.

Was außer mir bis heute niemand begriffen hat, ist, dass ein vergreisender Körper der Selbstzerstörung, der er ausgeliefert ist, ein Höchstmaß an Energie entgegensetzt, deren Wirkung auf die Regenerationsfähigkeit bestimmter Organe durch eine extrem trostlose, den Verfall geradezu widerspiegelnde Umgebung in einem Ausmaß vernichtet wird, das die Vergreisung sogar noch beschleunigt.

Soll ichs wiederholen? Haben Sie das begriffen? Schon Loos hat unsere Kunst als die alltäglichste bezeichnet, also, wir sind nicht dazu da, den Alltag zu schmücken und zu kaschieren und im schlimmsten Fall zu ignorieren, indem wir nicht den wahren Menschen mit einbeziehen, sondern nur ein von uns ausgetüfteltes schwachsinniges Idealbild. Unsere Aufgabe ist es, die gottgegebene Vernichtung des Menschen allumfassend in unsere Planungen zu integrieren, total zu integrieren, gnadenlos zu integrieren.

Wer das nicht versteht, ist verfehlt in unserer Gemeinschaft. Auf der Beerdigung des langjährigen Vorsitzenden unserer Kammer auf dem Nordfriedhof habe ich das ausführlich dargelegt.
Vielleicht habe ich zu lange geredet, aber man hatte mich darum gebeten. Völlig überraschend war Aberle nach einem Sturz aus dem Fenster gestorben, peng, rausgeplumpst, ins Koma rein und nicht wieder raus. Keiner konnte sich den Unfall erklären. Wollte er Fenster putzen? Aberle hätte niemals eigenhändig Fenster geputzt. Obwohl manche von uns ihm das gewünscht hätten, bei den kranken Gebäuden, die nicht nur da draußen in Riem nach seinen Entwürfen tatsächlich gebaut worden sind. Unvorstellbar der Mist, den Aberle sein Leben lang konzipiert und auch noch verkauft hat, dieser ganze transparente und opake Quark, auf den er so stolz war.
Schauen Sie gerne aus einem opaken Fenster raus? Ich nicht. Großformatige Glasfelder, die waren sein Spleen,
keine Ahnung, der Mann, kein Verständnis für die Belange des Siechtums.
Natürlich wählte ich freundliche Worte bei der Beerdigung. Aberle – ein Meister des fließenden Übergangs von innen nach außen, ein Held der Innenverglasung, ein Pionier auf dem Gebiet der Glasbalkone und des Glasvordachs. Aberle – ein Vorsitzender mit Strahlkraft und den leidenschaftlichen Visionen eines Daidalos. Um ein Haar hätte ich mir selber applaudiert. Sieht nicht gut aus auf einer Beerdigung. Und welch eine Tragik! Stürzt so ein Mann aus dem Fenster, das er nicht einmal selbst entworfen hat. Kippt aus einem normalen, schlecht isolierten, wärmedurchlässigen Fenster im vierten Stock eines Fabrikgebäudes in Berg am Laim, in dem schon längst nicht mehr gearbeitet wird. Was wollte er dort?
Wir wissen nicht, was Aberle dachte im letzten Moment, oder was ihm durch den Kopf schoss, als er sekundenlang

aus dem Koma aufwachte, während seine Gattin gerade im Waschraum war, und er ins schäbige Licht des stickigen, rechteckigen, glaslosen Intensivstationszimmers blinzelte. Armer Mann.

Wissen Sie, wie viele Stunden ein Mensch im Badezimmer verbringt, während er lebt und sich wäscht und im Spiegel betrachtet und sich dabei befummelt oder auch nicht. Wie viele Stunden? Einunddreißigtausend. Einunddreißigtausend Stunden verbringen wir zeit unseres immer weniger werdenden Lebens im Bad oder in sonst einem Waschraum. Das Bad ist ein elementarer Lebensraum, das haben meine Kollegen nie kapiert, dieses Kroppzeug, dieses Gesindel, das unsere Städte verschandelt, unsere Häuser in Bunker verwandelt unter dem Deckmantel der Moderne. Kurfürstenplatz. Haha. Akademie der Bildenden Künste. Haha.

Haha.

In ein Badezimmer gehören lackierte Holzflächen, dazu Aluminium. ALUMINIUM. Und Korb. Warum Korb? Weil es ein natürliches Material ist, Sie Plumpsklo-Romantiker! Natürliche Materialien atmen, und Atmen ist wichtig für Menschen, die durch das Alter gehen. Ich erleichtere ihr Gehen durch herausziehbare Regale, von innen beleuchtet, integrierte Steckdosen, Schrankfächer, in denen Licht brennt, wenn man hineinlangt, sanft geformte Spiegel. Kapiert?

Holz, Aluminium, von mir aus Glas, ein Atrium mit Windkanal, wo die verbrauchte Luft rauszieht. So was nennt man moderne Thermik, Sie Frischluftfanatiker! Oben ein Dach, von mir aus aus Glas, minimaler Energieverbrauch.

Und im Parterre oder Tiefgeschoss Arztpraxen. Wir befinden uns in der Zukunft, Mann, wir verbinden die Dinge äußerlich und innerlich, eins gehört zum andern, eins ist ohne das andere nicht denkbar, eins hat ohne das andere keinen Sinn. Arztpraxen, Geschäfte, eine Bibliothek, ein Filmtheater, in dem jede Woche einmal »Frau ohne Gewissen« läuft, das ist Bedingung. Und draußen ein Park, bei dessen Anblick Daidalos vor Neid dahingeschmolzen wäre.

Ich wurde vorstellig bei Rinke-Fessmann, selbstverständlich. Kurz nachdem er zum neuen Vorsitzenden unserer Kammer gewählt worden war, ließ ich mir von dieser schnippischen Sekretärin einen Termin geben. Sie blökte ins Telefon, ihr Chef sei vollkommen ausgebucht, sei auf Reisen, halte Vorträge, konferiere mit der Wirtschaft, mit Kommunalpolitikern, sie blökte und blökte, und das machte mich dann doch ein wenig wütend. Ich hielt mich aber zurück. Und ich bekam meinen Termin. Eine halbe Stunde. Dann platzte sie herein und meldete einen wichtigen Besuch. Alles gelogen. Alles abgekartet. Die dachten, sie können mich austricksen, diese zwei leibgewordenen Parfümwolken, ich kann so einen Gestank nicht ausstehen.

Ich war sehr freundlich. Ich hatte meine Pläne mitgebracht, fünf Rollen, die ich sofort auf dem langen Tisch an der Wand ausbreitete. Rinke-Fessmann warf einen Blick darauf und schwieg. Seine Behauptung, er habe von meinen Konzepten bereits gehört, und zwar habe ihm sein leider verstorbener, weil aus dem Fenster gehüpfter Vorgänger davon erzählt, durchschaute ich sofort als infame Lüge. Ich blieb aber höflich.

Wir sprachen über die Determinanten des Bauens, über die Landschaft und die sichtbaren Gegebenheiten, und auch über die unsichtbaren Dinge haben wir gesprochen und über unsere Verantwortung gegenüber allen, die an einem Bau mitwirken, ganz im Sinne von Johann Balthasar Neumann, diesem Flachmann des Wölbens.

Bei der Verabschiedung sagte ich zu ihm, mir imponiere seine hellgrüne Couch, besonders der treppenartige Auf-

bau von Rückenlehne, Arm- und Sitzpolster, und er meinte, der Entwurf stamme von seiner Freundin Patricia. So eine Freundin möchte ich nicht haben. Die Tür zum Vorzimmer stand offen, die Sekretärin, die sie vor einer Minute aufgemacht hatte, schrie ins Telefon, das war, wie ich inzwischen mitgekriegt hatte, ihr normaler Tonfall.
Am Abend meldete ich mich gleich bei der Polizei. Der Mann, erklärte ich aufrichtig, war unbescholten, er war gerade zum neuen Vorsitzenden unserer Kammer gewählt worden, weitgehend einstimmig. Er war ein würdiger Nachfolger von Aberle, darüber sind wir uns alle einig. Wieso wird so jemand vor seiner Haustür in Haidhausen hinterrücks erstochen? Was hat er getan? Wem hat er ein Leid zugefügt? Wir hatten uns noch kurz zuvor über die Determinanten des Bauens unterhalten, ein wichtiges, ein außerordentlich wichtiges Thema, auch, was den Bau von Häusern für Hochbetagte betrifft, und das ist ja mein Fachgebiet. Die Hochbetagten sind meine Klientel, nur für die entwerfe ich Räume, in denen sie ihrer Vergreisung gewachsen sind und sie gelegentlich sogar vergessen. Auch wenn sie nicht Alzheimer haben.
Haha.
Ich höre noch, wie Rinke-Fessmann mich begrüßte mit den Worten: Bossi, unser Seniorenspezialist! Und wenige Stunden später wird er erstochen. Nach der Aussage eines Polizeisprechers, die ich gelesen habe, wurde Rinke-Fessmann zwischen acht und halb zehn Uhr abends ermordet. Kurz nach halb zehn fand ein betrunkener Bauarbeiter die Leiche hinter dem Müllcontainer, wo er gerade hinkotzen wollte in aller Heimlichkeit, der Bauarbeiter. Dem ist das Kotzen natürlich vergangen im Angesicht der Endlichkeit. Eineinhalb Stunden ist Rinke-Fessmann nicht vermisst worden, ist das normal? Natürlich. Ich erwähnte das in meiner Ansprache auf dem Ostfriedhof heute Vormittag. Ich sprach vielleicht zu lang, aber es war mir wichtig, noch

einmal die hohe Bedeutung der Determinanten des Bauens hervorzuheben und zu betonen, welche Leistungen Rinke-Fessmann auf diesem Gebiet vollbracht hat. Er war es, der die Mitglieder unserer Kammer immer wieder daran erinnert hat, dass wir nicht im luftleeren Raum agieren, dass wir uns nicht auf die knetbare Masse unserer Phantasie verlassen dürfen, sondern der Realität Tribut zollen müssen, auch wenn wir an ihr verzweifeln. »Was getan werden muss, muss getan werden«, das waren seine Worte, und ich wiederholte sie am Ende meiner Ausführungen. Daraufhin nahm ich die Schaufel und warf Erde in das ausgehobene Grab. Neben mir stand eine blonde Italienerin, die ihren Namen sagte, als sie mir die Schaufel aus der Hand nahm: Patricia. Sofort sah ich die Couch vor mir, und mir fiel auf, dass Patricia einen stufenförmigen Haarschnitt hatte, vielleicht der neueste Mailänder Schick. Ansonsten waren vor allem Arschgeigen und Schleimer auf der Beerdigung, von denen sich einige Hoffnung auf die Nachfolge von Rinke-Fessmann als Vorsitzender unserer Kammer machen.

Jetzt muss ich duschen, denn in einer halben Stunde essen wir zu Abend. Wenn Sie wollen, essen Sie mit uns. Allerdings müssen Sie sich mit Plastikstühlen und Resopaltischen begnügen. Und die Luft ist beschissen da unten und überhaupt die ganze Atmosphäre. Alles verzwiebelt und verschwurbelt. Ich habe denen vorgeschlagen, sie sollen einen Feng-Shui-Berater engagieren, vielleicht würde der das Chi zum Fließen bringen. Aber sie glotzten bloß leicht verdutzt durch die Gegend.

NIE WIEDER NEANDERTAL! Das ist unsere oberste Aufgabe als Söhne der Mutter aller Künste. Ich danke dir, Mama, dass du aus mir kein Waisenkind gemacht hast wie Kranzli und Konsorten. Sondern mich, Bruno Bossi, den unsterblichen Titan!

5

Rupert
Heilig ist die Nacht und still
Wie schön war doch die Kinderzeit
Damenwahl, letal
Wo es dem Verbrecher schmeckt
Die Geburt des Herrn J.
Das Zwitschern des Maulwurfs
Eine Liebe in Berlin

RUPERT

1

Rupert lebte im Dorf K. in Süddeutschland als Sohn eines Zahnarztes und einer Hausfrau. Er besuchte das Gymnasium in der Kreisstadt, ein mittelmäßiger Schüler, der zuverlässig seine Hausaufgaben erledigte, seiner Mutter bei der Gartenarbeit half, vor dem Schlafengehen in einem Buch las und in den Ferien mit seinen Eltern in die Toskana fuhr. Mit seinen Freunden spielte er Fußball, wobei er sich als dribbelstarker Stürmer auszeichnete und als todsicherer Elfmeterschütze. Wenn er gefoult wurde, jammerte er nicht, er selbst beging selten eine Unsportlichkeit und wenn, entschuldigte er sich sofort und meinte es ernst. Rupert war ein unauffälliges, normal entwickeltes Kind mit
dunkelbraunen, fast schwarzen Haaren, zurückhaltend gegenüber Gleichaltrigen und höflich gegenüber Erwachsenen, unauffällig in der Schule, genügsam zu Hause. Beim Tod seiner Großmutter, bei der er – sie wohnte im Nachbardorf – viele Wochenenden im Sommer und manche Ferien verbracht hatte, wenn seine Eltern allein verreisten, was ihm nichts auszumachen schien, traute er sich nicht, am offenen Grab zu weinen. Er glaubte, das wäre ungezogen. Erst Stunden später, allein in seinem Zimmer, saß er, die Hände vors Gesicht geschlagen, schluchzend und zitternd auf dem Bett, bevor er leise ins Bad schlich und so lange den Kopf unter das kalte Wasser hielt, bis er vor Schmerzen wieder anfing zu weinen.

Von solchen Erlebnissen erzählte er nie jemandem, nicht einmal seinem besten Freund Peter, mit dem er in jeder freien Minute trainierte. Peter war Torwart, nach Ruperts Meinung der beste überhaupt, und er übte mit ihm Elferschießen, Frei- und Eckstöße und das Dribbeln aufs Tor. Peter wohnte mit seinen Eltern nur zwei Häuser weiter in der Felderstraße, sie kannten sich seit dem Kindergarten, und auch nach Ruperts Wechsel aufs Gymnasium, während Peter wegen seiner schlechteren Noten auf die Realschule gehen musste, blieben sie Freunde. Wenn seine Eltern sich wieder einmal stritten, übernachtete Peter bei Rupert, dann lagen sie lange wach und redeten leise über ihre Zukunft auf dem Fußballplatz.

Als in der Nacht des 22. Dezember 1975 die Polizisten kamen, war Rupert sechzehn Jahre alt, und weil er als trainierter Flügelstürmer schneller als sie rennen konnte, überlebte er.

2

Abends saß Rupert oft im Gasthaus Zur Linde. Die Abmachung war: Er fuhr nach Dienstschluss von seiner Fahrschule in der Kreisstadt T. direkt ins Lokal und saß dort etwa eine Stunde allein an seinem Platz am Fenster. Dann kam Anja nach. Vor drei Jahren war er mit ihr von München nach K. gezogen, in das Dorf, in dem er aufgewachsen war und keine Verwandten mehr hatte. In dem kleinen Ort hätte sich eine Fahrschule nicht rentiert, so eröffnete er seinen Betrieb in T., einer Fünfundzwanzigtausend-Einwohner-Stadt, in Konkurrenz zu drei bereits bestehenden Unternehmen. Er beschäftigte einen Fahrer und eine Sekretärin und nahm die Prüfungen ab. Mit den Mieteinnahmen aus einem Apartment in München, seinen Einkünften aus der Fahrschule und dem Nebenverdienst seiner Frau als Aushilfe in der Zahnarztpraxis von Dr. Gauss kam er finanziell gut über die Runden, zumal er in dem Haus lebte, das seine Eltern ihm vererbt hatten. Bis vor drei Jahren wohnte eine Familie darin, ein Architektenehepaar mit einer siebenjährigen Tochter, deren berufliche

Existenz nach einem Bauskandal zerbrach und die daraufhin nach Norddeutschland zog. Das war der Moment, als Rupert seine Entscheidung traf. Einen Tag vorher war er fünfzig geworden, und die Gedanken, die ihn wegen dieses Datums umgetrieben hatten, verdichteten sich allmählich zu einem schwarzen Knäuel Verzweiflung – ähnlich wie in seiner kurzen Zeit auf der Universität, als er begriff, dass er niemals seinem Vater nachfolgen und eine Existenz wie er führen würde.

Über seine inneren Umtriebe sprach er seit jeher mit niemandem, auch und schon gar nicht mit seiner Frau, die bei der Vorstellung, künftig auf dem Land leben zu müssen, in Tränen ausbrach. Doch sie gewöhnte sich an die neue Situation. Sie lud ihre Freundinnen aus der Stadt regelmäßig nach K. ein – die Entfernung betrug knapp siebzig Kilometer – und fand sogar Gefallen an ihrem Aushilfsjob in der Praxis, die früher seinem Vater gehört hatte.

In München war Anja als zahnmedizinische Fachangestellte in einer renommierten Laborgemeinschaft angestellt gewesen, freitags und samstags ging sie mit Freundinnen aus, im Winter fuhren sie gemeinsam zum Skifahren und im Sommer zum Baden an die umliegenden Seen oder ließen sich von dem einen oder andern Arzt an den Gardasee einladen. Anja machte mit, weil sie Freude daran hatte, unter Leuten zu sein – und die Patienten liebten sie für ihre unkomplizierte, vertrauensvolle Art –, sie war nicht auf Abenteuer aus, und Rupert wusste das. Im Gegensatz zu ihr unternahm er wenig in seiner Freizeit, ab und zu ging er ins Kino in einen beliebigen Film oder in die nächste Kneipe auf ein schnelles Bier. Meist jedoch saß er zu Hause, las Zeitung, schaute Fußball, Tennis oder Basketball im Fernsehen, hing seinen Gedanken nach und schrieb sie in kleinen Ringbüchern nieder, die er niemandem zeigte.

Dass er in K. regelmäßig in die Linde ging, bedeutete für

ihn einen neuen Lebensabschnitt, zumindest das Ende bisheriger, festgefahrener Gewohnheiten. Er trank zwei oder drei Biere, blätterte in den Heimatzeitungen, redete mit dem Wirt, vermittelte einen beinah geselligen Eindruck.
»Was für ein Wintertag«, sagte Anja, als sie sich zu ihm setzte und den Schnee von den Ärmeln ihres Wollmantels klopfte.
»Wie früher«, sagte er.
Es war der 20. Dezember, ein Donnerstag. Anfang der Woche hatte es angefangen zu schneien, leicht und regelmäßig, dann wurde es kälter, und der Schnee fiel nur noch in den Bergen. Seit heute Morgen schneite es auch im Dorf wieder heftiger, und Rupert hatte mit dem Auto eine Stunde bis nach T. gebraucht, normalerweise fuhr er die Strecke in zwanzig Minuten.
»Du bildest dir ein, dass du in deiner Kindheit immer eine weiße Weihnacht hattest. Aber ich glaub, das stimmt nicht.«

»Doch, es stimmt.«
Unaufgefordert brachte der Wirt – Hans Scheffler, der von allen Sense genannt wurde – eine Weißweinschorle für Anja und ein frisches Helles für Rupert. Wie schon sein Vater, neigte auch Sense zu massiver Wortkargheit.
»Zum Wohl«, sagte Anja mit erhobenem Glas. Sie tranken, und Rupert, der am Kopfende saß, legte den Arm um die Schulter seiner Frau. »Früher hat's auch nicht öfter geschneit«, sagte sie. Dann bemerkte sie seinen umherirrenden Blick. »Du denkst wieder an deine Eltern. Ich kann dich verstehen, ich hab dich gestern beobachtet, am Grab und anschließend in der Kirche. Das ist alles so lange her, aber jetzt, wo du wieder hier wohnst, im selben Dorf, sogar in derselben Straße, kehren deine Erinnerungen jedes Jahr vor Weihnachten doppelt grausam zurück. In München hattest du ein wenig Abstand, aber hier … Du sprichst nicht darüber. Das macht nichts, Schatz.«

»Ein Überfall ...«
»Ich weiß, Schatz.«
»Die blanke Willkür.«
»Ich weiß. Und ich weiß auch, wie sehr dich die Gerichtsverhandlung dein ganzes Leben lang bedrückt hat. Das Urteil war ein Skandal.«
»Gottverflucht«, sagte Rupert und trank und sah vier neue Gäste hereinkommen, die er kannte. Sie nickten ihm zu und setzten sich an einen Tisch im hinteren Teil. Einer der Männer war der alte Bäumler, den Rupert und sein bester Freund Peter als Kind immer geärgert hatten, indem sie ihn mit U-Hakerln aus gebogenem Draht beschossen, was ihm manchmal ziemlich weh getan haben musste. »Wollen wir hier zu Abend essen?«, fragte er.
»Und mein Gemüseeintopf?«
»Essen wir morgen.«
»Aber wir dürfen nicht versumpfen, du hast morgen noch eine Fahrstunde.«

»Hab ich abgesagt. Bis siebten Januar ist geschlossen.«
Sie sah ihn überrascht an, lächelte, küsste ihn auf den Mund und zog ihren Mantel aus. Rupert half ihr dabei. Er bestellte ein Schnitzel mit Kartoffel-Gurken-Salat, sie einen griechischen Salat mit extra Schafskäse, und dann aßen sie schweigend, und Anja wusste, woran ihr Mann dachte, nämlich an seine toten Eltern, die zwei Tage vor Weihnachten einem aberwitzigen Gewaltakt zum Opfer gefallen waren. Rupert war sechzehn Jahre alt gewesen.
Doch daran dachte Rupert nur zum Teil. Hauptsächlich dachte er an den alten Bäumler, der schon lange in Pension war und nach einem Sturz bei Reparaturarbeiten in seinem Haus mit dem linken Bein hinkte.

3

»Es war einmal ein sechzehnjähriges Kind«, erzählte Rupert der achtundsechzigjährigen Rose Bäumler. Sie war eine schmächtige Frau mit einem weichen Gesicht und blauen Augen, die regelmäßig in die Kirche ging und für den Weihnachtsbasar im Pfarrheim Mohnkuchen und ihren speziellen Bananenkuchen buk, der vor allem von Kindern gierig verschlungen wurde. In diesem Jahr hatten Rose und Josef Bäumler in der Linde Goldene Hochzeit gefeiert. Während der alte Bäumler am Vormittag dieses 22. Dezember, an Händen und Füßen gefesselt und mit einem Waschlappen geknebelt, im Flur lag und aus einer schäbigen Wunde an der Stirn blutete, stand seine Frau auf einem Schemel mitten im Wohnzimmer, den Hals in der Schlinge einer gewöhnlichen Paketschnur, die am Haken des Leuchters an der Zimmerdecke verknotet war. Der Schemel wackelte etwas, und Rose hatte Mühe, das Gleichgewicht zu halten. Ihre Hände waren auf dem Rücken mit einem weißen Seidenschal gefesselt, den Rupert extra mitgebracht hatte. Rupert stand im Zimmer, zwischen Josef und Rose, und sprach zu der alten Frau, nicht laut, aber so deutlich, dass auch der alte Mann hinter ihm jedes Wort verstand, was Rupert wichtig war. Zu Hause hatte Rupert erzählt, er müsse noch ein paar Weihnachtseinkäufe in M. erledigen. »Es war einmal ein sechzehnjähriges Kind ...«

4

Bei der achttägigen Verhandlung vor dem Landgericht München 1 schien Staatsanwalt Gruber den Angeklagten, besonders Polizeihauptmeister Belz, ungewöhnlich lange Zeit für Erklärungen zu lassen. Das war zumindest Ruperts Eindruck, der jeden Tag in der letzten Reihe des vollbesetzten Saales saß, neben seinem Onkel, dem Bruder seines Vaters, der kaum ein Wort hervorbrachte. Gruber sagte: »Sie fühlten sich also massiv bedroht, obwohl sie die Situation in der Wohnung noch nicht eindeutig überblicken konnten.«

»War eng da.« Eberhard Belz, in der Uniform der Bereitschaftspolizei mit den vier Sternen auf der Schulterklappe, bemühte sich um eine klare Aussprache, eine relativ hochdeutsche Diktion. »Mia haben ja z'erst bloß fragen wollen, ganz normal, von der Tür aus. Steht ja im Protokoll drinna. Der Sepp und ich, Hauptmeister Bäumler.«

»Weil Sie wissen wollten, ob die Nachbarn den flüchtigen Herrn Gladki gesehen hätten.«

»Ja, freilich, das war ja nur a Befragung. Der Flüchtige war bekannt für seine Gefährlichkeit, er hat seine Frau mit einer Waffe bedroht, einer 7.62er Tokarew, halbautomatisch, das war eindeutig, wir haben die Waffe später ja auch sichergestellt. Und der Mann würd von der Waffe Gebrauch machen, das hat die Frau Gladki unverständlich ausg'sagt.«

»Sie meinen unmissverständlich.«

»Entschuldigen S', Herr Staatsanwalt. Ich bin grad etwas aufgewühlt wieder, wenn ich dran denk. Das ist ja alles vollkommen unerwartet kommen, der Kollege hat das ja schon ausg'sagt. Wir wollten doch von der Familie nichts außer einer Aussage. Und dann taucht der Bub auf und hat ein Messer in der Hand, so ein Butterflymesser, wie man das von Banden kennt, aus der Stadt. Bei uns auf'm Land gibt's so was ja net, aber der hatte so ein Messer, und damit ist der auf uns los.«

Staatsanwalt Gruber sagte: »Aber der Junge war etwa drei Meter von Ihnen entfernt, er kam aus dem Kinderzimmer, und Sie standen an der Wohnungstür, Sie hinter Ihrem Kollegen.«

»Mia sind schon fast neben'nander g'standen.«

»In der engen Wohnungstür?«

»So eng … Ich bin vielleicht so halb hinter dem Kollegen g'standen, höchstens halb.«

»Was ist dann passiert?«

»Dann ist der Bub auf uns los, und der Kollege Bäumler hat seine Waffe gezogen und gerufen: Stehbleim!«

»Stehen bleiben!, hat er gerufen. Und ist der Junge stehen geblieben?«

»Ja, eben net. Das war ja die Situation, die plötzlich umgeschlagen ist. Der Bub hat das Messer in der Hand und ist gewillt zuzustechen, das war eindeutig. Ganz klar.«

»Was haben Sie in dem Moment getan?«

»Ich hab auch meine Pistoln zogen, entsichert und auf den Buben gerichtet, der ist immer näher kommen.«

»Er ist nicht stehen geblieben.«

»Definitiv nicht.«

»Er ist weiter auf Sie und Ihren Kollegen zugegangen.«

»Definitiv. Der wollt uns aus dem Weg räumen und dann weg! Der wollt wahrscheinlich rüber zu seiner Mutter. Der hatte ganz klar eine Angriffsposition, und wir mussten handeln, eindeutig.«

»In der ersten Vernehmung haben Sie ausgesagt, Sie hätten in der Wohnung einen Schatten gesehen und vermutet, es wäre der flüchtige Herr Glatki.«

»Das stimmt auch so. Die beiden Familien sind eng befreundet, die beiden Buben spielen Fußball zusammen, die Eltern treffen sich regelmäßig. Das wär denkbar gewesen, dass der Glatki bei denen untertaucht. Das war unser Gedanke, vom Kollegen Bäumler und mir.«

»Sie dachten, die Familie Seidlein hätte den Flüchtigen versteckt.«

»Versteckt net vielleicht direkt. Aber dass die was wissen oder eine Ahnung haben, das liegt auf der Hand bei denen ihren engen Beziehungen, des ist doch nachvollziehbar.«

»Was ist dann passiert?«, fragte der Staatsanwalt erneut, und Rupert beugte sich ein wenig vor. Sein Onkel wippte unaufhörlich mit den Beinen.

»Dann hat der Seidlein nach der Hand vom Kollegen Bäumler geschlagen, und die Frau Seidlein wollt mich aus der Tür schubsen. Und der Bub ist mit dem Messer auf uns los. So war das, ganz überraschend und grausam. Der Kollege musste sich zur Wehr setzen, genau wie ich, wir wurden angegriffen. Und der Bub wollt definitiv zustechen. Wir mussten uns verteidigen, zum Überlegen war da nicht viel Zeit. Erst hat der Kollege Bäumler einen Schuss abgeben, dann ich, dann der Kollege Bäumler einen zweiten, dann ich einen zweiten.«

»Sie gaben nicht zuerst einen Warnschuss ab.«

»Einen Warnschuss? Wann, Herr Staatsanwalt? Die Situation ist eskaliert, in Bruchteilen von Sekunden, wir mussten handeln und uns verteidigen. Des war Notwehr. Die Spuren in mei'm Gesicht und am Arm des Kollegen sind bewiesen worn, Angriffsspuren. Niemand wollt irgendwen verletzten, wir waren wegen einer Befragung im Fall eines flüchtigen, gewalttätigen Ehemanns da. Mia ham schießen müssen.«

»Und Sie töteten den Ehemann und die Ehefrau Seidlein und den Sohn des flüchtigen Gladki, der sich zufällig in der Wohnung aufhielt.«

»Ob das so ein Zufall war.«

»Was meinen Sie damit, Herr Belz?«

»Ich mein gar nichts, ich mein, es hätt genauso gut der Flüchtige in der Wohnung sein können und nicht der Sohn. Und es ist nicht mal erwiesen, dass der nicht da war. Auch darüber ist schon g'sprochen worden. Der Mann hätt Zeit g'nug g'habt, abzuhauen über die Terrassn hinten naus, das wissen wir alles nicht. Als der g'schnappt worn ist, hat er keine Aussage g'macht, wo er war, das kennt man ja, das ist normal. Des Bürscherl hätt genauso gut in der Wohnung sein und auf uns schießen können mit seiner Tokarew. So schaut's nämlich auch aus.«

»Aber wir wissen nicht, ob er tatsächlich in der Wohnung war«, sagte der Staatsanwalt.

»Wissen wir nicht, ist jetzt z'spät, des aufzuklären.«

5

»… Und das sechzehnjährige Kind starb an einer Kugel aus der Dienstwaffe eines Polizisten, einer Heckler & Koch, neun Millimeter, weil er ein Messer in der Hand hatte, das ihm nicht gehörte, sondern mir. Er wusste nicht, wie man damit umgeht. Er hat es einfach genommen, weil er Angst hatte.« Rupert sah zu Rose Bäumlers grauem und faltigem Gesicht hinauf. »Sie waren in der Verhandlung damals, Sie erinnern sich wie ich an die Worte des Polizisten Belz, dass es zu spät ist aufzuklären, ob der Herr Glatki, Peters Vater, in unserem Haus war. War er nicht. Ich weiß das, ich lag unter meinem Bett und traute mich die ganze Zeit nicht raus. Im Gegensatz zu meinem Freund Peter, der eigentlich Piotr hieß, weil er aus Polen kam, wie seine ganze Familie. Erst als die Schüsse gefallen waren und es still war, so still wie noch nie in meinem Leben, bin ich unter dem Bett hervorgekrochen und hab mich in den Flur getraut. Erst jetzt. Was für ein Feigling ich war. Was für ein Feigling ich gewesen bin siebenunddreißig Jahre lang. Aber jetzt nicht mehr.«

Rupert drehte sich um. Der pensionierte Polizist Bäumler lag bewegungslos im Flur, seine Augen starrten ins Wohnzimmer, zur Frau auf dem Schemel, ins schneeige Licht, das durchs Fenster hereinfiel. »Ich sah meinen Freund auf dem Boden liegen und rannte los, ich weiß nicht, warum und wohin. Ich sah meine Mutter, meinen Vater daliegen und das Blut an den Wänden. Und ihr habt mich nicht aufhalten können, obwohl du beinah noch auf mich geschossen hättest. Ich sah deine Armbewegung, du hobst die Pistole und hättest abgedrückt, wenn ich nicht schon weg gewesen wäre. Ich war schneller weg, als du schauen konntest. Aber nun bin ich wieder da, seit drei Jahren, ich kenne mich aus im Dorf. Deine Ehe ist kaputt, das ist normal, du misshandelst deine Frau, das kümmert niemanden. Man redet drüber, mehr nicht. So ist das. Gut ist das so.«

Rupert ging zu der Frau auf dem Schemel, der stärker wackelte als zuvor. Behutsam entknotete er den Seidenschal an ihren Handgelenken und steckte ihn in seine Lederjacke. »Damit keine Spuren bleiben«, sagte er und stieß mit der Schuhspitze den Schemel um. Daraufhin war er sich nicht sicher, ob Bäumler ihm dabei zusah, wie er das Messer aus der Küche holte. Den Stich sah Bäumler definitiv kommen. Rupert nahm ihm den Waschlappen aus dem Mund, schnitt die Fesseln ab, putzte mit dem Lappen den Messergriff ab, umfasste die Hand von Rose Bäumler, deren Zucken zu Ende war, und knetete ihre Finger um den Messergriff.

Dann warf Rupert das Messer in die Ecke, direkt vor den kleinen, etwa einen Meter hohen, mit bunten Kugeln und goldenem Lametta geschmückten Christbaum, und verließ die Wohnung. Den Waschlappen, die Schnüre, den Seidenschal würde er in T. entsorgen.

Auf dem Weg durchs verschneite Dorf – es schneite jetzt noch stärker – dachte Rupert an seinen Freund Peter, der heute, nach seiner Profikarriere in England oder Spanien, ein begehrter internationaler Trainer hätte sein können. Und er, Rupert, wäre vielleicht in der Bundesliga untergekommen.

Das Leben hatte eine andere Wendung genommen.

Die Polizisten Bäumler und Belz waren freigesprochen worden. Eine schuldhafte Tatbegehung konnte ihnen laut Gericht nicht nachgewiesen werden.

6

Ines Kolbe, die neunundvierzigjährige Tochter des vor fünf Jahren an Darmkrebs verstorbenen Polizeihauptmeisters Belz, lebte und starb allein. Sie war seit langem Alkoholikerin und bereitete sich am Heiligen Abend einen tödlichen Cocktail aus Schmerztabletten, Wodka und einem Frostschutzmittel zu, das sie vermutlich aus Versehen mit hineinmixte. Möglicherweise handelte es sich aber auch um Selbstmord, wie Sense, der Wirt der Linde, am zweiten Weihnachtsfeiertag Anja und Rupert in einem ungewöhnlich eruptiven Redeschwall erzählte. Auch das Ehedrama bei den Bäumlers sei »praktisch unvorstellbar«. Aber, fügte Sense launig und angetrunken hinzu, »was inna Ehe bassiert, des woaßt du vorher nie«. Anschließend schenkte er zwei Runden Willi aus, vor allem für sich selbst.

Wie ein altes Ehepaar saßen Anja und Rupert nebeneinander auf der Bank am Fenster. Nach einem Schweigen sagte Anja: »Was hältst du davon, wenn wir uns einen Hund anschaffen? Der hätte doch viel Auslauf hier.«

»Gute Idee.«

»Ehrlich?«

»Ja«, sagte Rupert. Sein Freund Peter hatte sich immer einen Collie gewünscht, aber Peters Mutter hatte Angst vor Hunden.

HEILIG IST DIE NACHT UND STILL

»BITTE«, sagte Bertram Gstettner, »versuchen Sie es noch einmal. Und wenn es Ihnen nichts ausmacht, bleiben Sie endlich sitzen. Setzen Sie sich, Herr Kolb. Trinken Sie einen Schluck Tee, lassen Sie das doch Ihre Schwägerin erledigen.«

»Das kann sie nicht. Das darf sie nicht.«

»Warum darf sie den Baum nicht schmücken, Herr Kolb?«

»Sie darf den Baum schon schmücken, aber es gibt Dinge, die darf nur ich.«

»Was für Dinge?«

»Dinge halt. So, ich hab mich hingesetzt. Ich will keinen Tee mehr.« Josef Kolb schob die Tasse von sich, betrachtete das Schwarzweißfoto mit der schwarzen Schleife über dem Silberrahmen. »Was sehen Sie mich an? Ich hab alles ausgesagt. Alles, was Sie wissen wollen, hab ich Ihnen gesagt, haarklein. Respektieren Sie meine Trauer, Herr Kommissar.«

»Gstettner genügt. Ich respektiere Ihre Trauer. Aber Ihre Frau ist einem Verbrechen zum Opfer gefallen …«

»Das weiß ich doch«, sagte Kolb laut. Kurz darauf stand seine Schwägerin in der Wohnzimmertür.

»Brauchst du was, Josef?«, sagte Waltraud Eberth. Sie trug ein schwarzes Kleid und hatte ihre Haare zu einem Dutt zusammengebunden.

Ohne sie anzusehen, schüttelte Kolb den Kopf.

Der Mordermittler, der mit dem Rücken zur Tür am Tisch saß, drehte sich zu der Frau um. »Mit Ihnen möchte ich dann auch noch einmal sprechen.«

»Ich muss zum Einkaufen, ich wollt grad los.«

»Bitte bleiben Sie noch. Die Geschäfte haben bis vierzehn Uhr geöffnet.«

»Das weiß ich, aber die sind dann leer. Und ich brauch noch Brot und Kartoffeln«, sagte Waltraud Eberth.
»Bitte«, sagte Gstettner.
»Wenn's sein muss.« Waltraud ging zurück in die Küche, wo sie die Spülmaschine ausräumte. Das Klappern kam dem Kommissar laut und aufdringlich vor.
»Ich muss Sie belästigen, weil in Ihren Aussagen Widersprüche auftauchen, die ich nicht verstehe.«
Kolb nahm die Brille ab, rieb sich die Augen, setzte die Brille wieder auf, schnaufte durch die Nase, wie schon ein paarmal an diesem Vormittag. Er kniff das rechte Auge zu.
»Was genau verstehen Sie da nicht?«
Gstettner nahm zwei Blätter aus der roten Mappe, die aufgeschlagen vor ihm lag. »Sie waren den ganzen Abend zu Hause, steht hier …«
»Stimmt ja auch.« Diesmal hatte Kolb sich bemüht, seine Stimme im Zaum zu halten.

»Ja, aber …« Mit dem Finger fuhr der Kommissar die Zeilen ab. »In der Aussage Ihrer Schwägerin heißt es, Sie wären nicht erreichbar gewesen, als sie Sie um zwanzig nach zwölf vom Handy aus anrief, etwa zehn Minuten nach dem … nach den Vorfällen im U-Bahnhof Arabellapark. Sie hat es fünfmal hintereinander versucht. Sie waren nicht da.«
»Natürlich war ich da«, sagte Kolb. Er beugte sich über den Tisch, schob den Teller mit den Keksen beiseite, die Waltraud immer in der Adventszeit buk. »Hab ich auch erklärt, alles, das muss da stehen. Ich war eingeschlafen. Das Klingeln hab ich nicht gehört. Ich bin aufgewacht, als Trude mich geweckt hat, gegen zwei Uhr. Das muss da stehen.«
»Das steht da auch«, sagte Gstettner. »Es ist eigenartig, dass Sie das Telefon nicht gehört haben, Herr Kolb.«
»Das ist nicht eigenartig.« Wieder hatte er lauter gesprochen. Die Brille verrutschte, und er stippte den Bügel mit

dem Zeigefinger an die Stirn. »Wenn ich einschlaf, kipp ich weg, da hör ich nichts mehr, da bin ich wie tot.«
Gstettner las einige Zeilen. »Eigenartig«, sagte er noch einmal und las weiter.
Kolb beobachtete ihn, kniff wieder das rechte Auge zu, nestelte am Knoten seiner schwarzen Krawatte, die er über dem blauen Hemd trug.
»Eigenartig«, wiederholte Gstettner.
»Was denn?« Kolb lehnte sich zurück, lehnte sich vor und noch einmal zurück. »Was denn? Was machen Sie da? Finden Sie den Kerl, der meine Frau erschossen hat. Was verplempern Sie Ihre Zeit bei mir hier?«
»Die Zeit ist wichtig.« Gstettner legte die Blätter in die Mappe zurück. »Ihre Schwägerin hat gesagt, sie habe sich gewundert, dass Ihre Stiefel im Flur herumlagen, dass Ihre Winterjacke auf dem Boden lag, dass in der Wohnung Licht brannte. Sie haben gesagt, Sie hätten das Licht ausgemacht, bevor Sie schlafen gingen. Das sind Widersprüche, Herr Kolb. Was bedeuten die?«
Einige Sekunden lang kniff Josef Kolb beide Augen zu. Er schnaufte durch die Nase und wirkte, als quälten ihn bleierne Gedanken. Mehrmals schüttelte er den Kopf. Dann sah er zur Tür, legte den Kopf schief, horchte auf Geräusche aus der Küche. Doch es war still in der Wohnung. Kolb stand auf, ging zur Tür und schloss sie behutsam. Dann betrachtete er den zur Hälfte mit Kugeln, Sternen und Schokoladenplättchen geschmückten Weihnachtsbaum, eine niedrige, dicht gewachsene Tanne mit ausladenden Ästen. Der Baum stand neben dem antiken Holztisch, auf dem sich Schuhschachteln aneinanderreihten, in denen das Ehepaar seit zwanzig Jahren den Baumschmuck aufbewahrte, der teilweise schon Jasmin Kolbs Eltern gehört hatte.
»Den Baum haben wir gemeinsam ausgesucht«, sagte Kolb. »Auf dem Mariahilfplatz. Da gehen wir jedes Jahr hin. Hat sich bewährt, dort einzukaufen.« Er strich über

einen Ast, fast zärtlich. »Sie und Ihre Widersprüche. Deswegen kommen Sie zu mir. Ich versteh das. Sie müssen das tun, das ist Ihre Pflicht.« Er warf einen schnellen Blick zur Tür. »Sie weiß es noch nicht, aber ich werde den Heiligen Abend heut allein verbringen. Ich kann das nicht, ich will das nicht, dass Trude hier sitzt und wir dann beide anfangen zu heulen. Das ertrag ich nicht. Sie wird sauer sein, sie wird durchdrehen. Kann ich nicht ändern.«

»Sie waren vorgestern also nicht zu Hause«, sagte Gstettner, den Blick auf die Akte gerichtet. »Bitte setzen Sie sich wieder, sonst verrenk ich mir den Nacken.«

Zögernd kam Kolb zum Tisch zurück. Er klammerte sich an die Stuhllehne, und erst, als der Kommissar auf den Stuhl zeigte, nahm Kolb Platz, zwinkerte nervös mit dem rechten Auge und holte Luft. Trotzdem brauchte er eine Zeitlang, bis er wieder zu sprechen begann.

»Vorn in der Westenrieder …« Er griff zum Teller mit den Keksen, zog seine Hand dann wieder zurück. »Da ist ein nettes Lokal, da sind wir früher oft hingegangen, Jasmin und ich. Vor dem … bevor sie so schwer krank geworden ist. Ich bin auch allein hingegangen, wenn sie keine Lust hatte, auch schon vor … vor der Krankheit. Und … eine der Bedienungen heißt … ist das wichtig? Schreiben Sie das auf?«

»Noch nicht«, sagte Gstettner.

»Und später?«

»Weiß ich noch nicht. Wie heißt die Bedienung?«

»Klara. Ihr Name ist Klara, und ich … denken Sie bitte nichts Falsches von mir. Oder was Schlechtes. Bitte. Wir haben …« Er blinzelte mit dem rechten Auge, und der Kommissar war sich nicht sicher, ob Kolb ihm verschwörerisch zuwinkerte oder seinem Tick nachgab. »Ich hatte keinen Sex mit dieser Frau … Verstehen Sie mich? Ich hatte keinen Sex mit dieser Frau. Kommt Ihnen der Satz bekannt vor?«

»Ja«, sagte Gstettner. »Sie hatten, wie damals der amerikanische Präsident und seine Praktikantin, keinen Sex mit Klara.«
»So ist es.«
»Aber fast.«
»Wenn Sie das so nennen wollen.«
»Ich nenne das so«, sagte Gstettner. »Sie waren also vorgestern Abend wieder einmal bei Klara und hatten keinen Sex mit ihr.«
»Ja … nein, ich war nicht bei ihr …« Kolb verstummte, sah zur Tür, neigte wieder den Kopf. »Ich wollte hingehen«, sagte er in gedämpftem Ton. »Ich hatte das vor, ich war auch dort, vor Ort.« Er senkte den Kopf und blieb eine Weile stumm. Dann hob er mit einer abrupten Bewegung den Kopf. »Bin nicht rein. Ich blieb draußen, ich schlich rum. Drin war ihr Ex-Mann, wir sind … Freunde sind wir nicht, der Eberhard und ich. Also hab ich überlegt, was ich tun soll. Und dann hab ich gar nichts getan, bin rumgelaufen, und plötzlich war es zwölf in der Nacht, und ich musst mich schicken. Hätte ja sein können, dass meine Frau schon da ist. Dann hätt ich blöd geschaut. Hab die Sachen ausgezogen und bin ins Bett.«
Gstettner kritzelte Wörter auf seinen linierten Block, die Kolb nicht entziffern konnte, winzige, krakelige Buchstaben. »Warum?«
Verwirrt sah Kolb den Kommissar an. »Bitte? Was ›warum‹?«
»Warum sind Sie ins Bett gegangen?«
»Versteh ich nicht.«
»Sie hätten doch aufbleiben können.«
»Konnt ich nicht. Hab zu meiner Frau gesagt, ich wär krank, hätt einen Grippeanfall.«
»Was ist ein Grippeanfall?«, sagte Gstettner.
»Bitte was?«
»Was ist ein Grippeanfall?«

Kolb blinzelte mit beiden Augen. Er wusste nicht, was er sagen sollte. Er schüttelte den Kopf und schnaufte durch die Nase.
»Sie haben keine Grippe, Herr Kolb.«
»Nein.« Sein Mund formte ein gequältes Lächeln. »Nur einen … Anfall. Ich wollt nicht mit. Keine Lust auf ein Konzert. Im Grand Hotel da oben in Bogenhausen sind irgendwelche Streicher aufgetreten, weltberühmt, sagt Trude, die oft in Konzerte geht. Ich wollt da nicht hin.«
»Wegen Klara.«
»Bitte? Nein, nicht wegen Klara. Wegen mir. Ich bin kein Freund von klassischer Musik. Ich hör überhaupt wenig Musik. Selten. Deswegen hab ich einen Grippeanfall erfunden. Ich sagte, ich würd früh ins Bett gehen. Also hab ich mich beeilt, als ich heimkam.«
»Von einem Grippeanfall …« Gstettner blätterte einige Seiten um. »Da steht hier nichts. Ihre Schwägerin hat keinen Anfall erwähnt.«

»Davon wusste nur meine Frau.«
»Und sie hat es ihrer Schwester nicht erzählt?«
»Weiß ich nicht. Wenn da nichts steht …« Wie vorhin beugte Kolb sich über den Tisch und versuchte, etwas zu entziffern. »Ist das denn wichtig? Ob ich einen Grippeanfall hatte? Oder nicht?«
»Was wichtig ist, weiß man oft erst später.«
»Wann später?«
Der Kommissar legte die Blätter sorgfältig übereinander, stieß sie an den Seiten an, damit kein Blatt hervorstand. »Besitzen Sie eine Waffe, Herr Kolb?«
»Das haben Sie mich heut schon gefragt.«
»Ja.«
Nach einem Schweigen sagte Kolb. »Nein. Ich sage wieder: Nein, ich hab keine Waffe, wozu denn? Ich hab ein Schuhgeschäft, solche Läden werden nie überfallen.« Sein Grinsen dauerte nur eine Sekunde. »Glauben Sie, ich er-

schieß drei Menschen in der U-Bahn? Und dann auch noch meine Frau? Ich bin doch kein Mörder. Kein Serienkiller. Ich bin Schuhmachermeister, ich führ ein Geschäft, ich hab grad meine Frau verloren, weil der Serienkiller sie erschossen hat. Und Sie verdächtigen mich des Mordes am Heiligen Abend.«

»Ich mach mir ein Bild von Ihnen«, sagte Gstettner.

Kolb stippte wieder seine Brille an die Stirn. »Und wie schaut das aus, das Bild, das Sie jetzt von mir haben?«

»Ein Serienkiller sind Sie eher nicht«, sagte Bertram Gstettner und lächelte. Kolb hatte den Eindruck, der buschige Schnurrbart des Kommissars würde rascheln.

Zwischen dem 2. Januar und dem 22. Dezember erschoss ein bisher unbekannter maskierter Täter in verschiedenen U-Bahn-Stationen vier Menschen, zwei Männer und zwei Frauen, zuletzt die einundvierzigjährige Jasmin Kolb. Hinweise auf ein Motiv fehlten, die Auswertung der Tatortspuren erbrachte keine Übereinstimmungen mit den Daten im INPOL-System. In drei Fällen handelte es sich bei der Tatwaffe um eine 9-mm-Para-Pistole Modell 908, in einem Fall – der Ermordung der Sekretärin Jasmin Kolb – um eine SIG Sauer, wie sie viele Wachdienste benutzten. Die Nachforschungen in dieser Richtung dauerten noch an, und als sich Hauptkommissar Gstettner gegen 13 Uhr an diesem 24. Dezember von Josef Kolb verabschiedete, war er überzeugt, dass der Witwer mit den Morden nichts zu tun hatte, auch wenn in den Protokollen ein paar Ungereimtheiten auftauchten. Die Befragung der Schwägerin hatte keine neuen Hinweise ergeben. Waltraud Eberth hatte noch einmal den Hergang des Geschehens erzählt und wieder betont, wie sehr sich ihre schwerkranke Schwester auf diesen Abend gefreut hatte. Gstettner wusste, dass Jasmin Kolb an Brustkrebs erkrankt war und wegen ihrer Therapie nur noch selten die

Kraft gefunden hatte auszugehen. Ansonsten gewann der Kommissar den Eindruck, Waltraud würde sich heute an weniger Details erinnern als bei ihrer ersten Vernehmung. Ihre Beschreibung des Täters blieb so vage wie zuvor, er hatte eine schwarze Wollmütze vorm Gesicht und trug Jeans und eine dunkle Winterjacke. Er lief auf die beiden Frauen zu, als diese gerade die Rolltreppe herunterkamen, schoss sofort und rannte die Treppe hinauf und verschwand. Zu diesem Zeitpunkt befanden sich auf dem U-Bahnsteig acht Menschen, von denen keiner den Täter verfolgte. Gegenüber der Polizei sagten sie aus, sie hätten Angst gehabt.

Dafür hatte Bertram Gstettner Verständnis. Sein Heiliger Abend würde in diesem Jahr ausfallen, er würde eine Stunde lang mit seiner Frau und seinem Sohn essen und dann ins Dezernat zurückkehren, wo die Ermittlungen trotz der Feiertage weitergingen.

Auf dem Weihnachtsmarkt am Sendlinger-Tor-Platz leistete er sich eine Bratwurst, die er im Stehen aß.

»Das mach ich nicht«, sagte Waltraud Eberth. »Du spinnst doch. Du kannst mich an diesem Tag nicht wegschicken. Bist du betrunken?«

»Ich will für mich sein«, sagte Josef Kolb. »Das ist mein Recht.«

»Das ist nicht dein Recht, du Depp.«

»Geh jetzt, Trude.«

»Nein, ich geh nicht.«

»Dann muss ich dich rauswerfen.«

»Das wagst du nicht.«

Kolb packte sie an der Schulter und schob sie gegen ihren heftigen Widerstand zur Wohnungstür. Dort ließ er sie los. »Gehst freiwillig oder muss ich dich vor die Tür befördern?«

Als er sich von ihr wegdrehen wollte, verpasste sie ihm

eine Ohrfeige. Er blieb stehen, sah sie an, blinzelte mit dem rechten Auge und schob die Brille an die Stirn.
»Entschuldige«, sagte Waltraud.
Er blieb stumm.
Er sagte so lange kein Wort, bis sie ihre Sachen gepackt, den Mantel angezogen und mit einem letzten abschätzigen Blick auf ihn die Wohnung verlassen hatte. Daraufhin kehrte er ins Wohnzimmer zurück und fing an, den Baum zu Ende zu schmücken. Eine Astreihe, die nach vorn ins Zimmer ragte, ließ er frei.
Nachdem er alle Kugeln, Sterne, Kerzen und Schokoplättchen verteilt hatte, ging er ins Schlafzimmer und nahm einen grünen Karton aus dem Schrank. Mit einer Schere setzte er sich an den Wohnzimmertisch, auf dem das Foto seiner Frau stand, und öffnete den Karton. Er zögerte und sah zum Christbaum. »Das alles war dein Wunsch. Ich hab ihn dir erfüllt. Ich hab getan, was wir besprochen haben. Du wolltst die Therapie nicht fortsetzen, du wolltst einfach nichts mehr, und das hab ich gut verstanden. Und niemand wollt uns helfen.«
Er nahm eine blonde Perücke aus dem Karton, betrachtete sie lange und strich mit der Hand darüber, sehr sanft. »Die Pistole ist in der Isar, mach dir keine Sorgen«, sagte er zum Foto. »Deine Schwester ist sauber erschrocken, als sie mich gesehen hat. Nein, sie hat mich nicht erkannt, aber sie hat geschrien vor Schreck. Ich kann sie nicht leiden, war mir egal, ob sie einen Herzinfarkt kriegt. Ich hab alles gemacht, wie wir es besprochen haben. Niemand verdächtigt mich, nicht einmal Herr Gstettner, und du musst nicht mehr leiden, nie mehr musst du Schmerzen haben. Und jetzt …«
Ein Haar nach dem anderen schnitt er aus der Perücke, legte es behutsam auf den Tisch und strich es glatt.
Eine Stunde lang saß er so da.
Dann nahm er die Haare und hängte jedes einzelne über

die Tannenäste, die ins Zimmer ragten, mit großer Geduld und Akkuratesse. Am Ende zündete er die Lichterkette an, die er um den Baum gelegt hatte und trat einen Schritt zurück. Golden schimmerte das künstliche Haar seiner toten Frau, die jetzt erlöst war, zwischen den sattgrünen Zweigen.

Wie göttliches Lametta, dachte Josef Kolb. Unaufhörlich flackerte sein rechtes Lid, aber er bemerkte es nicht.

WIE SCHÖN WAR DOCH DIE KINDERZEIT

WIR kamen alle drei aus demselben Dorf. Bichl. Kennt niemand, aber wir wuchsen da auf und stellten Dinge an. Es waren die sechziger Jahre, irgendwo wurden eine Mauer gebaut, ein Präsident erschossen, ein Krieg geführt, noch jemand erschossen, eine neue Musik erfunden, die Welt auf den Kopf gestellt, und in Bichl kippte ein Sack Kartoffeln um.

Clausi und ich waren nicht dran schuld. Obwohl wir dem Kartoffelbauern Riedmüller, sooft es ging, das Leben zur Hölle machten, meist, indem wir seine Schweine oder seinen Schäferhund quälten, der, wie Riedmüller immer behauptet hatte, aus der direkten Linie von Hitlers Blondi stammte. Auf so etwas war der Typ stolz. Und als sein Köter eines Morgens, schon fast vollständig ausgeblutet, am Maibaum baumelte, wünschte er den Tätern ein KZ an den Hals.

Niemand regte sich über den alten Riedmüller auf, er war und blieb ein Nazi, und das war in einem bayerischen Dorf ungefähr so selten wie ein Kuhfladen. Zigeuner und Neger – damals, in der ehrlichen Zeit, hießen sie noch so – galten als die wahren Dreckskerle, und der alte Bencke, Clausis Vater, duldete keinen von denen auf einer Gemeindewiese. Manchmal tauchte ein heruntergekommener Zirkus auf oder sonstige Gaukler, unter ihnen oft schwarze Männer und Frauen – kein schöner Anblick für Hauptwachtmeister Bencke.

Keine Ahnung, ob er Hauptwachtmeister war, oder Hauptkommissar oder Oberinspektor, er trug eine Uniform, das genügte. Er und seine vier Kollegen hausten in der Polizeiinspektion direkt neben dem Feuerwehrhaus.

Am Wochenende führten sie Fahrzeugkontrollen durch, weil sie wussten, dass ab Freitagmittag jeder nur noch besoffen unterwegs war. Die Polizisten fanden ihr Auftreten irgendwie angemessen und faselten was von Respekt und dass man der Jugend beibringen müsse, sich im Straßenverkehr korrekt zu verhalten. So Zeug. Clausi schämte sich für seinen Vater und wurde deshalb von ihm regelmäßig verdroschen.

Das war normal. Väter verdroschen ihre Söhne und ihre Töchter und Frauen genauso. Im Dorf war immer was geboten. Als Clausi sich in Silvia verliebte, brannte wochenlang die Hütte. Im übertragenen Sinn, denn die Zeiten unseres Feuerteufels waren vorbei.

(Dieser Kerl hatte sich ein Jahr lang in der Gegend herumgetrieben und mehrere Bauernhäuser und Lokale abgefackelt. Warum er das getan hatte, blieb ewig im Dunkeln. Der alte Bencke erwischte ihn bei einer Verkehrskontrolle,

er sah die Benzinkanister im Kofferraum des verrosteten Opel und stellte den Mann, einen dreiundzwanzigjährigen Sohn eines italienischen Gastarbeiters und einer griechischen Gastarbeiterin, zur Rede. Der Kerl legte an Ort und Stelle ein Geständnis ab, dann sagte Bencke zur Verblüffung seines Kollegen Herbert, er solle abhauen. Der Kerl drehte sich um und rannte los, woraufhin Bencke ihn von hinten erschoss. Angeblich puhlte der Gerichtsmediziner drei Kugeln aus seinem Leib. Ob die Sache sich wirklich so abgespielt hatte, wusste niemand. Herbert war der einzige Zeuge und behauptete, der Kerl habe echt flüchten wollen, so dass sein Vorgesetzter gezwungen war zu handeln. Nicht mal Benckes eigener Sohn glaubte die Version, aber das war egal. Der Gastarbeiterbastard wurde in München beerdigt, wo seine Eltern lebten und wahrscheinlich dunkle Tränen heulten.)

Zu der Zeit, als Clausi sich in Silvia verschaute, war sie noch mit Pit zusammen. Er wohnte gegenüber der Gaststätte von Silvias Eltern und war schon mit dreizehn so was wie ein Künstler. Er bemalte Holzbretter, manchmal klebte er auch Federn und Papier drauf und sprühte eine Farbe drüber. Die Mädchen schmolzen nur so dahin. Mit seinen langen braunen Haaren und seinen unfassbar riesigen Augen sah Pit von Haus aus irgendwie kreativ aus. Jedenfalls für Leute auf dem Land und in einem Dorf wie Bichl, wo die Gesamtkultur aus dem alljährlichen Auftritt der »Oberbichler« bestand, einer Theatergruppe aus Vollpfosten, die in der Heimatbühne bayerische Stücke aufführte, die so originell waren wie ein Furz.

Und obwohl ich nichts von Kunst verstand, weder von Bildern noch von Musik oder Büchern, und mich ausschließlich für nichts interessierte, war Pit mein bester Freund. Ich kannte ihn seit meinem dritten Lebensjahr. Seine Mutter war Volksschullehrerin, sein Vater Apotheker in der Kreisstadt, wahnsinnig entspannte Leute, deren Wohnung immer aufgeräumt war und nach Früchten duftete. Und Pit war zwar so was wie ein Talentbolzen, aber überhaupt nicht aufgebläht oder angeberisch. Zumindest glaubte ich das damals, und vielleicht stimmte es zu der Zeit auch.

Er und Silvia trafen sich jeden Abend am See, manchmal hockte ich auch dabei, so lange, bis ich den Eindruck hatte, er wollte jetzt mal loslegen. Dann machte ich mich auf den Weg zum Koglwirt, dem Gasthaus von Silvias Eltern, und trank zwei bis drei Helle. Ich war dreizehn, Pit vierzehn und Silvia siebzehn. Wahrscheinlich hatte sie mehr Erfahrung als wir alle zusammen, einschließlich Clausi, der sechzehn war.

Clausis Interesse an Silvia war vor allem sportlicher Natur, er wollte sie kriegen und besitzen, bis er alles wusste, und dann seine Erfahrungen an andere Mädchen weitergeben. Der natürliche Lauf der Dinge. Und er brauchte nicht lange zu sägen. Silvia und Pit waren schon fast ein halbes Jahr zusammen, eine Ewigkeit, und Clausi war ein großer, kerniger Typ, dem die Mädchen praktisch nachliefen. Silvia entflammte für ihn, also verließ sie Pit, und der war am Ende. Er fing an, Schnaps zu saufen und in besoffenem Zustand die Fenster des Koglwirts einzuschlagen. Dann kam der alte Bencke, schleppte Pit auf die Dienststelle und sperrte ihn in die Zelle, die sie für Notfälle extra eingebaut hatten.

Pits Eltern bezahlten den Schaden und entschuldigten sich bei Silvias Eltern. Die waren nicht glücklich über die neue Beziehung ihrer Tochter, sie meinten, Pit hätte einen besseren Einfluss auf Silvia und er wäre nicht so ein vierschrötiger Bauernjunge wie der Clausi.

Ich fand, sie hatten recht, aber Silvia verspürte wohl gerade das unstillbare Verlangen nach etwas Vierschrötigem, und so blieb Clausi etwa vier Monate an ihrer Seite. Dann schlief sie noch einmal mit Pit und dann einmal mit mir.

»Hat's dir nicht gefallen, Tschollner?«, fragte sie hinterher. Wir lagen in einem Heuschober auf einer der riesigen Riedmüller-Wiesen am Rand des Dorfes.

»Doch«, sagte ich und entheute meine Haare.

»Weil du so komisch schaust.«

»Hat mir gut gefallen.« Ich war mir nicht ganz sicher, was sie alles mit mir angestellt hatte, ich hatte einfach die Augen geschlossen und mich ihr hingegeben. Doch ich fühlte mich erleichtert und stark.

»War das erste Mal für dich, oder?«

»Ja«, sagte ich.

»Hast du gut gemacht.« Sie lächelte und drückte mir einen Kuss auf die Wange. »Hör mal, Tschollner, dein Freund Pit hat sich zu einem ganz schönen Arschloch entwickelt. Er macht mit drei Mädchen parallel rum, und ich hab gehört, dass die Mutter von der Manuela auch was mit ihm haben soll. Stell dir das vor. Die ist doch uralt.«

Von der Sache hatte ich auch schon gehört, und ich wei-

gerte mich, sie zu glauben. Gleichzeitig war ich mir fast sicher, dass sie stimmte.
»Was sagst du dazu, Tschollner?«
Tschollner war mein Spitzname, niemand sagte meinen richtigen Namen, nicht einmal meine Mutter. Wo der Name herkam, hatte ich vergessen, ich war schon im Kindergarten so genannt worden.
»Das ist alles Blödsinn«, sagte ich. »Pit ist mein Freund.«
»Schon klar.«
Ich wollte nicht darüber reden. »Wie ist es in der Stadt?«, fragte ich stattdessen. »Wo wohnst du da?«
Vor drei Monaten hatte Silvia Abitur gemacht. Am nächsten Tag war sie nach München gezogen, wo sie Betriebswirtschaft studieren und eine Hotelfachschule besuchen wollte. »Bei einer Freundin. Aber ich such mir bald eine richtig große Wohnung, und dann machen wir eine WG, du, ich, der Clausi und Pit.«
»Wieso denn?«

»Weil wir alle aus demselben Dorf kommen. Und damit wir in der Stadt nicht verlorengehen.«
»So eine blöde Idee.«
Ein Jahr später zog Clausi nach München und zwei Jahre später Pit und ich. Wir wohnten in einer Fünf-Zimmer-Wohnung am Habsburger Platz, und außer Silvia ging niemand von uns auf die Uni.
Pit arbeitete als Zeichner für eine Werbeagentur, bewarb sich nebenher an der Kunstakademie und malte wie ein Besessener ein Gemälde nach dem anderen. Clausi hatte sich für die Polizeifachhochschule entschieden und strebte eine Zukunft als Hauptkommissar in der Mordkommission an. Und ich hatte – wie mein Vater, bevor meine Mutter ihn erhängt im Schuppen fand – einen Job als Gabelstaplerfahrer. In meiner Freizeit erledigte ich Auftragsarbeiten für Rottmann, dem Besitzer eines Nachtclubs im Norden der Stadt. Ich hatte ihn bei meinem ersten Besuch in dem

Club kennengelernt, wir kamen ins Gespräch, und als ich ihm eine Woche später einen albanischen Konkurrenten vom Hals schaffte, fasste er Vertrauen und stellte mich quasi an. Er bezahlte mich monatlich, und ich konnte mir die Arbeitszeit so einteilen, dass sie nicht mit meinen Pflichten im Baumarkt kollidierte. Angenehm und praktisch.

Über eine Galerie in Schwabing verkaufte Pit inzwischen seine ersten Bilder, auch bemalte und beklebte Holzarbeiten und was er sonst noch so bastelte. Clausi schaffte allen Ernstes die Prüfung in den gehobenen Dienst und fing bei der Kripo an. Auch bei Silvia lief alles reibungslos, abgesehen von ihren Beziehungen, die jeweils nach spätestens acht Monaten scheiterten. Dann tröstete sie sich mit Pit, aber der verarschte sie fundamental, besonders seit er fast eine Berühmtheit geworden war, regelmäßig zu Ausstellungen in England und Frankreich eingeladen wurde und

Verhältnisse mit etwa vier Frauen gleichzeitig unterhielt. Außerdem besuchte er regelmäßig das »Mietzy«, jenen Nachtclub, dessen Besitzer Rottmann hieß. Ich wusste immer, wann er dort aufschlug, meist mit zwei oder drei Freunden, ebenfalls Maler, die offensichtlich einen Haufen Geld besaßen und die Mädchen wie Billigware behandelten. Gelegentlich artete das Benehmen von Pit und seinen Kumpanen aus, dann setzte Rottmann sie vor die Tür. Aber sie kamen wieder, entschuldigten sich, warfen mit Geld um sich und forderten von den Mädchen, dass diese sich schlagen oder sonst wie traktieren ließen.

Eines der Mädchen, Gely, verliebte sich tatsächlich in den gutaussehenden, selbstbewussten, erfolgreichen Pit, und er tat so, als hätte er sich in sie verliebt. In unserer Wohnung prahlte er mit ihr und machte sich über ihre Naivität lustig.

»Die ist eine Nutte«, sagte er, »und glaubt echt, dass ich mich in so eine Schlampe verlieb. Die nehm ich noch ein paarmal her, und dann kommt die auf den Müll, ist ja ekelhaft, wie die mich anmacht. Als Nutte, verstehst du? Dieser Laden ist so lausig, aber ich mag ihn, er ist nicht so teuer, und die Nutten stellen keine Ansprüche. Bis auf die Gely, die will jetzt Liebe. Arme Sau.«

Natürlich hatte er keine Ahnung, dass ich den Laden gut kannte, und auch Rottmann wusste nichts von Pits und meiner Vergangenheit. Einen Monat, nachdem Pit sich in unserer Wohnung über Gely ausgelassen hatte, wurde die Leiche der jungen Frau auf einem Autobahnparkplatz nicht weit entfernt vom Mietzy-Club gefunden. Der Mörder hatte sie erstochen. Der frischgebackene Hauptkommissar Claus Bencke gehörte zum Ermittlerteam und befragte sämtliche Mitarbeiter des Clubs. Von Täter und Tatwaffe fehlte jede Spur. Die Rekonstruktion der letzten Stunden in Gelys Leben erwies sich als äußerst schwierig, da sie an diesem Tag frei gehabt und sich mit keiner Freundin getroffen hatte. »Möglicherweise hat einer ihrer Freier sie umgebracht«, meinte Claus, als wir einige Tage später gemeinsam ein Bier am Küchentisch tranken.

Silvia war mittlerweile ausgezogen. Pit war eh dauernd unterwegs und Claus fast Tag und Nacht im Dienst, so dass ich viel Platz für mich allein hatte, zumal ich nur noch drei Tage in der Woche im Baumarkt arbeitete, weil ich bei Rottmann wesentlich mehr Geld verdiente.

»Wir haben eine Menge Spuren in ihrem Auto gesichert«, sagte Claus. »Leider können wir keine einzige zuordnen, der Täter ist nicht registriert, er hat noch nie eine Straftat begangen.« Im Lauf der Zeit hatte mir Claus viel über die modernen Fahndungsmethoden und die Arbeitsweise der Mordkommission erzählt, über Tatortanalysen und Vernehmungstechniken, und ich hörte immer gern zu. Aus dem vierschrötigen Bauernschädel war ein schlaubauchiger Bullenkopf geworden.

Für Rottmann stand fest, wer die arme Gely ermordet hat-

te, und für mich auch. Ich sagte ihm, er solle sich keine Sorgen machen, wir bräuchten die Polizei nicht.
Da er mir vollkommen vertraute, ließ er mir freie Hand. Auf meinen regelmäßigen Fahrten nach und von Milbertshofen, einem der nördlichsten Stadtteile Münchens, fielen mir immer wieder alte Gebäude und Fabrikhallen auf, die vermutlich nur aus Kostengründen noch nicht abgerissen worden waren. Eine dieser Hallen hielt ich für den idealen Ort, um eine ungewöhnliche Ausstellung zu organisieren. Pit erzählte ich, dass ich in der Zeitung einen Bericht über das Gebäude gelesen hätte und die Stadt als Eigentümerin eine vorübergehende Nutzungslösung suche, am besten auf dem Gebiet der Kunst.
Pit drehte fast durch vor Begeisterung. Einer seiner Galeristen hatte irgendwo in London ein ähnliches Projekt verwirklicht und Tausende von Besuchern angelockt.
Wir fuhren in meinem Audi hin, um das Objekt zu begutachten. Die ehemalige Maschinenbauhalle bestand aus mehreren Ebenen, war lichtdurchflutet und bot riesige Wände zum Aufhängen von Bildern.

»Sauber, oder?«, sagte ich.
Pit nickte, rauchte sein Zigarillo, sprang herum wie ein durchgeknalltes Kind. Als er mich an sich drückte und mich auf den Mund küsste, zog ich die Paketschnur aus der Tasche, wickelte sie mehrmals um seinen Hals und zog zu. Das anschließende Gezappel erinnerte mich an meinen Vater damals, es hatte mindestens eine Minute gedauert, bis er endlich still gewesen war und ich ihn in den Schuppen hängen konnte. Meine Mutter, die er mindestens so mies behandelt hatte wie Pit später die Huren, fand die Leiche am nächsten Morgen.
Bis jemand Pits Leiche entdeckte, würden, so vermutete ich, mehrere Tage, wenn nicht Wochen vergehen. Ich steckte seinen Kopf in die Schlaufe des Seils, das ich extra mitgebracht hatte, und hängte ihn an einem Balken auf.

Um die fabelhafte bayerische Kriminalpolizei etwas anzuspornen, stellte ich noch einen billigen Laptop, den ich secondhand gekauft hatte, und eine nicht minder bedeutungslose Videokamera auf den wackligen Tisch in der Ecke. Vorher hatte ich mit der Kamera den dahängenden Pit gefilmt. Mein Kommissarsfreund und seine Leute würden sich das Hirn zermartern, was diese Installation zu bedeuten hätte und welche Hinweise auf den Täter sie enthielt.

Und in Erinnerung an seine Anfänge als bildender Künstler hängte ich Pit ein Schild aus Holz um den Hals, auf das ich mit krakeliger Schrift eine rote »1« gemalt hatte. 1 für »Hier hängt 1 Arschloch«.

Perfekt.

Ich saß auf dem Balkon unserer Wohnung am Habsburger Platz und dachte an die schöne Kinderzeit im Dorf und daran, dass unsere Eltern uns alle mit so großen Hoffnungen aufs Gymnasium geschickt hatten. Und beim nächsten Bier überlegte ich mir, wie ich das frei gewordene Zimmer einrichten sollte, das selbstverständlich mir zustand und nicht diesem Ersatz-Columbo Clausi.

DAMENWAHL, LETAL

EINE Stunde früher als erwartet betrat Esther Grohe am Samstag, dem 20. Dezember, die Lobby des Marriott Hotels. Sie ließ ihren Rollkoffer etwa zwei Meter vor der Rezeption stehen und ging auf eine Frau zu, die sie bereits zu erwarten schien.

»Bin ich bei Ihnen richtig?« Esther Grohe trug einen schwarzen Wollmantel, darunter einen schwarzen Rollkragenpullover und schwarze Jeans. Die blonden Haare hatte sie mit einer schwarzen Spange gebändigt, ihr schmales Gesicht sah weiß, beinah wächsern aus.

»Mein Beileid«, sagte die Frau hinter dem Tresen. Sie war *Front Office Manager* des Hotels und damit Chefin der gesamten Administration und zuständig für praktisch al-

les, was sich im Haus bewegte, vom Koffer über den Wagenmeister bis zum nervtötenden Gast, der angeblich seine Kreditkarten verloren hatte und jedes Zimmermädchen beschuldigte.

Birgit Felts war die Ruhe in Person. Obwohl sie erst neununddreißig war, kannte sie das Hotelgewerbe seit zwanzig Jahren, und was ihre Stammgäste betraf, so war sie mit deren Gewohnheiten und Tricks besser vertraut, als diese jemals erfahren würden.

Die blonde, schwarz gekleidete Frau, die vor ihr stand, war kein Stammgast. Trotzdem hatte Birgit Felts sie beim Hereinkommen sofort erkannt und den eigentlich zuständigen Kollegen an der Rezeption von seinem Platz verscheucht. Birgit schaffte das so souverän und lächelnd, wie sie einem Gast erklärte, dass er, wenn er seine Kreditkarte verloren hätte, mit der EC-Karte oder in bar bezahlen müsse.

»Wieso Beileid?« Esther Grohe formte ihre Lippen zu einer grimmigen Schnute, die Birgit sofort kindisch fand.

»Verzeihen Sie das Missverständnis«, sagte die Managerin. »Sie haben ein Zimmer gebucht?«
»Selbstverständlich.«
369, dachte Birgit Felts.
»Ein Einzelzimmer für zwei Nächte, auf den Namen Grohe, Esther.«
»Herzlich willkommen, Frau Grohe, schön, dass Sie sich für uns entschieden haben. Ich wünsche Ihnen einen angenehmen Aufenthalt in der Stadt.«
»Den werd' ich haben. Welche Nummer?«
»369«, sagte Birgit Felts und lächelte und schob der Frau das Anmeldeformular hin, legte einen silbernen Kugelschreiber daneben und lächelte weiter.
Zwei Stunden später klopfte es an der Tür von Zimmer 369. Kurz zuvor hatte Esther Grohe einen Anruf von der Rezeption erhalten. Ein Dr. Robertsen sei gekommen und wolle mit ihr sprechen. Das sei richtig, sagte sie, man möge ihn heraufschicken.
Vor ihr stand ein Mann, der zwar ungefähr genauso alt war wie ihr Liebhaber, der Berliner Anwalt Dr. Robertsen, allerdings zwei Nummern wuchtiger und mit einem Gesicht, das sie noch nie gesehen hatte.
»Sie sind hier verkehrt.« Esther Grohe, die in Hamburg als Maklerin für Hochpreis-Immobilien arbeitete und gewohnt war, sinnlose Leute abzuwimmeln, zog den Gürtel ihres Morgenmantels enger und wedelte mit der Hand.
»Da denken S' jetzt verkehrt, liebe Frau«, sagte der Mann. »Ich bin Ihr Selbstmörder.«
Danach verloren sich die Gedanken und Worte der einunddreißigjährigen Maklerin in einer Art biologischer Baugrube.
Als die Hausdame Frauke Kik, verantwortlich für sämtliche Dienstleistungen im Hotel, Frau Grohe fand, hing diese an einem Seil, das an der Vorhangstange verknotet war. Dank der Tatsache, dass Esther Grohe permanent streng

auf ihre Diät achtete, hatte die Stange den Körper der Frau gut getragen und war nicht zerbrochen. Vor dem Fenster lag ein umgekippter Sessel.

Derartige Fälle von Selbstmord hatte Executive Housekeeper Kik – Herrin über fünfzehn Mitarbeiter im Haus und dreiundvierzig externe Dienstleister – schon mehrfach erlebt. Das Beseitigen der Spuren bereitete ihr und ihren Kollegen nicht viel mehr Mühe als das Reinigen von Zimmern, in denen enthemmte Gäste auf unterschiedlichste Weise Schmutz und Chaos hinterließen.

Frauke Kik war bekannt und berüchtigt für ihre Detailverliebtheit, ihr Motto lautete: »Das Versäumte ist nicht nachzuholen.« Auch in ihren eigenen vier Wänden neigte sie zu grotesken, überflüssigen Putzanfällen, obwohl sie sich siebzehn Stunden am Tag im Hotel aufhielt. Und wenn sie einmal, was selten passierte, im Ausland Urlaub machte, ertappte sie sich dabei, wie sie ihr Hotelzimmer mit Zeitungen auslegte.

Innerhalb von einer Stunde sah Zimmer 369 so aus wie immer. Frauke Kik hatte sogar noch eine neue Vorhangstange organisiert, inklusive eines fabrikneuen, seidenartigen Vorhangs und dazu passenden Haken.

Über den Mann, der bei Esther Grohe geklopft hatte, redete niemand. Das Motiv für die Tat sah der ermittelnde Hauptkommissar der Münchner Kripo, Michael Ross, im Eifersuchtsdrama zwischen der Maklerin und dem verheirateten Anwalt Dr. Felix Robertsen.

Nach Recherchen der Polizei wollte sich Robertsen zu einer letzten Aussprache mit seiner Geliebten treffen, und zwar unter Vortäuschung eines romantischen vorweihnachtlichen Wochenendes in einem Münchner Hotel. Hier stieg Robertsen regelmäßig ab, was – so Hauptkommissar Ross – Esther Grohe nicht wusste. Sie wurde also von ihrem Geliebten arglistig getäuscht. Nachdem Robertsen mit Esther in deren Einzelzimmer – der Anwalt hatte auf getrennten Zimmern bestanden – gesprochen und ihr vorgeschlagen hatte, zwei letzte schöne gemeinsame Tage zu verbringen, habe er laut Polizei und der Zeugin Frauke Kik, die ihm zufällig auf dem Flur begegnet war, das Zimmer verlassen, um in seinem eigenen zu duschen. Kurz darauf kam es dann zur »Kurzschlusshandlung der Frau Maklerin«, so Hauptkommissar Ross.

»Schlimme Sache«, sagte Birgit Felts.

Sie saß mit Frauke in ihrem Büro. Es war ein Uhr nachts. Polizei, Sanitäter und Leichenbestatter hatten das Hotel längst verlassen. Drüben in der Bar saßen nur wenige Gäste. Keiner von ihnen hatte von den Ereignissen in Zimmer 369 etwas mitbekommen.

»Unsere letzte kalte Abreise hatten wir vor vier Monaten«, sagte Frauke. Auf ihren Knien hielt sie eine Plastiktüte, auf der ihr Name stand. Mit dem bekannten Textildiscounter verband sie allerdings nichts weiter. »Wie war übrigens dein Gespräch heut Mittag mit Felix?« Als Birgit Felts vor fünf Jahren als *Front Office Manager* im Hotel anfing, hatte Frauke augenblicklich eine Konkurrentin gewittert – nicht in Bezug auf das berufliche Tun, sondern bei der Auswahl männlicher Gäste zum Zeitvertreib neben all der Plackerei.

»Welcher Felix?« Seit sie hier angefangen hatte, sah Birgit Felts in der zwar etwas übergewichtigen und oft laut auftretenden Frauke eine Konkurrentin vor allem im Hinblick auf Männer, denen, aus welchen Gründen auch immer, schönes Schlanksein wenig bedeutete.

»Dr. Robertsen«, sagte Frauke.

Daraufhin herrschte Schweigen.

Dann öffnete Frauke die Plastiktüte und griff hinein. »Dieses Bündel«, sagte die Hausdame und hielt die Geldscheine in die Höhe, »sind fünftausend Euro. Vier Bündel sind drin. Ist das dein eigenes Geld oder hast du's im Hotel abgezweigt?«

»Du alte Zicke«, sagte Birgit laut. Erschrocken blickte sie zur Tür und stand auf. »Welches Geld soll das sein?«

Als Zicke bezeichnet zu werden, war Frauke in ihrer Eigenschaft als jedermann nervende Superverantwortliche gewohnt. »Das hast du meinem Freund Ludwig gegeben, damit er diese Esther umbringt, mit der Dr. Robertsen dich abserviert hat. Du hast Felix zu einem Mittagessen überredet, damit mein Ludwig in Ruhe seinen Job erledigen kann. Und er ist gut, das weißt du, sonst hättst du ihn ja nicht engagiert. Bevor er Clubbesitzer wurde, war er so was wie ich, ein Cleaner. Er hat Probleme gelöst. Dreck weggekehrt. Blöderweise – und du weißt, der Hellste unter der Sonne ist er nicht – hat er mir von dem Plan erzählt. Er war irgendwie stolz drauf. Ich hab ihn nicht dran gehindert. Dr. Robertsen hat mich auch abserviert. Ist schon eine Weile her. Das war vor dir. Damals warst du noch nicht bei uns. Wie geht's jetzt weiter?«

Zunächst ging es mit einem erneuten Schweigen weiter und der Verfärbung von Birgit Felts' Gesicht, dessen Schminke im Lauf des Tages eh schon arg gelitten hatte.

In der Zwischenzeit packte Frauke das Geldbündel wieder zu den anderen, verknotete die Plastiktüte und stand ebenfalls auf. »Entweder du oder er«, sagte sie in einem Tonfall, der nicht salbungsvoller hätte klingen können.

»Wer er?«, erwiderte Birgit. Ihr Gesicht sah so wächsern aus wie jenes von Esther Grohe bei deren Ankunft. »Felix? Robertsen?«

»Das wär ja zweimal derselbe. Nein, du oder er. Ludwig.«

»Dein Ludwig?«

»Mein Ludwig.«

»Und nicht Felix?«

»Oder halt du«, fügte Frauke hinzu, und, zum besseren Verständnis für die unter Schock oder unterzuckert dastehende Managerin, noch einmal: »Du oder er.«

Birgit griff nach der Hand ihrer Kollegin und drückte sie

seltsam bewegt. »Liebst du denn deinen Ludwig nicht mehr?«
Frauke vertiefte die Zweisamkeit, indem sie Birgit auf die Wange küsste. »Doch. Aber Felix ist mir lieber. Ich denk jetzt, das Versäumte lässt sich doch nachholen. Und wenn Felix uns beide kriegt, ist er noch glücklicher, als er eh schon heißt.«
Etwas in Birgits Gesicht veränderte sich. Als würde die Haut grinsen, nicht nur der Mund. Frauke fand, es sah irgendwie irre aus, fast gespenstisch.
»Und … und was wird aus …« Birgit gingen die Worte aus.
»Du weißt ja, Ludwig trinkt gern Milch mit Ahornsirup nach seinem sechsten Whiskey. Grauslich. Ich geb vorher etwas Tirac-Plus in die Milch, ein Esslöffel genügt, schmeckt wie Ahornsirup.«
»Ist das das weiße Pulver, das du immer benutzt, wenn jemand …«
»Genau. Im Körper wirkt es wie überall – gründlich.«
»O Gott.«
Genau das waren auch die letzten Worte, die Ludwig Bergfried, Barbesitzer aus der Schillerstraße, über die Lippen krochen. Ein tragischer Haushaltsunfall eines schwer Betrunkenen, so der ermittelnde Hauptkommissar.
Seither trafen sich *Front Office Manager* Birgit Felts und *Executive Housekeeper* Frauke Kik jeden Mittwoch um 19 Uhr in der Hotelbar Charlys zu einem Zweierstammtisch. Das reibungslose Funktionieren eines so großen und vornehmen Hotels – darin waren sich die beiden Frauen an Heiligabend einig wie nie zuvor und erhoben darauf ihre Mojito-Gläser – basierte auf zwei fundamentalen Säulen: absoluter Teamarbeit und hundertprozentigem gegenseitigen Vertrauen.

WO ES DEM VERBRECHER SCHMECKT

ER wollte nicht mehr zuhören. Seit einer Stunde hörte er ihr zu, jetzt hatte er keine Lust mehr. Er wollte still dasitzen, im *Kicker* lesen und sonst nichts. Aber sie hörte nicht auf zu sprechen.

Er sagte: »Ich habs verstanden.«

Sie sagte: »Scheint mir nicht so.«

Er sagte: »Ich mach so was nicht.«

Sie sagte: »Niemand kommt zu Schaden, und wir sind gerettet.«

Über diese Bemerkung dachte er eine Weile nach, dann schwappte ihre Stimme wieder über seine Gedanken. Er lehnte sich zurück und versuchte, sich an den Namen des Berliner Sponsors zu erinnern, der seit einer Woche seinen Verein, die Münchner Löwen, unterstützte. Er kam nicht drauf.

»Wenn du willst, erklär ich's dir noch mal«, sagte Elisabeth Klier. »Aber eigentlich gibt's da nichts zu erklären.« Sie trank einen Schluck Weißwein, stellte das Glas auf den Tresen, der als Küchenteiler fungierte, und wartete auf eine Antwort.

Am Anfang hatte der neunundfünfzigjährige Gideon Klier geglaubt, seine Frau habe den ganzen Tag getrunken und zu viel ferngesehen. Bis ihm klarwurde, dass sie es ernst meinte, verging fast eine Stunde. Inzwischen, so schien ihm, war sie tatsächlich betrunken. »Aha«, sagte er. Dann überlegte er, ob er noch ein alkoholfreies Bier trinken sollte. »Verstehe. Ja. Aha.« Er entschied sich gegen das Bier.

»Wir bedrohen sie. Womit noch mal?«

»Hörst du nicht zu? Mit einer Pistole. Wir haben eine Pistole.«

»Wir haben keine Pistole«, sagte Klier.
»Nicht wir persönlich.« Elisabeth machte eine Pause, fuhr mit dem Zeigefinger über den Rand des Glases, und ihre Lippen zuckten, wie bei einem unauffälligen Lächeln. Das gefiel Klier nicht.
»Wer dann?«, sagte er.
»Manuel.«
Sofort fragte er sich, ob er den Namen bisher überhört hatte. Er wusste es nicht. Er bezweifelte es, aber er war sich nicht sicher. Er wollte seine Ruhe. Er wollte ins Wohnzimmer gehen und im *Kicker* lesen und sonst nichts. Morgen Mittag würde er noch eine Fahrstunde geben, dann war Pause bis Mitte September. Was danach kam, lag im Dunkeln. Aber er würde sich nicht kleinkriegen lassen, er würde seine Schulden abbezahlen, trotz aller finanziellen Probleme einen neuen Wagen anschaffen und vielleicht sogar das Büro streichen lassen. Seine Fahrschule hatte immer noch einen Namen in der Stadt, auch wenn er die Filialen in den anderen Stadtteilen hatte schließen müssen und nur noch eine in Giesing besaß. Fahrschule Klier.
Scheiß auf die Konkurrenz, dachte er, jetzt war Sommer.
»Es wär gescheiter, du würdst mir zuhören.« Elisabeth Klier schenkte sich ein neues Glas ein und prostete ihm zu, was er abseitig fand.
Aber er sagte: »Zum Wohl, Lise. Was hat Manuel damit zu tun?«
»Wo bist du denn mit deinen Gedanken? Ich hab ihn engagiert. Einer muss den Mund aufmachen.«
Kliers Unterkiefer klappte nach unten, er starrte seine Frau mit einem Gesichtsausdruck an, der Lise irgendwie behämmert vorkam. »Guck doch nicht so blöde«, sagte sie.
Er schloss den Mund und schüttelte den Kopf. Allmählich nahm der Plan, von dem Lise ihm erzählte, Konturen an, endlich begriff er, wovon sie redete und welche Konse-

quenzen ihnen damit drohten. Das, was sie vorhatte, könnte eine Lösung sein, dachte er plötzlich. Dann fielen ihm gleichzeitig eine Menge anderer Dinge ein, die er nicht zu Ende denken konnte, weil die eindringliche Stimme seiner Frau ihn zum Zuhören zwang.

»Wir sind morgen Abend bei den beiden eingeladen, das weißt du«, sagte sie.

Er hatte nicht mehr daran gedacht. Er wollte da nicht hingehen, wozu denn? Sie waren bloß Publikum, Paul erzählte von der bevorstehenden Reise und seinem Restaurant und seinem Auto, das er »Das Mobil« nannte, Anita servierte das Essen und den Wein und behandelte ihre Gäste wie Kinder.

»Ich weiß«, sagte Klier.

»Wir gehen hin, sitzen eine Stunde rum, dann klingelt's, Paul geht zur Tür, öffnet, und Schlagzu.«

»Schlagzu? Was heißt Schlagzu?«

»Nur so ein Ausdruck von Manuel.« Lise trank und schwenkte das Glas. »Ich hab ihm von meiner Idee erzählt, er kennt sich aus, er war fünf Jahre im Gefängnis ...«

»Drei.«

»Er kennt sich aus. Er hat zwei Waffen, zwei Pistolen. Oder Revolver, ich weiß nicht. Für den Notfall. Wir teilen durch drei, ich mein', durch zwei natürlich. Manuel kriegt die Hälfte. Das ist gerecht.«

»Von welchem Geld?«, sagte Klier. Seine Mietschulden für die ehemaligen Räume in Schwabing, Neuhausen und Riem und die Schulden für die Fahrzeuge, die er hatte abgeben müssen, beliefen sich auf rund hunderttausend Euro, eine Summe, über die er mit seiner Bank seit Monaten verhandelte. Und weil er ein langjähriger, solider Kunde bei der Stadtsparkasse war, rechnete er nicht mit einer totalen Absage für einen Kredit. Die Zeiten waren hart, auch wenn die Sparkassen von der globalen Misere weniger gebeutelt wurden als andere Geldinstitute.

»Pauls Geld«, sagte Lise laut, trank, sah ihren Mann grimmig an, trank noch einmal.
Damit hatte Paul Severin immer wieder geprahlt: dass er nicht so krank sei, sein ganzes Geld auf einer Bank zu deponieren. Jeder Geschäftsmann, sagte er, brauche Spielgeld für den Notfall, und sein Spielgeld lagere in einem Safe bei ihm zu Hause, rund eine Viertelmillion. Unter Freunden dürfe man das sagen.
Unter Freunden.
Früher, als sie gemeinsam in den Süden gefahren waren, jedes Ehepaar im eigenen Wohnmobil, waren sie Freunde gewesen, Männer auf der gleichen Ebene, gut verdienende unauffällige Geschäftsleute, die im Urlaub kein Wort über ihre finanzielle Situation verloren, wozu denn? Sie waren da, sie luden Leute zum Essen ein, sie führten ihre Frauen aus, sie zahlten Steuern und holten sie sich zurück, wie alle, mit denen sie verkehrten.
Seit zwei Jahren nicht mehr.
Klier hatte nicht nur die Autos seiner Fahrschule und den Polo seiner Frau verkaufen müssen, sondern auch seinen weißen Carthago. Steuern bekam er schon lange keine mehr zurück, im Gegenteil. Mit seinem geheimen Konto in Österreich hatte er einen Teil seiner Steuerschulden in Deutschland beglichen. Eine einzige Überweisung war ihm zum Verhängnis geworden.
Trotzdem wollte er in Ruhe den August genießen und sonst nichts.
»Wir spielen die Geiseln«, sagte Lise. »Manuel räumt den Tresor aus, dann nimmt er uns als Geiseln mit.«
»Alle beide?«, sagte Klier, als habe er intensiv über den Ablauf des Überfalls nachgedacht.
Lise zögerte. »Ja.« Anscheinend brachte sie die Bemerkung aus dem Konzept. »Wahrscheinlich. Damit es überzeugender wirkt. Aber vielleicht hast du recht, vielleicht sollte Manuel nur eine Geisel mitnehmen.«

»Und wen von uns?«
Nachdem sie eine Zeitlang ihr Glas betrachtet hatte, sagte Lise: »Mich am besten. Weil ich eine Frau bin. Geiselnehmer denken immer, dass Frauen die besseren Geiseln sind.«
»Woher weißt du, was Geiselnehmer denken?«, sagte Klier.
»Was hältst du von dem Plan?«
Er hielt nichts davon. »Interessant«, sagte er. »Und Manuel macht mit?«
»Morgen Abend. Denen wird ihr Urlaub sauber vergehen. Und wir sind unsere Schulden los. Komm, trink ein Glas mit mir. Willst du ein Bier?«
Er trank ein Bier mit ihr, dann küssten sie sich, und weil er den speziellen Blick seiner Frau kannte, zog er sie aus und schlief mit ihr vor dem Tresen. Danach saßen sie schweigend vor dem Fernseher. Klier dachte an das Geld, mit dem er sein Geschäft wieder in Schwung bringen könnte, Elisabeth dachte an Manuel, mit dem sie ihr Leben wieder in Schwung bringen wollte.

Der siebenschüssige Smith & Wesson war die Hauptwaffe. Sollte sie nicht genügen, würde Manuel Gebhard die Pardini zum Einsatz bringen, eine großkalibrige Sportpistole, die er einem ehemaligen Knastkumpel für sechshundert Euro abgekauft hatte. Im Magazin lagen dreizehn Patronen, das musste genügen.
Für den sechsunddreißigjährigen ehemaligen Immobilienmakler war der Überfall am Hans-Mielich-Platz, fünf Minuten von seiner Wohnung entfernt, der Startschuss für seinen Lauf zurück ins Leben. Nach vier öden Jahren auf der verschatteten Wartebank sehnte er sich nach dem einzig wahren Scheinwerfer, der Sonne. Er hatte zwei Freunde auf Mallorca, die wussten, wie man Geschäfte mit Häusern und Appartments betrieb, egal, welche Tricks die spa-

nische Regierung sich noch einfallen ließ, um ausländische Investoren zu schikanieren. Mit diesen Freunden plante er seine Zukunft. Und in dieser Zukunft hatte Anita keinen Platz. Aber das wusste sie noch nicht, und sie brauchte es auch nie zu erfahren.

Lange, mehr als zwei Jahre, hatte Manuel an dem Plan gebastelt, um ihn im richtigen Moment am richtigen Mann zu erproben, das heißt an der richtigen Frau. Ein paar Andeutungen, und Lise schnappte nach dem Köder. Bei Anita dauerte es nicht länger. Vermutlich nahm er wegen der Unwägbarkeit der Situation zwischen den Frauen die zweite Waffe mit. Niemand konnte vorhersagen, was passierte, wenn klarwurde, dass er nicht mit Lise, sondern mit Anita abhauen würde. In diesen Dingen, das hatte er schon mit zwanzig vollkommen begriffen, waren Frauen weniger berechenbar als ein Tsunami, für Frauen gab es keine Frühwarnsysteme, nirgendwo auf der Welt.

Paul Severin stellte keine Gefahr dar. Er wäre zu dem Zeitpunkt schon tot. Das hatte Anita so beschlossen.

Gideon und Lise Klier steckten zu tief mit drin. Wenn sie zur Polizei gingen, hätten sie ihre Fahrschule für alle Zeit gegen die Wand gefahren.

Endlich raus hier, dachte Manuel, raus aus dem versifften Schrotthaus, weg von der verpesteten Gegend.

Nach dem Zusammenbruch seines Maklerbüros und nachdem er seine Strafe wegen Urkundenfälschung und Steuerhinterziehung abgesessen hatte, war Manuel Gebhard in ein heruntergekommenes, zweistöckiges Haus in Untergiesing gezogen, das direkt neben einem Bahndamm lag. Fünfzig Meter hinter der Unterführung betrieb sein ehemaliger Konkurrent Schneider ein florierendes Großraumbüro. Jedes Mal, wenn Gebhard an den Fenstern vorbeiging, spuckte er aus.

Eigentlich, dachte er, während er am Fenster stand und

rauchte und den Eurocity nach Salzburg vorbeirasen hörte, sollte er Schneider ebenfalls aus der Welt schaffen.
»Ich vergebe dir«, sagte Manuel zur schmutzgrauen Gardine und beschloss, zur Feier des Tages seine Waffen zu reinigen.

»Ich ertrag das nicht mehr«, sagte Paul Severin zu seiner Frau. »Diese graublauen Bezüge sehen aus wie bei der Bundesbahn. Und sie kratzen, das hab ich dir von Anfang an gesagt, die kratzen mir die Haut auf. Und dir auch.« Er grinste sie an und tätschelte ihren Oberschenkel.
Sie saß neben ihm am gedeckten Tisch. Er trank Bier aus der Flasche und rieb sich die Hände. Er fühlte sich gut.
»Der Prismo hat ausgedient. Im Winter macht er Probleme im Schnee, im Sommer überhitzt er sich. Weg mit dem. Ich will den großen Hymer, acht zwanzig lang, zwei dreißig breit, das sind Maße. Und Fußbodenheizung haben wir auch. Die Ausstattung ist hell, modern, luftig, nicht so spießig wie beim Prismo. Ich versprechs dir, zum Lido fahren wir nächstes Jahr mit dem Hymer. Ich hab mich schon erkundigt, das klappt alles rechtzeitig mit der Lieferung.«
»Aber der ist so teuer«, sagte Anita Severin zu ihrem Mann.
»Ich krieg ihn für neunzig, hab schon verhandelt, sie nehmen den Prismo in Zahlung und verscherbeln ihn weiter. Du wirst begeistert sein, ich zeig dir Fotos im Urlaub, da hauts dich um.«
Ihnen gegenüber am Tisch saßen Elisabeth und Gideon Klier und hörten zu. Jedes Mal, bevor ihre Freunde in Urlaub fuhren – im Sommer für vier Wochen an den Lido di Jesolo, im Winter neuerdings nach Leutasch –, trafen sie sich zu einem »Restevertilgungsabend« in der Dachgeschosswohnung der Severins am Hans-Mielich-Platz. Im Erdgeschoss befand sich das Severin, ein bayerisches Gast-

haus, das bei jungen Leuten aus dem Viertel ebenso beliebt war wie bei älteren Besuchern, die aus der ganzen Stadt nach Untergiesing kamen. Da das Lokal keinen Biergarten hatte, sperrte Paul Severin jedes Jahr den gesamten August und zwei Wochen im September zu, außerdem, und das wusste inzwischen jeder Gast, vom dreiundzwanzigsten Dezember bis zum fünften Januar. In diesen Zeiten gönnte sich das Ehepaar einen Urlaub im Wohnmobil.

»So schauts aus«, sagte Severin. Er meinte niemand und nichts Bestimmtes. Vom Wurstaufschnitt war nichts mehr übrig, das Käsebrett war leer, ein paar Gewürzgurken, eingelegte Zwiebeln und von Anita ordentlich geschälte, geputzte und geschnittene Karottenstangen lagen noch auf den Tellern, im Korb zwei Semmeln und zwei Scheiben Brot.

Zwei Stunden lang hatte Severin vom Geschäftsverlauf im Herbst erzählt, dann hatte er das Gespräch auf die von der Rezession bedrohte Lage auf dem »Mobil-Markt« gebracht, wobei er meinte, Gideon solle froh sein, dass er mit alldem nichts mehr zu tun habe. Klier hörte zu und dachte an vieles. Zwischendurch redeten seine Frau und Anita in leiserem Ton über Blumen und Kaufhäuser, sie stießen mit ihren Weingläsern an, und es sah aus, als würden sie sich mögen. »Pass auf, du kleckerst«, sagte Anita mehrmals zu Elisabeth wie zu einem kleinen Mädchen.

»Dusche und Klo sind extra«, sagte Paul Severin gerade, als es an der Tür klingelte und er aufstand. »Das Mobil ist nicht zu groß, aber du hast trotzdem den Eindruck, in einem Zimmer zu sein und nicht in einer Kammer. Verstehst, was ich mein?«

»Ja«, sagte Klier. Es war sein erstes Wort seit ungefähr einer halben Stunde, was außer ihm vermutlich niemandem aufgefallen war.

»Scheiße«, sagte Severin an der Tür, mehr nicht.

Der Faustschlag zerschmetterte seine Nase. Er sackte zu

Boden. Der maskierte Mann sperrte die Tür ab und schleifte den blutenden Severin ins Wohnzimmer. Die drei Personen am Tisch blieben wie erstarrt sitzen. Severin schnappte nach Luft. Der Maskierte, der eine schwarze Wollmütze mit Augen- und Mundschlitzen und schwarze Lederhandschuhe trug, sah sich um, ging zur Couch, nahm ein besticktes rotes Kissen. Dann zog er aus einer der Taschen seines abgewetzten grünen Parkas eine Pistole.

Als Severin anfing, über den Boden zu kriechen, prustend, mit blutüberströmtem Gesicht, versperrte der Maskierte ihm den Weg, und weil Severin sich an seine Beine klammerte, trat er ihm in den Nacken. Mit einem harten Geräusch schlug Severins Kopf auf dem Parkett auf.

»Die Nummer vom Tresor«, sagte der Unbekannte.

Severin spuckte Blut. Der Maskierte kniete sich neben ihn. »Die Nummer vom Tresor will ich hören.«

Aus Severins verzerrtem, verschmiertem Mund kam ein Krächzen.

Der Maskierte sprang auf, ging zum Tisch, richtete die Pistole auf Anitas Kopf. »Die Nummer vom Tresor.«

»Weiß ich nicht«, sagte Anita Severin. Sie zitterte am ganzen Körper. Ihre Finger bewegten sich unaufhörlich auf und ab, Speichel rann aus ihrem Mund und tropfte auf ihre blaue Bluse.

»Du weißt die Nummer nicht?«

Anita schüttelte den Kopf und hörte nicht mehr damit auf.

»Dein Mann hat dir die Nummer nicht verraten?«

Sie schüttelte den Kopf.

»Kein Vertrauen«, sagte der Maskierte. Er versuchte, seine Stimme zu verstellen, aber Klier fand, dass es ihm nicht sehr gut gelang. Manuel drückte den Lauf der Waffe gegen Anitas Stirn. »Erinnere dich.«

»Das … das tut weh.« In ihren Augen standen Tränen.

»Die Nummer.«

»Weiß ich doch nicht«, flüsterte Anita.
Im nächsten Moment stand Manuel wieder vor Severin, der sich mit den Armen abstützte und gurgelnde Laute von sich gab.
»Jetzt die Nummer, bitte«, sagte Manuel und trat Severin zweimal auf die rechte Hand. Der Wirt schrie auf, verschluckte sich, spuckte Blut, röchelte. »Bitte? Lauter! Sprich jetzt.«
»Zwei ... eins ... null ...« Severin sackte in sich zusammen. Manuel packte ihn an den Haaren und zog seinen Kopf hoch. »... eins ... neun ... sechs ...« Er japste wie ein Ertrinkender. Manuel wiederholte die Zahlen. »F... f...fünf.« Aus Severins Augen flossen Ströme von Tränen. Manuel ließ seinen Kopf los, der wieder auf den Boden krachte.
»Das ist mein Geburtstag«, stieß Anita hervor. »Zweiter Oktober neunzehn...«
»Wo?«, sagte Manuel zu ihr.
»Was?« Verwirrt schaute sie ihn an.
»Wo ist der Tresor?«
Anita brauchte eine Weile für die Antwort. »Im Schlafzimmer«, sagte sie abwesend.
Manuel verschwand. Serverin zuckte, hob den Arm, stieß einen gepressten Schrei hervor, spuckte wieder aus, krümmte sich, zappelte mit den Beinen. Dann kippte sein Körper zur Seite und zuckte noch ein paarmal.
Mit dem Kissen in der einen und der Pistole in der anderen Hand kam Manuel aus dem Schlafzimmer zurück. »Alles da!« Er ging zu Severin, hielt das Kissen vor die Waffe, stutzte. Er betrachtete den leblosen Körper, bevor er seinen rechten Handschuh auszog und zwei Finger an Severins Hals legte. »Der ist hin. Herzinfarkt. Schau dir die verkrümmten Pratzen an. Der hat sich selber abgeschafft. So kanns gehen.«
Im Aufstehen zog Manuel den Handschuh wieder an.

Ein Schweigen und ein unangenehmer Geruch breiteten sich aus.

Das Schweigen endete, der Geruch wurde stärker.

»Wieso hauen Sie nicht ab?«, sagte Elisabeth Klier zur Überraschung ihres Mannes. »Sie haben doch alles …« Und mit ausgestrecktem Arm zeigte sie in Richtung Flur, wo das Schlafzimmer mit dem offenen Tresor war.

Mit einem Mal hörte Anita auf zu zittern. »Du kannst die Maske abnehmen«, sagte sie zu Manuel.

Er riss sich die Mütze vom Kopf und strich sich angewidert übers Gesicht. »Ich erstick gleich. Wo ist mein Bier?«

Anita sah ihre beiden Freunde an. »Entschuldigung, dass wir euch mit reingezogen haben. Ich konnte das Abendessen nicht mehr absagen, und heut war genau der Moment, um die Sache durchzuziehen. Wenn ihr zur Polizei geht, bringt Manuel euch wahrscheinlich um.«

»Ah …«, sagte Elisabeth.

Klier war sich sicher, dass seine Frau etwas anderes sagen wollte, ein längeres Wort, einen dramatischen Satz.

»Der Plan war, Manuel nimmt mich als Geisel mit, vor den Augen von euch Zeugen …«

»Von uns Zeugen …«

Immerhin, dachte Klier, schaffte sie jetzt schon drei Worte.

»… Genau, vor euch Zeugen. Später lässt er mich frei und verschwindet. Und ich verlass meinen Mann und kehr zu ihm zurück, zu Manuel. Was ist los mit dir, Lise? Manchmal muss man halt Entscheidungen treffen, und manchmal verlangen solche Entscheidungen nach Blut.«

Elisabeth Klier würgte an Wörtern, die nicht herauskommen wollten.

»Wir geben euch was ab«, sagte Anita. »Zehntausend sind leicht drin. Ist doch selbstverständlich.«

»Du bist eine Schlampe«, sagte Elisabeth, obwohl sie etwas ganz anderes sagen wollte.

»Und du wirst immer eine Verliererin bleiben«, sagte Ani-

ta und lächelte Manuel an, dem der Schweiß über die Wangen lief.
Und du wirst immer eine Verliererin bleiben.
Noch oft musste Giseon Klier später an die letzten Worte der Frau seines ehemals besten Freundes denken.

Sie hatte den Willen. Sie hatte ein Motiv. Sie hatte die Gelegenheit. Sie war zur richtigen Zeit am richtigen Ort. Dachgeschoss, Hans-Mielich-Platz, Ecke Kühbacher Straße, Sonntag, 22. Dezember, 23 Uhr 12. Das Käsemesser mit der geschwungenen Doppelspitzklinge lag direkt vor ihr auf dem Teller. Sie griff danach, beugte sich vor und stach Anita in den Hals. Die vierundvierzigjährige Wirtin kippte mit dem Stuhl um, zappelte wie ihr Mann eine Zeitlang mit den Beinen und starb.
»Aus einer Eingebung heraus«, sagte Gideon Klier noch in derselben Nacht zu seiner Frau, sei er daraufhin aufgesprungen, habe dem verdutzt glotzenden Manuel Kissen und Pistole aus der Hand gerissen, das Kissen auf sein Gesicht gedrückt – »warum, weiß ich nicht« – und ihm ins Herz geschossen. Nie zuvor hatte Gideon Klier eine Schusswaffe in der Hand gehalten. Nach dem Schuss hatte er sie sofort fallen lassen, vor Schreck über den lauten Knall.
Während Elisabeth den Tisch abräumte, das Geschirr spülte und die prallgefüllten Müllbeutel verknotete, holte Gideon das Geld aus dem Tresor, verschloss die Tür und wartete im Wohnzimmer, bis seine Frau in der Küche fertig war. Die drei Leichen, dachte er, würden der Polizei einige Rätsel aufgeben. Er betrachtete seine rechte Hand. Kein Abdruck einer Pistole, keine Spuren eines Schusses. Oder doch? Er stellte die weiße Plastiktüte mit den Geldscheinen auf den Boden und verglich die rechte Hand mit der linken. Kein Unterschied. Er nahm den Beutel und ging zur Wohnungstür.

»Komm endlich«, sagte er.
»Ich komme«, sagte seine Frau.
Sie horchten an der Tür, dann verließen sie die Wohnung. Unterwegs warfen sie die Mülltüten in einen Container. Sie gingen nach Hause, über die Pilgersheimer Straße, den Giesinger Berg hinauf zur Raintaler Straße, wo sie zur Miete wohnten. Ihre Eigentumswohnung in der Schwabinger Hohenzollernstraße hatten sie verkaufen müssen. Gideon Klier hatte immer noch nicht begriffen, welche Fehler er eigentlich begangen hatte, dass sein Leben derart zerbröselt war.
An Heiligabend aßen sie Ente mit Blaukraut und Kartoffelknödel, das hatte Klier sich gewünscht. Die Tage vergingen in Stille. Über die Feiertage ruhten die Turbulenzen bei 1860 München, der Sponsor, eine Berliner Versicherung, schien noch nicht abgesprungen zu sein. Das wunderte Klier ein wenig, denn normalerweise zogen die Interessenten ihr Angebot in dem Moment zurück, wenn sie Einblick in die wahren Bilanzen des Vereins bekamen und ihnen das Ausmaß der Schulden bewusst wurde.
Elisabeth kümmerte sich um die Begrünung des Balkons und hatte nichts dagegen, wenn ihr Mann mit ihr schlafen wollte.
»Dein Lover hat dich verarscht«, sagte Klier an Silvester. Bisher hatten sie über das Thema nicht gesprochen, jener Abend war in ihren seltenen Gesprächen tabu. Die weiße Plastiktüte stand in der Abstellkammer hinter dem Regal mit den Konserven und den Putzmitteln.
»Er war nicht mein Lover«, sagte Elisabeth.
»Du wolltest mit ihm abhauen.«
»Wollt ich nicht.«
»Wolltst du nicht.«
»Nein.«
»Frohes neues Jahr«, sagte Gideon Klier. Sie stießen mit den Sektgläsern an und schauten zum Himmel, an dem

Feuerwerke explodierten. Aus Silvester hatten sie sich noch nie viel gemacht, das war eine große Gemeinsamkeit zwischen ihnen. Wie ihre Spaziergänge an oberbayerischen Seen. Sie genossen die Landluft, kehrten in einem Gasthaus ein, redeten wenig und fuhren jedesmal vor Einbruch der Dunkelheit nach München zurück.
Am Walchensee waren sie schon mindestens zehnmal gewesen. Im Sommer beobachteten sie die Surfer auf dem grünen See zwischen den dunklen Hängen, im Winter schätzten sie die Einsamkeit.
Am 6. Januar, Heiligdreikönig, verließen sie gegen Mittag das Polizeipräsidium in der Ettstraße. Vier Stunden hatten die Kripobeamten sie vernommen, und sie hatten ihnen jede Frage ausführlich beantwortet. Im Grunde, sagte Klier, hätten er und seine Frau sich schon gewundert, warum sie diesmal nicht zum Essen eingeladen worden seien, da sie ja wussten, dass ihre Freunde verreisen würden, wie jedes Jahr. Solche Sachen.

Der Geruch aus dem Dachgeschoss hatte die Nachbarn aufmerksam gemacht. Jeder hatte geglaubt, die Severins wären in Österreich. Dabei stand ihr Wohnmobil in der Garage, die sie extra für den großen Wagen hatten bauen lassen.
»Klo und Dusche sind getrennt«, sagte Klier auf dem Nachhauseweg.
»Bitte?«, sagte seine Frau.
»In dem Neunzigtausend-Luxus-Liner.«
»Glaubst du, sie verdächtigen uns?«, sagte Elisabeth.
»Nein.«
»Bist du sicher?«
»Ja.«
»Wieso?«
»Die haben keine Ahnung, die suchen nach kaltblütigen Mördern, nicht nach Leuten wie uns.«
»Wir sind kaltblütig«, sagte Elisabeth.

Auch an diesen Satz musste Klier später oft denken, wenn er zu Hause in seiner Dreizimmerwohnung in der Raintalerstraße saß und das gerahmte Foto seiner Frau betrachtete. Niemand wusste, wohin sie verschwunden war. Er hatte sie als vermisst gemeldet, doch die Polizei fand keine Spur. Sie misstrauten ihm, von Anfang an, deswegen durfte er auf keinen Fall wieder zum Walchensee fahren. Das war ein tiefer See voller Strudel. Im Frühling wäre er gern noch einmal dort gewesen, wegen der Schönheit der Natur, der grünen Farbe des Wassers, der Stille und dem vertrauten Gasthaus am See.

»Du hast mich zu einem Verbrecher gemacht«, sagte er zum Foto seiner Frau. »Also habe ich mich bemüht, einer zu sein.«

Jeden Montag und jeden Donnerstag kaufte er den neuen *Kicker* und las jede Zeile darin. Nach und nach deprimierte ihn die Wohnung immer weniger.

Den Stadtteil verließ er nur noch während des Fahrunterrichts. Das hätte er nie für möglich gehalten. Er war in Neuhausen auf die Welt gekommen, seine Schuljahre verbrachte er im Lehel, dann hatte er sich eine Wohnung in Schwabing gekauft. Jetzt empfand er eine Art Zugehörigkeit zu dem Viertel, in das er ursprünglich nur notgedrungen gezogen war. Eine Erklärung dafür hatte er nicht. Manchmal trank er Bier im Augustiner-Stüberl auf der Tegernseer Landstraße, manchmal ging er türkisch, manchmal italienisch, manchmal tschechisch, manchmal griechisch essen. Abende jedoch, die er für wichtig oder auf eine eigentümliche Weise für besonders hielt, verbrachte er ausschließlich im Schinkenpeter in der Perlacherstraße. Bei schönem Wetter saß er unter den Kastanien im Biergarten, bei Regen an einem Tisch in der Nähe der Theke, immer allein, immer mit einer Ausgabe des *Kicker* oder einer Boulevardzeitung.

Am 22. Juli, ein Jahr nach seinem angeblich letzten Besuch bei den Severins, entschied er sich für eines der riesigen, üppig belegten Brote, für die dieses Lokal, das früher Gastwirtschaft zum Walchensee hieß, bekannt war. Brot Nummer 3: italienischer Parmaschinken, Emsländer Katenschinken, Südtiroler Bauernschinken, feine Kalbsleberwurst. Dazu bestellte er ein Schälchen Sahnemeerrettich, der mit duftender Kresse garniert war. Als der Kellner das ovale Holzbrett brachte, legte Klier die Zeitung beiseite, nahm bedächtig das Besteck und die rote Papierserviette vom Teller und schnitt ein Stück Brot ab. Er zögerte, bevor er es in den Mund steckte. Der Schinken roch würzig, das Brot war nicht zu dick geschnitten, die Butter dünn aufgetragen, obenauf lag ein großes Blatt vom Rollo Rosso mit zwei Peperoni, einem Tomatenstück und einer saftigen, sorgfältig eingekerbten Gurke.
Gideon Klier war glücklich. Er dachte sogar darüber nach, ob er sich nicht doch wieder ein Wohnmobil kaufen sollte.

DIE GEBURT DES HERRN J.

»**DAS** musste jetzt mal sein«, sagte Carl Jeckel am Tresen der Gaststätte »Postgarten« in Maibach, einem Dreitausend-Einwohner-Ort im Schatten der Voralpen. Am Stammtisch brannten die vier roten Kerzen des Adventskranzes. Der Wirt, Leonhard »Hardy« Beck, blickte weniger gästeverachtend als gewöhnlich drein, und Monika, die mit ihren ständigen Hektikattacken auch den geduldigsten Gast brutal nervende Bedienung, hatte heute ihren freien Tag.

Das Leben aus der Sicht von Carl Jeckel hätte an diesem vierten Advent kaum besser sein können.

»Musste sein«, wiederholte Jeckel.

Hardy nickte. Er war dreiundsechzig, seit mehr als dreißig Jahren Wirt und konnte sich nicht erinnern, jemals einem seiner Gäste mehr als fünf Sätze lang zugehört zu haben, inklusive seiner Stammgäste, wie dem Jeckel Charly, dessen Redseligkeit nach Überzeugung des Wirts eine einzige Redunseligkeit war, besonders an Sonntagen.

Heute war Sonntag und Jeckel seit halb elf auf seinem Platz, und nichts deutete darauf hin, dass er seinen Hocker vor acht Uhr abends verlassen würde.

»Du kennst ja meinen Vater«, sagte er zum Wirt, zum Tresen, zu der Ansammlung von Gläsern auf dem abgeschabten Holzregal, zu seinem Weißbierglas. Weder Mensch noch Ding hörte ihm zu. »Er redet nicht viel, hockt beim Essen, schaufelt in sich rein, und meine Mama verzweifelt an ihm. Seit fünfundzwanzig Jahren. War übrigens nett, die Feier, die du zu ihrer Goldenen Hochzeit ausgerichtet hast, hab ich dir das schon gesagt? Hab ich mich schon bedankt, die Zeit vergeht so schnell. War wirklich nett bei dir, war ja zu erwarten.«

Der Wirt nickte, die Gläser im Regal standen kopf vor Begeisterung, das Weißbierglas salutierte.

»Schon wieder zwei Wochen her, der zweite Advent.« Er trank einen Schluck, und die Wahrheit schäumte ihm über die Lippen. »Jedenfalls, du kennst ja die Geschichte, er beschwert sich ständig über die Arbeit vom Paul, und der Paul lädt seinen Frust bei mir ab und wirft mir vor, ich würde meinen Laden schlecht führen und mich nicht kümmern. Mich nicht kümmern! Sepp-da-Depp. Wenn sich einer kümmert, dann ich. Ist das nicht so? Ich hab extra sonntags geöffnet, damit die Leute, die auf den Friedhof gehen, frische Blumen mitbringen können. Ist das nicht so? Seit wie lang hab ich mein Geschäft am Sonntag auf? Sag's mir, Hardy. Sag auch mal was, los.«

Hardy sagte: »So ist das.«

»Und das ist die Wahrheit, Herr Barheit. Aber bei uns lädt jeder seinen Müll beim anderen ab. Das war früher schon so, in der Kindheit, du weißt das, du kennst unsere Familie, deine Frau hat bei uns in der Gärtnerei eingekauft, später auch in meinem Laden noch. Die Gärtnerei hatte ihre kritischen Phasen. War das nicht so? Was sagst du? War das nicht so?«

Hardy sagte: »So war das.«

»So und nicht anders. Sepp-da-Depp. Und ich sitz am Tisch, zwischen meiner Mama und meinem Vater und hör mir das Gezeter an. Gezeter ist gut gesagt. Gebrüll und Gemüll.«

Jeckel lachte, allerdings so kurz, dass weder der Wirt noch die Männer am Fensterplatz einstimmen konnten. Jeder der beiden Gäste saß am eigenen Tisch, Wilhelm »Bremser« Bertold und Roland Fuchs kannten sich gut, aber wenn sie in den Postgarten gingen, vermieden sie übertriebene Gesten der Freundschaft. Bremser war Frührentner, früher bei der Berufsfeuerwehr in München gewesen, Fuchs arbeitete seit knapp vierzig Jahren auf dem Postamt, höhere Ziele hatte er nie gehabt, irgendwann wäre er beinah Dienststellenleiter geworden, und die Gründe, die seinen Karrieresprung verhindert hatten, lagen im Dunklen, und dort sollten sie auch bleiben.

»Was für eine Kindheit, oder, Hardy? Ich hasse Maibach. Hab ich dir das schon mal so deutlich gesagt? Ja? Nein? Ich hasse Maibach, seit ich geboren bin. Ich war ein lausiger Skifahrer, erinnerst dich? Schuss runter, fertig. Im Sommer Schwimmen in diesem verseuchten See. Damals hatten wir noch keine Ringkanalisation, das waren noch Zeiten. Und was mach ich heut? Verkauf Blumen. Und wenn ich tot bin, bin ich immer noch umzingelt von Blumen. Dann ist's aus mit dem Blumeneinkauf am Sonntag, so blöd wie ich ist niemand. Abgesehen davon, dass mein Laden dann nicht mehr existiert. Darf ich dir ein Geheimnis anvertrauen? Ich wollte zusperren. Die Sache hat sich dann erledigt. Vor drei Jahren war das. Und dann? Was dann? Sag was. Dann war ich so blöde, mit meinem Bruder darüber zu reden. Und du kennst den Paul, du kennst diese Arschgeige von Bruder. Der hat sich seit seinem elften Lebensjahr nicht verändert, auch im Hirn nicht. Besonders im Hirn nicht. Im Hirn hat der einen Fußball ohne Luft. Da bewegt sich nichts. Und ich geh auch noch zu dem hin und sag: Ich muss mit dir reden. Bin ich irre geworden? Was meinst du, Hardy? Ende der Fahnenstange? Die Maibach-Pest? Das Dorftrottel-Syndrom. Sepp-da-Depp. Geh ich zu meinem Bruder und will mit dem ein ernsthaftes Gespräch führen. Wer ist jetzt der Debilere von uns zwei? Wer ist in dieser Runde der Mega-Debili? Sag mir das, sag's mir.«

Hardy sagte: »Schwer zu sagen.« Zwischendurch brachte er dem Bremser ein frisches Dunkles und Fuchs eine Rotweinschorle.

»Wir sind zu dir gekommen, weißt noch, oder? Saßen da bei der Tür, denkwürdiger Abend. Paul hörte mir zu, dann

grinste er mich an, wie als Elfjähriger, schlug mir auf die Schulter, bestellte zwei Enzian, grinste weiter, als hätte er eine Gesichtslähmung, schob mir den Schnaps hin, trank seinen aus und sagte: ›Träum weiter, Bruderherz.‹ Soll ich dir verraten, seit wann ich diesen Spruch kenne? ›Träum weiter, Bruderherz.‹ Den hat der zu mir gesagt, da war er elf und ich acht. Ich schwör's dir, Hardy.«
Hardy stellte ein weiteres Weißbier vor Jeckel auf den Tresen und sagte, als meinte er es ernst: »Zum Wohl.«
Augenblicklich tunkte Jeckel seinen Mund in den Schaum, hob dann das Glas und kippte es. Erfüllt von nährstoffreicher Hefe, setzte er seine Ansprache fort, fast beschwingt, mit gelegentlich von der Theke froschartig weghüpfenden Händen, die er danach wieder um das Glas legte, wie zur Beruhigung des Weißbiers.
»Dieser Mann ist ein angepasster Wurm, der ist innerlich aus seiner Muttererde nie rausgekommen. Begreifst du mich? Das ist mir plötzlich klargeworden, da hinten bei der Tür. Kannst du dir so was Ungeheuerliches vorstellen? Ich sitze bei dir an einem Montagabend, gemeinsam mit meinem hirnverwesten Bruder, trinke Schnaps und habe eine Erkenntnis. Und die Erkenntnis lautet: er der Wurm, ich der Schmetterling.«
Er senkte den Kopf. Dann machte er eine schnelle ausholende Handbewegung, verharrte, riss den Kopf in die Höhe. »Ich wiederhole das jetzt nicht. Damit du nicht denkst, ich schnapp über oder mach mich wichtig. War nur ein Gedanke. Aber eine Erkenntnis schon auch. Mein Bruder hat mit fünfzehn beschlossen, ich werde Gärtner wie mein Vater und ich werde die Gärtnerei übernehmen, im Dorf bleiben, heiraten, Kinder kriegen, mich im Einheimischenmodell einkaufen und ein schönes Leben haben, arbeitsam, aber schön. Wie ist's gekommen? Genau so. Er hat's hingekriegt, hat seine Lehre gemacht, stieg in den Betrieb ein, expandierte, belieferte irgendwann sämtli-

che Pfarreien im Landkreis, vielleicht nicht alle, aber die meisten, freundet sich mit Bürgermeistern an, wickelt Geschäfte mit Rathäusern und Standesämtern ab, cleverer Bursche, der Paule. Und ich? Was mach ich? Ich geh zur Polizei. Du weißt das, große Sache: Der Charly trägt jetzt eine Uniform, war schon was. Polizeiobermeister. Ich wollt nach München, zur Kripo. Da schaust du. Das habe ich für mich behalten. Hab eh das meiste im Leben für mich behalten, was geht das die Arschgeigen an. Was? Sag's mir. Sag was.«

Hardy sagte nichts, legte dafür viel Ausdruck in seinen Blick. Jeckel empfand Zufriedenheit und Geborgenheit.

»Das war der Plan. Gehobener Dienst, raus aus Maibach und nie mehr zurück. Was erleben. Ist das verboten? Wie hört sich das in deinen Ohren an? Gut hört sich das an, selbstverständlich gut. Sepp-da-Depp. Sagt der zu mir: Träum weiter, Bruderherz. Ich hab zu ihm gesagt, zu meinem Fünfzigsten ist Schluss mit dem Laden in der Bahnhofstraße, soll ihn die Evelin übernehmen, hab ich zu ihm gesagt, die Evelin und ihr Mann, die kriegen das hin, das wird sich für die beiden lohnen. Und ich bin weg. Er fragt mich, was ich vorhabe, und ich sage: Berlin. Schaut er mich dermaßen blöde an, dass ich dachte, er brunzt gleich aus der Nase. Berlin. Als hätte ich einen Fluch ausgesprochen, verstehst du? Was ist schlimm an Berlin? Ich geh in die Hauptstadt, sage ich zu ihm, und dann schauen wir mal. Er fragt mich, ob ich spinne, ich sag zu ihm: Wenn hier einer spinnt, dann du, und zwar seit der Kindheit. Er wurde langsam wütend. Erinnerst du dich? Da hinten saß er, an der Wand, mit dem Gesicht zu dir, sensationell verwirrt. Auf meinem Konto sind achtunddreißigtausend Euro, die haben sich angesammelt im Lauf der Jahrhunderte, die ich jetzt hier leb. Die reichen eine Zeitlang, was meinst du? In Berlin kann man billig durch den Alltag kommen, davon hat der Gärtner natürlich keine Ahnung, dem mangelt's vollständig an Vorstellungskraft. Der Paul hat die Phantasie eines Aschenbechers. Das weißt du so gut wie ich. Der Paul hat seine Birgit zu Haus sitzen, die kocht und hält das Haus in Ordnung, und seine zwei Buben schreiben gute Noten und fahren Ski im Winter und gehen im Sommer tauchen oben im Kolbsee. Mehr braucht er sich nicht vorzustellen. Sagt er zu mir, was das werden soll, ich hätte ja schon als Polizist auf ganzer Linie versagt. So reden die über mich, seit jeher. Ich hab aber nicht versagt, das weißt du so gut wie ich. Ich war auf Streife, und wir fuhren ganz Bad Hochstädt ab, die Einkaufsstraßen wegen der Einbrüche in letzter Zeit, und da ist plötzlich ein Lichtschein in der Jugendherberge, obwohl die eigentlich geschlossen war, und ich sag zum Haberl Werner, wir müssen rein, nachsehen, der Werner zögert noch, da knallt ein Schuss, wir aus dem Wagen, vorsichtig näher ans Objekt, wieder ein Schuss, wieder ein Lichtschein, unübersichtliche Situation, war doch alles nicht abzuschätzen, Sepp-da-Depp, was hätt ich machen sollen, hätt ich warten sollen, bis der einen von uns abknallt, kein Mensch wusste, was der für eine Waffe im Dunkeln auf uns richtet, es war Mitternacht, oder etwa nicht? War das vielleicht taghell? War da was zu sehen. Sag was. War da was zu erkennen in dem Haus? Nichts. Dann taucht das Gesicht hinter dem Fenster auf, und der Schein der Taschenlampe leuchtet, und ich seh die Pistole und dann? Was hättst du denn getan? Was hättst denn du getan, Bremser? Und du, Fuchsi? Ihr hättet alle dasselbe getan wie ich. Geschossen. Was denn sonst? Notwehr. Im Dunkeln. Der Einbrecher richtete eine Waffe auf uns, den Haberl und mich. Ein Schuss. Hinterher schreiben die Journalisten, ich hätt das realisieren müssen, dass der Junge bloß eine Schreckschusspistole hatte, das hätt ich hören müssen, ich hätt das merken müssen, dass nirgends eine Kugel einschlägt. Dass der bloß blufft. Hinterher haben alle Augen im Dunklen und sehen alles und wissen alles und sind clever, wie mein Bruder. Auf der ganzen Linie versagt. Stimmt. Er hat recht. Die haben doch recht seit jeher, findest du nicht? Ich find schon. Rechter hat kein Mensch. Keine Anklage, klare Notwehrsituation. Die haben demonstriert in Bad Hochstädt, gegen mich, hast du das vergessen? Kann man nicht vergessen, die haben den Rechtsstaat beschimpft, die Justiz, uns alle. Die Eltern des toten Jungen vornweg. Er war siebzehn, er hatte eine Pistole, ich war im Dienst, da waren die Einbrüche in den vergangenen Monaten, der Schaden ging in die Hunderttausende, wir sollten patrouillieren, schauen, dass die Serie endlich aufhört, wieder für Ruhe sorgen, dafür wurden wir bezahlt. Kapierst du das, Hardy? Ist das angekommen in diesem deinem Gehirn? Sehr gut. Im Gehirn meines Bruders ist nämlich nichts angekommen, nie, und im Gehirn meines Vaters und meiner Mutter genauso wenig. Wenn ich denen erzählt hätte, dass ich zur Kripo will, hätten die gewiehert.«

Er wartete, bis der Wirt das frische Glas hinstellte, und packte ihn dann am Handgelenk. »Ich hab meinen Laden nicht zugesperrt, aber nicht wegen meinem Bruder, garantiert nicht. Ich hab meinen Laden nicht zugesperrt, weil's mir egal war. Das ist die Wahrheit, Herr Barheit. Es war mir alles bloß noch egal. Und in vier Tagen ist Weihnachten. Sehr schön. Fehlt nur noch der Schnee. Wahrscheinlich fällt der Schnee heuer aus, die Klimaerwärmung ist schuld. Oder der liebe Gott. Oder du. Oder du, Bremser. Ausgebremst. Ich muss jetzt nachdenken.«

Er verstummte, und der Wirt und die beiden Männer am Fenster überlegten, ob Jeckel tatsächlich nachdachte oder nur so tat. Für sie machte das keinen Unterschied, da ihnen egal war, was dabei herauskam.

Nach einigen Minuten, in denen ein adventliches Schweigen den Postgarten erfüllte, glitt Jeckel vom Barhocker, verrückte ihn ein paar Zentimeter erst nach der einen, dann nach der anderen Seite und stützte beide Hände auf die Sitzfläche. »Ich fühle mich wie neugeboren«, sagte er zum Wirt, zu den Gläsern im Regal, zu seinem halbvollen Weißbierglas. »Und wenn ich genau nachdenk, fühle ich mich eigentlich wie überhaupt erst geboren. Nicht schlecht. Wie spät? Haufen Zeit schon wieder vergangen, das zermürbt einen. Hab ich zu meinem Vater gesagt: Rackerei zeitlebens, und die Zeit vergeht ohne dich. Hat er nicht verstanden. Meine Mutter saß mit am Tisch, schmierte sich ein Brot mit Marmelade, du kennst sie ja, sie kocht die Marmelade selber ein, seit meiner Kindheit geht das so, Brombeer, Himbeer, Erdbeer, die ganze Palette. Ich hasse Marmeladenbrote. Dann kam Paul, zu spät, hatte Streit mit seiner Birgit wegen der Kinder, der übliche Kram. Meine Mutter war selig, als die Familie wieder vereint am Tisch saß, Adventsfrühstück, selig sind die Adventsfrühstücker. Sehr wichtige Gespräche. Essen an Heiligabend, Würstel mit Kartoffelsalat, Gans am ersten Feiertag, völlig überraschend. Gegen das Blaukraut meiner Mutter kannst du nichts sagen, das sag ich dir, nichts kannst du sagen, also sag auch nichts. Mein Bruder rauchte, meine Mutter schnorrte eine, Ritual. Paul ging aufs Klo. Ich wartete, bis ich hörte, wie er die Tür verriegelte, dann nahm ich den vollen Aschenbecher, und die Kippen rieselten auf den schönen Teppichboden. So war das, mein Freund, schöne Sauerei alles in allem.«

Hardy sagte: »Wie geht's eigentlich der Miriam?« Den Satz hatte er für fast jeden seiner Stammgäste parat, der Wortlaut war jedesmal der gleiche, bis auf den Namen der Frau, den wechselte er aus, damit keine Unstimmigkeiten aufkamen.

»Zu der geh ich jetzt«, sagte Jeckel. »Wir haben nichts mehr miteinander, aber manchmal kocht sie was, einen Braten, Hähnchen, sehr angenehm. Ideal für meine Verhältnisse. Ich zahl dann mal, wenn's dir keine Umstände macht.«

»Einundzwanzig siebzig«, sagte Hardy ungezwungen.

Wie die Kripo rekonstruierte, schlug Carl Jeckel zuerst zweimal mit dem schweren Kristallaschenbecher auf seine Mutter ein, dann ebenfalls zweimal auf seinen Vater, und als Paul Jeckel aus dem Badezimmer kam, zertrümmerte er ihm mit zwei gezielten Schlägen den Schädel. Seinen Vater erdrosselte Carl Jeckel daraufhin mit dem Telefonkabel, und als seine Mutter aus dem Zimmer kriechen wollte, auch sie mit einem Verlängerungskabel, das zum Fernseher führte. Als der Erste Kriminalhauptkommissar Peters ihn fragte, warum er das getan habe, sagte Carl Jeckel: »Das musste jetzt mal sein.«
Am 24. Dezember schneite es dann doch noch im oberbayerischen Maibach.

DAS ZWITSCHERN DES MAULWURFS

DER KAUFMARKT, wer kennt den nicht? Niemand kennt den nicht, also jeder. Vor einem Jahr war er unter größtmöglichem Marketinggetöse eröffnet worden, und seitdem brummte der Laden. Von überall her fuhren die Leute nach Baierbrunn im Landkreis München, um preiswert Haushaltsgegenstände, Lebensmittel, Fahrräder, Gartenmöbel, Pflanzen, Blumen, elektronische Geräte und praktisch alles einzukaufen, was man für ein normales Leben so benötigte. Oder auch nicht. Hauptsache, Schnäppchen. Aber, wie Bause richtig erkannt hatte: »Scheiß auf den billigen Stuss, abgerechnet wird am Schluss!« So war er, der Bause: ein merkantiler Denker. Was am Ende jedes Quartals für diese ominöse »Kaufmarkt & Co KG«, hinter der die schwäbische Unternehmerfamilie Heberle & Söhne steckte, übrig blieb, ging in die Hunderttausende. Bause war clever: Er nutzte seine Kontakte zu rumänischen Geld- und Kreditkartenfälschern, rekrutierte zwei von deren Experten und dazu zwei flinke Alltagsdiebe, setzte alle vier auf seine Lohnliste und plante von nun an in größerem Stil.

Der KAUFMARKT, Bubi, du musst lernen, weiter zum Denken, sonst wird das nix mehr mit dir. Dafür, dass du früher Drogen vertickt hast, bist du echt irgendwie verkniffen im Kopf. Sei mir nicht bös, Bubi. Das ist meine Sache, wenn ich dich Bubi nenn, quatsch mir nicht drein, wenn ich was erklär, du heißt so und aus die Maus. Hör zu jetzt: Der Kaufmarkt ist von drei Seiten offen, von vier sogar, wenn du den Wald mitrechnest, der hinter den Häusern da steht. Der Wald ist die Notlösung, ist das deutlich?

Bei dir auch, Lisa? Du schaust grad wieder so blond. Ist das klar, der Wald ist nicht dran, die Straßen sind unser Ziel, supermäßige Priorität. Wir sind Einkäufer, wir fahren mit dem Ka-eff-zett vor, steigen aus, gehen rein, holen die Ware, sauber verpackt, wir steigen ins Ka-eff-zett zurück und fädeln uns entspannt auf der Wolfratshauser Straße ein. Da passiert nichts, sind wir uns einig, Bubi? Ich und du, wir sind die Wichtigen, die Lisa checkt die Lage, und wenn irgendwo, unter irgendeinem verdammten Verlängerungskabel oder unter einer bescheuerten Suppentasse oder einem verrotzten Taschentuch, das irgendein Kleinkind auf den Boden geschmissen hat, die Schnauze von einer Maus rausschaut, die da nicht hingehört, kehren wir sofort um, und zwar augenblicklicher als sofort. Wir gehen da nicht rein, um hinterher in Stadelheim zu landen. Warum gehen wir da rein, Bubi? Steh auf und sag, warum wir da reingehen. Los geht's!

Der Plan war, zweihundertfünfzigtausend Euro abzugreifen, inklusive der Kreditkarten. Deswegen die Verbindung zu den Rumänen. Zwei Erwachsene, zwei Kinder, die Männer fürs Entschlüsseln der Codenummern, der Junge und das Mädchen für die Beschaffung. Und die waren brillant, Nadia und Carol, beide fünfzehn Jahre alt, sahen aber aus wie zwölf. Kindliche, hübsche Gesichter, schmale, fast dürre Körper, bekleidet mit Markenjeans und teuren Pullovern, dazu coole, fabrikneue Nikes. Zwei Geschwister an der Hand der Mutter, die ein wenig unschlüssig durch die Räume streift, hier und da eine Kleinigkeit in ihren Einkaufswagen legt, die Kinder auch mal loslaufen lässt. Lisa war perfekt als junge Mutter. In ihrem modisch-lässigen Outfit sah sie aus wie eine wohlhabende Mutter aus dem Glockenbachviertel, deren Mann nur unwesentlich mehr verdient als sie und die in ihrer Vier-Zimmer-Altbauwohnung Platz genug für neue Anschaffungen hat. Warum so eine Frau ausgerechnet nach Baierbrunn in den Kaufmarkt fuhr, mochte höchstens Leute überraschen, die in Klischees dachten, oder, wie Bause zu sagen pflegte: Leute, die zum Denken einen Meisenknödel im Hirn hatten.

Da brauchen wir nicht weiter drüber reden, Bubi, das passt alles. Die Tarnung ist optimal, die Vorbereitung ist optimal, unsere Leute sind optimal, wir sind optimal. Und nur noch mal zur Sicherheit, Bubi, und weil wir noch nie in so großem Stil zusammengearbeitet haben, ich und du. Die bisherigen Sachen waren überschaubar, da ein Supermarkt, Drogeriemarkt, Kaufhaus, da eine Sporthalle, ein Baumarkt, paar Einbrüche in Luxusläden, alles notwendig, alles ohne Risiko, alles Alltag. So ist das hier nicht und deswegen, Bubi: Geschossen wird nur, wenn Gefahr für Leib und Leben besteht, hast mich? Wir gehen da nicht zum Ballern rein und weil wir als tote Helden in der Zeitung stehen wollen. Tote Helden sind wir nicht, wir leben, wir sind Bürger, die sich ihren Lebensunterhalt verdienen. Anders, als der Sepp vom Finanzamt sich das vorstellt in seinem Meisenknödelhirn. Das ist eine Realwirtschaft, in der wir uns bewegen, und wenn du heut zum Beispiel einen Schweizer Banker fragst, was das ist, eine Realwirtschaft, dann sagt der: Das ist das, was wir tagtäglich machen mit dem Geld, das uns nicht gehört. So arbeitet der Banker in der Schweiz, und so arbeitet der Bause in der Welt. Habt's mich, alle miteinander? Ihr auch, Carlo und Nadia? Ihr auch, Mircea und Ion? Und du auch, Lisa? Schau nicht wie eine Meise. Und zum letzten Mal, Bubi: Die Waffen haben wir dabei, weil das sein muss, nicht, weil wir sie einsetzen wollen. Sag, dass du das verstanden hast, sag: Ich hab's kapiert, Bause, vollkommen und absolut.

Bause war nervös und glaubte, es würde niemand merken. In den vergangenen zehn Jahren hatte er auf seinen Raubzügen kaum eine Spur hinterlassen, ein einziges Mal einen Fingerabdruck, und der stammte nicht von ihm, sondern von seinem Komplizen Roßmann. Der war wegen Einbruchs und schwerer Körperverletzung vorbestraft, saß im Knast und hatte sich nach seiner Entlassung unauffällig benommen. Verständlich, weil Bause ihn rekrutierte und Ruhe brauchte. Roßmann wurde bei den einundvierzig Überfällen, die wir Bause zuordneten, ohne es beweisen zu können, zu einem zuverlässigen Soldaten, der keinen Mucks machte und bloß einen Auftrag ausführte. Er knackte Schlösser, legte Alarmanlagen lahm, schlug Leute nieder, ohne ihnen lebensbedrohliche Verletzungen zuzufügen. Offensichtlich hatte er sich im Griff, oder Bause hatte ihn im Griff. Einmal jedoch musste er seinen Handschuh ausgezogen haben – Pech für ihn, Glück für uns. Relatives Glück. Die Kollegen von der Kripo ordneten die Spur zu und machten sich auf den Weg. Es wurde ein lan-

ger, steiniger und letztlich vergeblicher Weg. Roßmann hatte zwar diverse Wohnsitze, wohnte da aber nirgends. Und niemand wusste was, völlig überraschend. Die Kollegen grasten halb Süddeutschland ab und stießen schließlich auf eine Prostituierte in Tölz, die Roßmann kannte und behauptete, er wäre seit Monaten auf der Flucht, weil er angeblich einem Freund Geld schulde. Details wusste die Frau nicht, auch nicht, als sie in U-Haft kam und wegen Steuerhinterziehung angeklagt werden sollte. Zehn Tage nachdem die Kollegen die Tölz-Spur ad acta gelegt hatten, entdeckte ein Förster beziehungsweise sein Hund in einem Wald bei Wolfratshausen die im Erdboden vergrabene Leiche eines Mannes. Bernd Roßmann, dreiundfünfzig. Tod durch Ersticken. Daraufhin genehmigte der Staatsanwalt zum zweiten Mal in der Causa Bause den Einsatz eines verdeckten Ermittlers des LKA.

Der war ich.

Traust du dem? Ich trau dem nicht mehr. Wieso traust du dem? Weil er aus der Bakarow-Connection ist wie ich? Die Connection ist kaputt, aufgelöst, ausgelöscht. Bakarow hat das SEK erlegt wie einen Hirschen auf der Pirschen. Verstehst, Lisa, was ich dir da zum Überlegen mitteilen will: Niemand kann beweisen, dass der Bubi wirklich in der Bakarow-Connection jemals drin gewesen ist. Ja, hab ich nicht vergessen, dass der Rudi angeblich mit dem Bubi die Schultouren durchgezogen und die schönen Pillen an die Schüler vertickert hat. Der Rudi, Lisa! Der hat sein Hirn schon vor einer Ewigkeit pulverisiert, da ist nichts mehr in dem seinem Eierschädel. Jetzt nerv mich nicht, heut ist vierter Advent, da sitzt man still in der Stube und denkt ans Christkind. Oder an die Dudeln vom Christkind … Nein, ich trau dem nicht mehr, und wenn wir übermorgen die Sache durchgezogen haben, überleg ich mir, ob ich den weiter brauchen kann oder nicht. Und was ist mit dir? Kann ich dich weiter brauchen oder kriegst du Schiss? Wie lang kennen wir uns jetzt? Genau, an Weihnachten sind's drei Jahre, so was merk ich mir, ich hab ein Gedächtnis, das kommt vom Nichtsaufen, Nichtkoksen, Nichtblödsein. Verstehst? Drei Jahre. War zur Abwechslung mal ein richtig stilvolles Weihnachten damals, zuerst du an der Bar vom Vier Jahreszeiten, Musik dazu, dann ich neben dir, dann du mit deinen Augen auf mir drauf, später mit dem ganzen Rest von dir, oben im Zimmer, das ich extra und auf die Schnelle für uns gemietet hab. Das war doch alles in allem die perfekte Geburt des Herrn. Manchmal hab ich gedacht, du hättst da an der Bar auf mich gewartet, weiß nicht, wieso. Als hättst du gewusst, dass ich komm. Dass das mein Platz ist einen Tag vor Heiligabend. Mach ich seit Jahren, ist fast eine Angewohnheit: absacken im Vier Jahreszeiten am dreiundzwanzigsten Dezember. Genau, setz dich auf meinen Schoß. Wieder zugenommen? Stört mich nicht, muss sein, Frauen brauchen ein Gewicht, sonst sind's Puppen, so schaut's aus, und wer macht schon mit Puppen rum, außer die Perversen. Entschuldige, nein, du hast recht, ich mach nicht mit dir rum, ich liebe dich. So ist das, und eines Tages, in naher Zukunft, wenn ich das Geld beieinanderhab, das richtige Geld, mein ich, die perfekte Summe, dann wird geheiratet. Aber nicht hier in diesem öden Land, sondern? Karibik. Und wo da? St. Lucia. Warst du mal da? Ich war einmal da, zwanzig Jahre her, mit meiner ersten Frau, hab dir von ihr erzählt, ein Bulle hat sie später angeschossen, und sie wär fast verblutet. Danach wollt sie nichts mehr mit mir zu tun haben. Muss man nicht verstehen, kann man verstehen. St. Lucia, das wird deine Insel, das schwör ich dir, Lisa. Eine Insel Unter dem Wind, so heißen die da, Über dem Wind gibt's auch welche, glaub ich. Fünfundzwanzig Grad das ganze Jahr, alles grün und romantisch. Romantisch, das ist die Sache. Und du machst deine Peelings, kriegst deine Massagen, schwimmst raus auf den Ozean, ein Traum. Da werden wir heiraten, wie findst du meine Planung? Wusst ich's doch, ich danke dir.

Damit konnte niemand von uns rechnen, und das war auch nie vorher passiert, dass eine VE sich in die Zielperson verschaute, und zwar total und unumkehrbar. Ein Desaster. Was tun? Behutsame Versuche, mit der Kollegin Barbara – im Einsatz hieß sie Elisabeth Bach – in Kontakt zu kommen, ohne den Eindruck vermitteln zu wollen, sie zum Ausstieg zu drängen. Sie war eine großartige verdeckte Ermittlerin. Vor fünf Jahren hatte sie einen osteuropäischen Geldfälscherring praktisch im Alleingang gesprengt. Sie war eine Art Chamäleon, eine Meisterin ihres Fachs, und nun? Bause-hörig. Anders war das nicht zu beschreiben, alle in der Abteilung vertraten diese Ansicht: Barbara war emotional und psychisch von einem bundesweit gesuchten Gewaltverbrecher abhängig geworden.

Dabei hatten wir es ihr zu verdanken, dass wir endlich Bauses Aufenthaltsort kannten, sein Basislager. Innerhalb von vier Monaten war es Hauptkommissarin Barbara Stückl gelungen, in Bauses inneren Kreis vorzudringen, eine echte Meisterleistung. Weiter hätte sie nicht vordringen müssen, keinen Zentimeter weiter, ehrlich gesagt. Von nun an hätte sie Informationen und Beweise sammeln, ein exaktes Protokoll über Bauses aktuelle Pläne erstellen und alle nur erdenklichen Details aus dessen Vergangenheit zusammentragen sollen. Und unter keinen Umständen durfte sie ihn daran hindern, seinen nächsten Coup durchzuziehen, damit wir ihn auf frischer Tat festnehmen konnten. Das tat sie auch nicht, sie hinderte ihn an gar nichts, auch nicht daran, sie vollständig umzukrempeln und in eine Komplizin zu verwandeln. Niemand im LKA hatte noch Einfluss auf sie, sie verweigerte die Kontaktaufnahme, sie schottete sich ab und wies vor allem mich zurück, wann immer wir uns begegneten, und zwar auf eine aggressive, beleidigende Art.

Du lässt den sauber abfahren in letzter Zeit, ist da was zwischen euch vorgefallen? Muss ich da was wissen? Spuck's aus, Lisa, sonst scheppert's. Bleib da! Schön im Bett bleiben, heut ist vierter Advent, da ist Liebe angesagt. Was macht der? Twittern? Verstehe. Warum macht der das? Warum machen das Leute überhaupt? Von mir aus. Und der Bubi schreibt da auf seinem Smartphone ins Nichts raus? Da antwortet doch niemand, oder? Einsam! Ich bin auch einsam, und geh ich deswegen zum Twittern? Ich twitter dir gleich einen, pass mal auf, komm her, los. Der Bubi ist einsam! Geht mir echt ans Herz. Und ich trau dem trotzdem nicht mehr.

Das System war nicht so kompliziert, aber ich hatte eine Weile gebraucht, bis ich's vollständig inhaliert hatte. Die kurzen Sätze klangen wie harmlose Kommentare zu Ereignissen in der Welt, manchmal mit einer persönlichen Note versehen, jedenfalls sollte diese persönlich klingen, besonders für Leute wie Bause. So blieben wir in Kontakt, mein Vorgesetzter und ich. Auf Twitter schickte ich ihm unverfänglich klingende Nachrichten, hundertvierzig Zeichen. Ideale Tarnung. Und meine Tweets waren nicht verlinkt mit Facebook, weil wir nicht wollten, dass noch mehr Fremde mitlasen. Eingebettet in ständige Meldungen von Verlagen, Nachrichtenmagazinen, geschäftstüchtigen Privatleuten und allen möglichen *Followern,* die auf sich oder ein Produkt aufmerksam machen wollten, tippte ich mindestens alle zwei Tage meine neuesten Beobachtungen und Erfahrungen aus dem Bause-Umfeld ins Netz, chiffriert und für niemanden zu durchschauen. Nicht einmal Lisa, also meine Kollegin Barbara Stückl, kannte das System, obwohl sie mir *folgte* und ich ihr. Sie glaubte, ich

schriebe einfach so, weil ich sonst nichts mit meiner Zeit anzufangen wüsste. Am 22. Dezember schickte sie mir zum ersten Mal einen Tweet. In hundertzweiunddreißig Zeichen schrieb sie von einem Spaziergang im Watt, bei dem sie beinah von der Flut erwischt worden wäre. Im ersten Moment glaubte ich tatsächlich an die Geschichte, auch wenn ich eigentlich wusste, dass Lisa auf keinen Fall am Meer war. Dann begriff ich: Die Nachricht enthielt eine Botschaft. Und: Lisa kannte das System! Woher, das blieb mir ein Rätsel. Da sie zu einer Art Überläuferin mutiert war, hatte sie natürlich nicht das Geringste über unser Twitter-System erfahren. Jetzt bat sie – raffiniert verschlüsselt – um Verständnis für ihr Verhalten, sie habe jetzt sämtliche Details über Bauses Machenschaften zusammen, wisse über seine nächsten Überfälle Bescheid und kenne die Namen all seiner Komplizen, die über das gesamte Bundesgebiet verstreut lebten. Nach dem Überfall am Abend des 23. Dezember auf den Kaufmarkt in

Baierbrunn würde sie ins LKA zurückkehren. Anstatt durch den Wald zu flüchten, wozu sich Bause erst vor einer Woche in meiner und Lisas Gegenwart entschlossen hatte, wollte er nun doch wieder die Wolfratshauser und andere Straßen benutzen, um – wie ursprünglich schon geplant – unauffällig im Verkehr unterzutauchen. Heute Morgen allerdings, zehn Stunden vor dem Überfall, nahm er mich beiseite und meinte, er traue dieser Lisa nicht mehr. Seiner Überzeugung nach sei sie ein Polizeispitzel, und er müsse deshalb seinen Plan erneut kurzfristig ändern. Er würde auf mich vertrauen, wir würden alle mit heiler Haut davonkommen, außer Lisa natürlich.

Lief doch perfekt. Entspann dich. Die Lisa! Kennst du die auch von früher? Sag, Bubi, spuck's aus! So wie den Rudi? Der ist übrigens nicht mehr unter uns. Genauer gesagt, ist er nur noch unter uns. Weil: *Mit* uns oder *neben* uns kann er nicht mehr sein, nur noch *unter* uns. Ja, so geht das Leben. Hirn hat er zwar eh keins mehr gehabt, aber so ein winziger Rest hat sich dran erinnert, dass die Polizei bei ihm war und ihm eine Story von einem erzählt hat, der mich sucht und finden muss. Da hat sich der Rudi doch echt an mich erinnert, unfassbar. Und das hat er mir vor ein paar Tagen bestätigt. Bestätigt kann man nicht sagen, er hat's gehustet und geröchelt, wegen seiner Gesundheit und auch wegen meiner Pistole hier. Dann ist er von uns gegangen. Jeder muss gehen, ich auch. Aber halt nicht alle zur selben Zeit. Du zum Beispiel musst jetzt gehen. Und dann geh ich mit der Lisa in die Karibik. Die Lisa. Hat dich fett ausgetrickst, so ist die, ein Profi durch und durch und durch. Die Sache mit der Änderung des Plans war ihre Idee, die Frage war ja: Wie bring ich dich in den Wald rein? Erledigt. Karibik. Wir fliegen auf eine Insel unter dem Wind. Verstehst? Das Einzige, was da ein Problem sein kann, sind die Mücken. Da musst du aufpassen, aber sonst?

Romantik, wohin du schaust. Die Wälder sehen da anders aus als hier, die haben einen ganz anderen Duft, ganz andere Böden. Und jetzt würd ich sagen, sag noch was zum Abschluss, und dann ist Schluss. Ich muss das verdammte Loch ja auch noch zuschaufeln. Perfekter Überfall, du warst absolut zuverlässig, und die Rumänen erledigen den Rest, mach dir keine Sorgen. Jetzt sag noch was, Bubi.

Wo ist die Lisa?

Flughafen, was denkst du denn? Also dann, frohe Weihnachten, und: Zwitschern nicht vergessen, du blöder Maulwurf!

Das Smartphone hat er mir hinterhergeworfen, bevor er mich verbuddelt hat. Kann sich jemand vorstellen, wie das ist, Tweets aus einem Erdl

EINE LIEBE IN BERLIN

»JETZT ficken!«, schrie Eddi in Gottes abgerissenster Kneipe unweit des Stuttgarter Platzes in Charlottenburg. Von allen Berliner Wirten in Ost und West, die ihre Gäste wahrhaftig hassten, zählte Toni zu den Wahrhaftigsten. Sein Lokal hieß Icke, aber er hätte es auch »Alles Arschgeigen« nennen können. Wie Toni eigentlich hieß, wusste niemand so genau. Früher sagten manche »der Rieger Toni« zu ihm, als lautete sein voller Name Anton Rieger. Dann stellte sich heraus, dass er »der Rieger Toni« genannt wurde, weil er eine Zeitlang jeden Tag Rigatoni zu Mittag gegessen hatte, die ihm Paolo aus seiner Trattoria in der Mommsenstraße persönlich vorbeibrachte. Irgendwann jedoch beschloss Toni, dass Paolo eine Arschgeige war wie alle anderen italienischen Wirte, und erteilte seinem Kollegen Hausverbot.

Die Sache machte die Runde auf dem Kiez, und es war möglicherweise kein Zufall, dass Toni eines Morgens in seinen Laden kam und dessen Einrichtung gewissenhaft zertrümmert vorfand. Toni erschrak nur unwesentlich. Nach dem für ihn bis heute unbegreiflichen Mauerfall hatte er eine Weile einen Stehausschank in Kreuzberg betrieben, wo fast allabendlich Schlägertypen auftauchten, die irgendeinen Gegenstand zu Bruch schlugen. Von den Dingen des Wiederaufbaus verstand Toni nach eigener Überzeugung »aber hallo mehr als diese Birne aus Oggersheim«.

Gemeinsam mit seinen Freunden und jenen zwei Stammgästen, die erstaunlicherweise trotz üblem Kalziummangel noch nicht erstarrt waren, stellte Toni innerhalb weniger Tage den alten Zustand des Icke wieder her und tätigte anschließend diverse Telefonate. Shit happens: Am ersten

Advent brannte Paolos Trattoria bis auf die Grundmauern nieder, verletzt wurde niemand, von den Tätern wird definitiv bis zum Jüngsten Tag jede Spur fehlen.

Eddi, der tatsächlich so hieß, nämlich Eduard Wiest, war einer der ältesten Stammkunden im Icke und einer der Mithelfer beim Wiederaufbau gewesen. Er kam jeden Tag gegen fünfzehn Uhr und blieb bis zur Sperrstunde, die je nach Standvermögen der Gäste variierte.

Eddi war sechsundfünfzig. Kein Mensch in Charlottenburg und auf dem gesamten Planeten erinnerte sich daran, dass er jemals einer geregelten Arbeit nachgegangen wäre. Eddi hegte eine tiefe Sympathie zur Bundeshauptstadt. Er nannte sie »mein Elternhaus«, weswegen dieses auch für sein Wohlbefinden absolut verantwortlich sei. Alles, was sein Elternhaus ihm anbot, nahm er bereitwillig und durchaus skrupellos, aber schon auch dankend entgegen. Arbeitslosenhilfe, Arbeitslosengeld, Arbeitslosengeld II – ihm war egal, wie seine Eltern ihre Zuwendungen nannten, er war mit allem immer einverstanden. Hartz IV oder Herzberge VII – er krallte sich die Kohle. Und kaum saß er wieder an Tonis Theke, beschimpfte er die Türken und Bosnier und Rumänen und Kroaten, die ihm sein Taschengeld wegnähmen.

Mit Eddi zu reden war so sinnvoll wie ein Dialog mit einem Haufen Mauersteine. Eddi brachte nichts aus dem Konzept, er verpestete die Luft mit seinen Ausdünstungen und kleisterte die Wände und Gesichter in der Kneipe mit seinen Texten voll, egal, wer neben ihm stand oder weiter hinten. Wenn Eddi verbal ausholte, traf es jeden.

Heute Elvira. Sie war zwischen vierzig und siebzig, wohnte in der Gegend und arbeitete in einem Kaufhaus beim Bahnhof Zoo als Verkäuferin. Niemand glaubte ihr das, aber sie hielt eisern an dieser Version ihres Alltags fest. Toni hasste sie auf eine Weise, die etwas Zärtliches hatte. Er füllte sie ab, wann immer sie an ihrem runden Stehtisch bei der Tür stand, und zwar bis zum Hals und gelegentlich darüber hinaus. Doch wenn Elvira umkippte, begleitete er sie bis vor ihre Haustür in der Giesebrechtstraße. Er zerrte ihren Arm auf seine Schulter und schleppte sie über den Bürgersteig. Dann wartete er, bis sie in den Katakomben ihres Mantels den Schlüssel fand und auch das Schlüsselloch. Daraufhin schob er sie ins Treppenhaus und wartete, dass die Tür zufiel. Dass dahinter auch Elvira oft umfiel, interessierte ihn nicht mehr – so pathologisch war sein Zärtlichkeitsanfall dann doch nicht.

»Die sind so gestört«, sagte Eddi nach dem ersten Schluck Ficken. Niemand außer ihm trank diesen aus Stachel- und Johannisbeeren zusammengemixten Likör, aber Eddi behauptete, für die Generation seiner Kinder sei Ficken ein Kultgetränk. Verdammt, dachte Toni dann jedes Mal, wenn das stimmte, war der Untergang der Menschheit besiegelt. Zu seiner Zeit war Ficken kein Kultgetränk, sondern »hallo was ganz anderes, was Normales, hallo?«. Zu ein paar eigenen Kindern hatte es Toni trotzdem nicht gebracht.

Eddi zeigte mit seinem Glas auf Elvira, die an der Tür stand und mit beiden Händen ihr Weißweinglas festhielt. Wer im Icke Weißwein trank, hatte entweder eine tödliche Pilsallergie, oder er war ein Selbstmörder, oder er hieß Elvira. »So gestört, dass es scheppert. Und es scheppert die ganze Zeit, das könntst du hören, wenn deine Ohren noch einen Durchzug hätten.«

»Ich hör sehr gut«, sagte Elvira.

»Einen Punkt hätten die noch gebraucht, dann wären die nie abgestiegen und dann hätten wir die Bayernsäcke weggehauen, dass jeder von denen für mindestens zehn Monate im Krankenhaus gelegen hätt. Wenn ich das nächste Mal einen roten Bayernarsch seh, dann kriegt der so einen Schlag, dass er bis nach Polen fliegt. Verstehst du das, du Luftgehirn?« Er trank seinen rosafarbenen Likör und verzog das Gesicht, als hätte ihm jemand in den Hintern getreten.

»Du sollst mich nicht beleidigen«, sagte Elvira.

Toni spülte Gläser, sah zu den beiden Gästen am kleinen Tisch in der Ecke und ignorierte sie. Vor sehr langer Zeit war er verheiratet gewesen, das wusste niemand, und das ging auch keine einzige dieser Arschgeigen etwas an. Mitzi hieß seine Frau, Miriam Hobermann, gebürtig aus Luzern in der Schweiz. Die Mitzi war hervorragend, aber dann traf sie im Kranzler ihre Jugendliebe wieder, einen Schweizer Geschäftsmann, und zog mit ihm nach Zürich. Vorher Scheidung. Wahrscheinlich hatte sie sich verschaut gehabt, nicht im romantischen Sinn, das war Toni schnell klargeworden, sondern mehr Optiker-mäßig. Sie hatte sich bei ihm verschaut, so wie man sich verläuft, wenn man keine Brille aufhat oder die falsche oder sich nicht auskennt. Wie hätte die Mitzi aus Luzern sich in Kreuzberg auskennen sollen, mental und seelisch? Schwierig.

Im Nachhinein hatte Toni fast Verständnis. Aber so weit ging sein Verständnis auch wieder nicht, dass er die Mitzi nicht am liebsten wie eine verrostete Fliegerbombe in die Luft gesprengt hätte und den schmierigen Geschäftsmann gleich hinterher. Da blühte ein gewaltiger Hass in Toni. Und wenn er ehrlich zu sich war – was eher selten passierte und nie einen Sinn ergab –, musste er sich eingestehen, dass seine Gäste allesamt Kollateralschäden seiner ramponierten Liebe waren.

Andererseits – sie hatten es alle verdient, alle, so wie sie dasaßen: der Eddi, der Heinz, der auch beim Wiederaufbau geholfen hatte und seit einer Woche wegen einer Magensache in der Klinik war, der Tacko, der seit drei Wochen auf der Intensivstation lag und in diesem Leben keine Zigarette mehr rauchen würde, der Charly mit seinem Kumpel Chris, die die Klos von Leuten reparierten. Und Elvira sowieso, die eine Verkäuferin sein wollte, aber in

Wahrheit eine Gelegenheitsnutte war, die er nur in seinem Lokal duldete, weil sie keinen Ärger machte und niemanden anbaggerte.
»Wie kannst du das überhaupt trinken?« Elvira verzog angeekelt den Mund. »Das schmeckt doch grauslich.«
»Ficken ist perfekt!«, schrie Eddi. »Misch dich nicht ein, trink deinen Fusel und halt deine Klappe, sonst komm ich rüber und zeig dir mal, was Ficken heißt.«
Toni dachte, die Wahrscheinlichkeit, dass Eddi sich von seinem Platz wegbewegte, war ungefähr so groß, wie dass Renate Künast Berliner Oberbürgermeisterin wurde. Auf die Toilette ging Eddi im Icke nämlich auch nie. Vielleicht fürchtete er, Charly und Chris hätten das Ding repariert.
An diesem Donnerstag wirkte Eddi noch erledigter als sonst. Er sonderte seine Sätze ab, aber ohne richtiges Feuer. Seine Stimme brutzelte nicht so recht. Toni hatte es bemerkt, aber was ging ihn das Gefühlsleben dieser Arschgeige an?
Eine Stunde später, in der nichts weiter passiert war, als dass die beiden Gäste am kleinen Tisch gegangen waren, weil Toni sie in Grund und Boden ignoriert hatte, erhob Eddi sich tatsächlich von seinem Barhocker.
Etwas wie ein Staunen aus uralter Zeit trat in Elviras wässrige Augen.
Eddi zögerte, stützte sich am Tresen ab und rutschte ins Senkrechte. Elvira und Toni widmeten ihm Blicke.
Eddi stand da, schaute, schwankte, hielt sich fest. Dann schnellte seine Hand nach vorn. In einem Zug leerte er sein sechstes Glas Ficken, stellte es wieder hin, zog die Hand zurück und stieß einen Rülpser aus, bei dem sämtliche, auch die erfahrensten und mächtigsten schwedischen Elche vor Neid erblasst wären.
Im nächsten Moment kippte Eddi zur Seite und schlug der Länge nach auf den seit jeher übersichtlich gesäuberten Boden.

Als der Notarzt eintraf, hatte Eddi seinen Mittrinker Tacko auf dessen Weg nach drüben bereits überholt. Elvira weinte.

Toni erklärte den beiden Polizisten die Sachlage und machte Platz, als die Männer vom Bestattungsdienst hereinkamen. Es war ein schwarzer Donnerstag. Toni, der nicht dazu neigte, Gastgeschenke zu verteilen, spendierte eine Runde Willi, daraufhin eine zweite und zum Abschluss eine dritte. Er kam billig davon, weil nur Elvira und er da waren.

In dieser Nacht brachte er sie wieder vor ihre Haustür, weil ihre Beine woandershin wollten als der Rest ihres Fleisches. Doch diesmal wartete Toni nicht, bis die Tür ins Schloss fiel. Er hielt sie nahezu galant auf. Dann folgte er Elvira in den zweiten Stock, in ihre Wohnung, in ihr Schlafzimmer, in ihr Bett und in sie hinein.

Die Flasche mit dem beschissenen Likör hatte er in Gedanken an Eddi vor dem Zusperren der Kneipe komplett und für alle Zeit im Ausguss entleert.

EPILOG

UNSER ALLER NACHBAR

IN MEMORIAM JUAN CARLOS ONETTI

Es ist Samstag, wie so oft, und auf den Straßen suchen Betrunkene und Frauen die Nacht nach unbenutzten Augenblicken ab, in denen ein Versprechen möglich oder die Illusion vom Überleben stärker sein könnte als die gepflegte Tugend der Gleichgültigkeit und der Zynismus im Angesicht des kurzen Lebens. Es ist oft Samstag und Nacht in der Welt des uruguayischen Schriftstellers Juan Carlos Onetti, und manchmal klingen die Zeilen wie Widmungen für den verschleierten Teil unserer Persönlichkeit. Denn die »onettianischen Prototypen« (Vargas Llosa) zeichnet ein hohes Maß an Verschlagenheit und Gier aus, auch neigen sie zu sexueller Gewalt und Seelenkälte, selten jedoch um der Macht willen oder einer anderen Art von gesellschaftlicher Vorherrschaft. Wonach die Helden Onettis streben, ist das Erreichen vollkommener Selbstvergessenheit und Unsterblichkeit, wie sie ein Liebesakt simuliert, wenn der ekstatische Körper über den ewig raunenden, um die eigene Auslöschung rotierenden Geist triumphiert. Dabei sind diese unermüdlich scheiternden, müde und zynisch gewordenen Nachtgestalten in der Tiefe ihres Wesens längst unsterblich. In Wahrheit nämlich sind sie Schutzengel ihres magischen Erfinders. »Die Fiktion«, schreibt Mario Vargas Llosa in seinem Buch *Die Welt des Juan Carlos Onetti,* »diese andere Wirklichkeit, die der Mensch, ausgehend von seiner Lebenserfahrung, erfindet und mit dem Treibmittel seiner unerfüllten Wünsche und seiner Imagination versieht, begleitet uns wie ein Schutzengel, seit wir in den Tiefen der Vorgeschichte den gewundenen Pfad betraten, der uns im Laufe der Jahrtausende dazu brachte, zum Mond zu fliegen, das Atom zu beherrschen und unglaubliche Entdeckungen auf dem Gebiet des Wissens und der Zerstörungsgewalt zu machen, Menschenrechte, Freiheit und das autonome Individuum zu proklamieren.«

Anders als bei Onettis Vorbild William Faulkner, in dessen erfundenem Universum Yoknapatawpha County die Figuren wie in einer »real-fiktionalen« Welt agieren, empfinden, denken, sich aufeinander beziehen, sind sich Onettis Einzelgänger ihres metaphysischen Daseins bewusst. »Die Bewohner von Santa María wissen, oder ahnen zumindest, dass sie Trugbilder sind, der Phantasie und den Launen Brausens entsprungen, eines pathetischen Gottes aus Fleisch und Blut, vergänglich, wie sie selbst, und deshalb handeln und fühlen sie wie verhexte, von ihrer eigenen Irrealität bestimmte Wesen.«

In seiner ebenso hingebungsvollen wie literaturhistorisch-sachlichen Bestandsaufnahme der Werke des von ihm seit jeher verehrten Kollegen kommt Vargas Llosa immer wieder auf diesen scheinbar hermeneutischen Kosmos zurück. Vordergründig erfindet eine Figur (Juan María Brausen) eine andere (Dr. Díaz Grey) und gewährt dieser dann wiederum einen weiteren Schöpfungsakt, so dass schließlich die Stadt am Río de la Plata bevölkert ist von lebenden Geistern, denen Vergnügen, Lust und Neid so vertraut sind wie den Menschen in Montevideo oder Buenes Aires. In der uruguayischen Hauptstadt wurde Onetti 1909 geboren, in der argentinischen Metropole lebte und arbeitete er viele Jahre, und als er der Militärdiktatur in seiner Heimat den Rücken kehrte und ins spanische Exil nach Madrid übersiedelte, wo er 1994 starb, folgten ihm seine Sanmarianer unbeirrt und blieben bei ihm bis zu seinem letzten, ein Jahr vor seinem Tod erschienenen Roman *Wenn es nicht mehr wichtig ist.*

Seinen Figuren entkam Onetti so wenig wie sich selbst,

von seinen ersten Veröffentlichungen an war er ein Außenseiter in der lateinamerikanischen Literatur. Nie entwickelte er den Ehrgeiz, sich in die Nähe bedeutender Scheinwerfer zu stellen, »der ununterbrochenen Masturbation, die sich literarisches Leben nennt« (Onetti) zog er die Lektüre von Kriminalromanen vor, er sang Hymnen auf die körperliche Liebe und heiratete viermal (darunter zwei Kusinen). In seinen Büchern pries er die Figur des Bordellbesitzers, so schäbig, armselig oder erfolglos dieser auch sein mochte, und er verharrte auch dann noch stolz in der ihm gebührenden Rolle des Einzelgängers, als er gegen Ende seines Lebens die meiste Zeit im Bett verbrachte, rauchend und Whisky trinkend. Gelegentlich empfing er Journalisten, deren Fragen nach einer Botschaft in seinen Werken er mit schwerer Zunge und lichtvollen Gedanken zunichtemachte. »Die Leute sollen sich doch selber bebotschaften«, brummte er. Falls einem mal jemand mit einer Botschaft über den Weg laufe, sei es an der Zeit, den Bürgersteig zu wechseln.

Juan Carlos Onetti schrieb, weil das Schreiben ihn glücklich machte und ihn – zumindest zu Beginn seiner Schriftstellerexistenz – aus dem Kreislauf einer sinnlosen, weil unweigerlich zum Tod führenden Lebensanstrengung in einen Kosmos von absoluter Freiheit katapultierte. In einem Paradies aus Wörtern verwandelte sich die Schlange Wahrheit in ein Chamäleon, dessen Blicke unberechenbar waren und dessen Aussehen so häufig wechselte wie die Zahl derer, die glaubten, es dressieren zu können, indem sie Zärtlichkeit und Verständnis heuchelten. Die meisten von ihnen verfielen ob ihres zwecklosen Tuns dem Wahnsinn oder brachten sich um. Auch Onetti machte sich keine Illusionen. Und doch nahm er jedes neue Scheitern aufrecht an. »Als ich diese Geschichte geschrieben hatte«, heißt es am Ende des Kurzromans *Grab einer Namenlosen* (1959), »fühlte ich mich mit mir im Frieden, war sicher, das

Wichtigste erreicht zu haben, das man von dieser Art von Arbeit erhoffen kann: Ich hatte eine Herausforderung angenommen, hatte wenigstens eine der täglichen Niederlagen in einen Sieg verwandeln können.«

Sechzehn Jahre davor und vier Jahre nach seinem ersten, nicht einmal achtzig Druckseiten umfassenden Buch *Der Schacht* (1939), mit dem laut Vargas Llosa die Zukunft der lateinamerikanischen Literatur begann, erschien *Para esta noche (Für diese Nacht)*, ein Roman, der erst spät auf Deutsch veröffentlicht wurde, parallel zu Werner Schroeters Kino-Adaption.

Unter seiner, wie er es nannte, »Lupe aus Beobachtung und Intuition« folgt Onetti im *Nacht*-Roman einer Gruppe von Menschen in einer Stadt ohne Mitleid. Die »Hunde«, skrupellose Militärpolizisten eines Terrorregimes, verbreiten Furcht und Schrecken. In dieser Samstagnacht jedoch öffnen sich die Tore der Hölle, ein dreizehnjähriger Engel erscheint, die Tochter eines Widerstandskämpfers, der von seinem Freund Ossorio verraten wurde. Dieser Ossorio ist eine der beiden Hauptfiguren, sein Widersacher und Jäger, Morasán, ein von Welt- und Frauenekel getriebener Polizist, lässt Prostituierte und junge Männer foltern, nicht, weil er die Wahrheit hören und herausfinden will, wo Ossorio sich versteckt hält, sondern weil er seiner Bestimmung folgt und, »eingepfercht in das eigene Gerippe«, nicht anders kann.

Im Gegensatz zum späteren, klassischen Personal, das 1950 im Roman *Das kurze Leben* zum ersten Mal unter der verschatteten Sonne Santa Marías erscheint, umgibt die Helden des Frühwerks die Aura realer Wirklichkeit (eigentlich sollte das Buch »Auch für den Hund kommt der Tag« heißen, doch der Verlag fürchtete Repressionen des argentinischen Diktators Juan Domingo Perón). Zu einem politischen Roman, womöglich inklusive Botschaft, taugt *Für diese Nacht* aber nicht im Geringsten. Davor

schützt ihn Onettis ausschweifende, wortwilde Sprache, sein »wüster Stil« (Vargas Llosa), seine Apotheose des menschlichen Leids.
Bei aller Phantastik im Grundton seines Erzählens, inmitten seiner von Adjektiven glühenden, wie Lawaströme die dunklen Geschichten durchziehenden Sätze und trotz seiner mürrischen Weigerung, stringente Handlungsstränge zu entwickeln, vergeht keine Nacht in seinen Büchern, die Juan Carlos Onetti nicht mit all seiner Empathie und ironischen Menschenzugehörigkeit erfüllt hätte.
Schutzengel sind so.

Manche Menschen, dachte Süden,
werden erst durch ihr Verschwinden sichtbar.

FRIEDRICH ANI

SÜDEN

Roman

Tabor Süden erhält als Detektiv den Auftrag, nach dem Wirt Raimund Zacherl zu suchen. Der Fall ist genau das Richtige für den ehemals so erfolgreichen Ermittler: Ein Mann verlässt sein Durchschnittsleben, und jeder fragt sich, warum. Mit seinen besonderen Methoden findet Süden die Spur des Wirts und verfolgt sie bis nach Sylt – und schon längst hat er begriffen, dass niemand den Mann wirklich kannte.

»Eindringlich, subtil, lesenswert.«
Stern

FRIEDRICH ANI

M

Ein Tabor-Süden-Roman

»Er war irgendwie anders in letzter Zeit.« Mit diesen Worten beauftragt die Redakteurin Mia Bischof die Detektei Liebergesell, nach ihrem vermissten Freund zu suchen. Süden und seinen Kollegen kommt die Frau von Anfang an seltsam vor. Sie sehen sich in ihrem unguten Gefühl bestätigt, als irritierende Hinweise im Arbeitsumfeld des Vermissten auftauchen. Er habe Kontakt zu Neonazis, heißt es. Doch Mia bestreitet das vehement. Süden schiebt seine persönlichen Bedenken beiseite – bis seine Kollegen in höchste Gefahr geraten und er um ihr Leben fürchten muss.

»Ani ist ein ausgezeichneter Beobachter, ein Menschenkenner. Ich finde es nachgerade faszinierend, wie er es schafft, hinter die Stirn der Menschen direkt in ihr Herz zu gucken.«
Christine Westermann, WDR

DROEMER